UWE KLAUSNER

Die Stunde der Sühne

MEIN IST DIE RACHE Würzburg 1425, drei Tage vor Kiliani. Eine brutale Mordserie erschüttert die Stadt und stellt Bruder Hilpert, der zu Besuch bei seinem ehemaligen Lehrer ist, vor ein schier unlösbares Rätsel. Nicht genug damit, dass die Opfer brutal gefoltert werden, hinterlassen die Täter auch noch ein Brandmal auf deren Stirn: »DIA – Damnatus in Aeternum«, zu Deutsch »Verdammt seist du in alle Ewigkeit«. Wer sich hinter dem Kürzel verbirgt, bleibt dem Detektiv im Mönchshabit und seinem Gefährten Berengar von Gamburg zunächst verborgen. Doch dank der Hilfe der Wirtstochter Radegundis beginnt sich der Schleier des Mysteriösen zu lüften. Die Spur führt in die Domschule, wo es eine geheime Bruderschaft gibt, die es sich zum Ziel gesetzt hat, den Missbrauch an einem Mitschüler zu rächen – und das auf eigene Faust, ohne Rücksicht auf Recht und Gesetz …

© privat

Uwe Klausner wurde in Heidelberg geboren und wuchs dort auf. Sein Studium der Geschichte und Anglistik absolvierte er in Mannheim und Heidelberg, die damit verbundenen Auslandsaufenthalte an der University of Kent in Canterbury und an der University of Minnesota in Minneapolis/USA. Heute lebt Uwe Klausner mit seiner Familie in Bad Mergentheim. Neben seiner Tätigkeit als Autor hat er bereits mehrere Theaterstücke verfasst, darunter »Figaro – oder die Revolution frisst ihre Kinder«, »Prophet der letzten Tage«, »Mensch, Martin!« und erst jüngst »Anonymus«, einen Zweiakter über die Autorenschaft der Shakespeare-Dramen, der 2019 am Martin-Schleyer-Gymnasium in Lauda uraufgeführt wurde.

UWE KLAUSNER

Die Stunde der Sühne

Bruder Hilperts achter Fall

GMEINER

Immer informiert

Spannung pur – mit unserem Newsletter informieren wir Sie regelmäßig über Wissenswertes aus unserer Bücherwelt.

Gefällt mir!

Facebook: @Gmeiner.Verlag
Instagram: @gmeinerverlag
Twitter: @GmeinerVerlag

MIX
Papier | Fördert gute Waldnutzung
FSC® C083411

Besuchen Sie uns im Internet:
www.gmeiner-verlag.de

Im Ehnried 5, 88605 Meßkirch
Telefon 07575/2095-0
info@gmeiner-verlag.de

1. Auflage 2022

Lektorat: Claudia Senghaas, Kirchardt
Herstellung: Mirjam Hecht
Umschlaggestaltung: U.O.R.G. Lutz Eberle, Stuttgart
unter Verwendung eines Bildes von: © https://commons.wikimedia.org/wiki/File:Rogier_van_der_Weyden_-_Portrait_of_a_Woman_with_a_Winged_Bonnet_-_Google_Art_ProjectFXD.jpg
Druck: CPI books GmbH, Leck
Printed in Germany
ISBN 978-3-8392-0255-5

FÜR ADRIANA, AMALIA, NELIO UND AMIRA

Dramatis Personae

Agnes, Bettlerin

Aleandrius von Ingelheim, Vikarius des Bischofs

Angelus, Domschüler

Baldur Schachtmeister, sein Gefährte

Bartholomäus Fries, Stadtschreiber

Berengar von Gamburg, Vogt des Grafen von Wertheim

Columbanus, Dominikanermönch

Gideon Diepholz, Goldschmiedemeister

Gunthram Schwertfeger, Bettelvogt

Heribert Kammscherer, Bürgermeister

Hilpert von Maulbronn, Bibliothekarius und Kriminalist

Johann II. von Brunn, Fürstbischof von Würzburg (1411-1440)

Kilian Schneidmüller, genannt Sanctus, Domschüler

Lambert Melzer, Müllkärrner

Leonhard Struck, städtischer Leichenbeschauer

Liudolf, Kesselflicker

Lutz Büttner, Auftragsmörder und Krimineller

Melchior von Greiffenclau, Domkapitular

Michel, Pförtner und Faktotum

Narben-Heiner, ein Auftragsmörder

Pirmin von Ochsenfurt, Hilperts ehemaliger Lehrer

Radegundis, Kilians Freundin

Sieglinde, Heriberts Frau

Veit Rebstöckl, Kammscherers Sozius

Waltraudis Fries, Ehefrau des Stadtschreibers

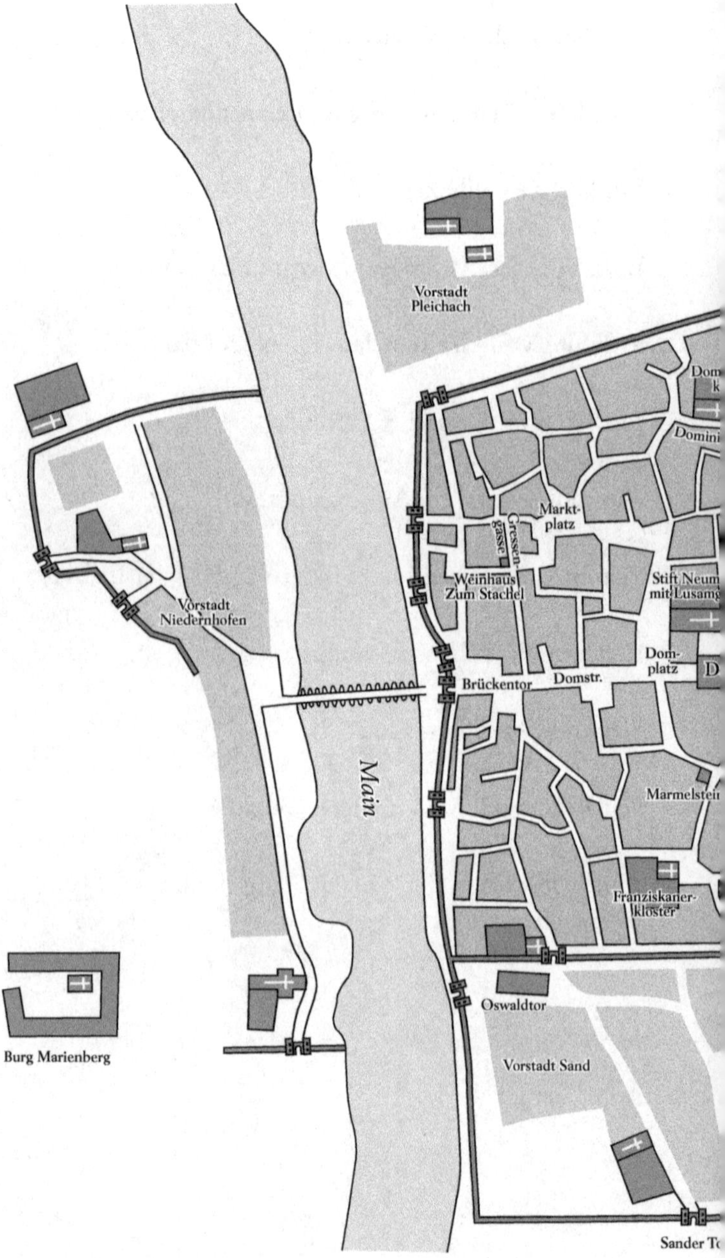
Vorstadt
Pleichach
Markt-
platz
Gressen-
gasse
Weinhaus
Zum Stachel
Vorstadt
Niedernhofen
Dom-
platz
Brückentor
Domstr.
Main
Marmelstein
Franziskaner-
kloster
Oswaldtor
Vorstadt Sand
Burg Marienberg

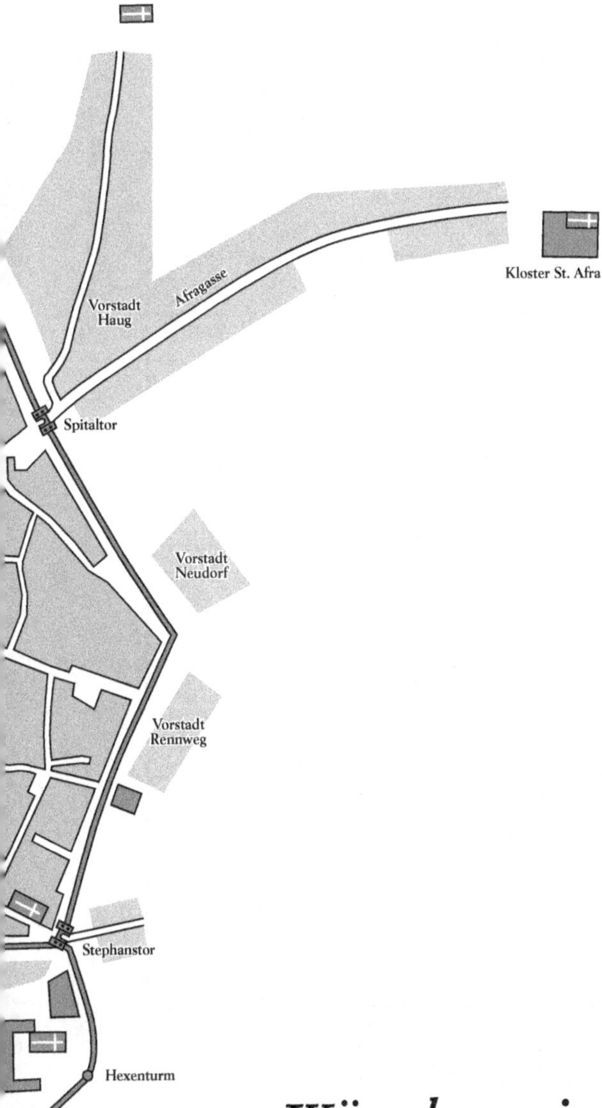

Würzburg im Mittelalter

Tageseinteilung im Monat Juli

	Von	Bis
1. Stunde	04.00 Uhr	05.20 Uhr
2. Stunde	05.20 Uhr	06.40 Uhr
3. Stunde	06.40 Uhr	08.00 Uhr
4. Stunde	08.00 Uhr	09.20 Uhr
5. Stunde	09.20 Uhr	10.40 Uhr
6. Stunde	10.40 Uhr	12.00 Uhr
7. Stunde	12.00 Uhr	13.20 Uhr
8. Stunde	13.20 Uhr	14.40 Uhr
9. Stunde	14.40 Uhr	16.00 Uhr
10. Stunde	16.00 Uhr	17.20 Uhr
11. Stunde	17.20 Uhr	18.40 Uhr
12. Stunde	18.40 Uhr	20.00 Uhr

Ort und Zeitpunkt der Handlung

Würzburg, am Wochenende vor Kiliani (8. Juli 1425)

Und die Männer wandten sich von dort weg und gingen nach Sodom; Abraham aber blieb noch vor dem HERRN stehen. Und Abraham trat hinzu und sprach: Willst du denn den Gerechten mit dem Gottlosen wegraffen? Vielleicht sind 50 Gerechte innerhalb der Stadt; willst du sie denn wegraffen und dem Ort nicht vergeben um der 50 Gerechten willen, die darin sind? Fern sei es von dir, so etwas zu tun, den Gerechten mit dem Gottlosen zu töten, so dass der Gerechte sei wie der Gottlose; fern sei es von dir! Sollte der Richter der ganzen Erde nicht Recht üben. Und der HERR sprach: Wenn ich in Sodom, innerhalb der Stadt, Gerechte finde, so will ich um ihretwillen dem ganzen Ort vergeben. (...) Ich will nicht verderben um der 10 willen.

1. Mo 18,22-33

»Ich weiß, viele Menschen glauben uns nicht mehr.
Und ich habe dafür Verständnis.«

(Kardinal Marx im September 2018)

Prolog

1

Henkershaus in der Sander Vorstadt, Donnerstag vor Kiliani, eineinhalb Stunden nach Sonnenuntergang
[23.30 Uhr]

»Auge um Auge, so steht es geschrieben«, hechelte er gepresst, zurrte die Lederriemen fest, die sich um die Gelenke des verhassten Malefizbuben schlangen, und trat zurück, um sich an seinem Werk zu ergötzen. Fürs Erste zufrieden, atmete er erleichtert auf, und wie er so dastand, breitete sich tiefe Genugtuung in ihm aus. Die Folterbank würde ihren Zweck erfüllen, von hier unten, aus dem Keller des abgebrannten Scharfrichterhauses, kein Laut in die Gefilde der Lebenden dringen. »Willkommen im Vorhof der Hölle, du wurdest bereits erwartet!«

Doch Obacht: Noch war er nicht am Ziel. Gerade jetzt, wo die Stunde der Vergeltung schlug, kam Akribie an erster Stelle. Der geringste Lapsus, und sein Vorhaben wäre zum Scheitern verdammt. Eine Wendung, an die er jetzt, dem Erfolg zum Greifen nah, lieber nicht dachte. »Wohlan, der Tag des Gerichts ist gekommen. Bringen wir es hinter uns.«

»Sag mal, bist du eigentlich noch ganz bei Trost, was … was fällt dir Scheißkerl eigentlich ein«, würgte der beleibte Delinquent hervor, dessen Fettwülste über die Kante der Streckbank quollen. Ein Anblick, der ihn mit namenlosem Ekel erfüllte. »Weißt du überhaupt, wen du vor dir hast?«

»Aber gewiss doch«, erwiderte er gedehnt, bemüht, den aufkeimenden Groll zu unterdrücken. Dann trat er hinter die Tür, die sich an der Schmalseite des fensterlosen Gewölbekellers befand, horchte nach draußen und höhnte: »Einen Halunken, der seinesgleichen sucht, noch tiefer zu sinken dürfte schwierig sein!«

»Sagt wer?«

»Mein Name tut nichts zur Sache«, gab er mit drohendem Unterton zurück, trat ans Fußende der Streckbank und musterte den Gefangenen näher. Einfach widerlich, wie ihn der Zwei-Zentner-Klumpen taxierte. Von dem Odem, den er verströmte, nicht zu reden. Feistes Gesicht, träge blinzelnde Augen, Karpfenmaul mit vorgeschobener Unterlippe, dazu der platt gedrückte, blau geäderte Riechkolben, an dessen Wurzel zwei erbsengroße Pusteln klebten: Abstoßender ging es wirklich nicht. »Doch ich kann dich beruhigen: Du wirst Gelegenheit haben, mich kennenzulernen.«

»Und was, wenn mich dein Geschwätz nicht interessiert?«

»Ich fürchte, dir bleibt keine Wahl«, versetzte er unterkühlt, zurrte seine Stoffmaske zurecht und tat so, als pralle die Erwiderung an ihm ab. In Wahrheit fiel es ihm schwer, die Fassung zu bewahren, nicht weiter verwunderlich, wenn er sich die Schandtaten der Kanaille ins Gedächtnis rief. Und dann erst die Ausdünstungen, die dem fettstrotzenden Rumpf entströmten, eine Mixtur aus Schweiß, Weindunst und Urin, weitaus ekelhafter als der Kellermief ringsum. »Falls du es noch nicht bemerkt hast, mit deinem Gewinsel dringst du bei mir nicht durch.«

»Was soll das werden, etwa ein Verhör durch die Heilige Inquisition?«

Kaum vorstellbar, dass der Fettwanst erst 30 Lenze zählte, sah seine Haut doch wie ein vergilbter Pergamentbogen aus. »Und wenn wir gerade dabei sind: *Ich* bin es, der hier die Fragen stellt, und nicht du.«

»Na, dann viel Glück – und gutes Gelingen!«

»Wenn ich du wäre, ich würde den Mund nicht so voll nehmen«, hielt er auch jetzt, da sich die Galle in seinem Innern dem Siedepunkt näherte, mit seinen Rachegelüsten hinterm Berg, legte die Hand auf die Winde und tat so, als habe er die Bemerkung überhört. »Ich schlage vor, du beantwortest meine Fragen, und zwar ausführlich, wie es sich geziemt.«

»Das wirst du bereuen, so wahr ich …«

»Spar dir die Worte, sie werden dir nichts nützen«, fiel er dem Galgenvogel harsch ins Wort und machte eine herrische Gebärde, die ihre Wirkung auf den Fleischhaufen nicht verfehlte. Fast augenblicklich kehrte wieder Ruhe ein, und wie er den Todgeweihten so musterte, keimte Genugtuung in ihm auf.

Auge um Auge, so stand es geschrieben.

Das Leben der Pestbeule war verwirkt.

Doch zuvor, davon hing das Gelingen seines Vorhabens ab, musste er ihn zum Sprechen bringen, ihm Hoffnungen auf einen profitablen Kuhhandel machen. Denn nur so, indem er ihn mit den eigenen Waffen schlug, würde er es schaffen, die Machenschaften seiner Mitverschworenen ans Tageslicht zu bringen.

Die Rache ist mein, und ich werde Vergeltung üben.

Fünftes Buch Mose, Kapitel 32, Vers 35.

Der Leitspruch für das bevorstehende Unternehmen.

Allein, seine Skrupel ließen ihn auch jetzt nicht los. Du sollst nicht töten, auch das stand geschrieben, und wer war er, dass er sich erdreistete, die Gebote zu übertreten, sich zum Herrn über Leben und Tod aufzuschwingen?

»Warum so zögerlich«, hallte ihm die Stimme aus dem Halbdunkel entgegen, triefend vor Hohn, gefolgt von einem selbstgewissen Grunzen. »Jetzt komm schon, lass uns vernünftig miteinander reden. Ich bin mir sicher, hier liegt eine Verwechslung vor, anders kann ich mir dein Getue nicht erklären.«

»Du irrst.«

Der Gefangene schien die Replik überhört zu haben. »Wer hat dich geschickt, doch nicht etwa der Prahlhans von einem Hurenbändiger?«

»Wieder falsch. Die Rivalitäten unter deinesgleichen interessieren mich nicht.«

»Und was dann, Hochwohlgeboren?«

Anstatt zu antworten, winkte er seinen Gefährten herbei, auch er mit einer schwarzen Stoffmaske bekleidet, die ihm das Aussehen eines Sendboten aus dem Jenseits verlieh. Am Kopfende der Folterbank angekommen, nahm er einen feuchten Stofflappen zur Hand, breitete ihn über dem Gesicht des Delinquenten aus und sprach: »Gunthram der Bettelvogt, wenn ich mich nicht irre?«

»Und wenn schon, was kümmert es dich, du elende Vogelscheu...«

Weiter als bis hierhin, als sich ein Schwall Wasser über sein Gesicht ergoss, kam der Angesprochene nicht.

»Das zum Thema Verstocktheit«, fuhr er den nach Luft ringenden Halunken an, hob die Hand, um dem maskierten Gefährten Einhalt zu gebieten, und sagte: »Falls dir der Sinn nach einer erneuten Abkühlung steht, lass es uns wissen. Und wenn wir gerade dabei sind, noch ein paar Worte über das Konstrukt zu meiner Rechten. Nur eine halbe Umdrehung der Winde, und du wirst deine Gliedmaßen nicht mehr spüren, eine ganze, und deine Sehnen werden wie Bindfäden entzweigerissen. An den Händen und deinen Füßen, damit auch alles seine Richtigkeit hat. Im Klartext, wenn du nicht auspackst, wirst du als Krüppel enden, wie die Jammergestalten auf der Freitreppe vor dem Dom. Ein Invalide auf einem Rollbrett, angewiesen auf fremde Hilfe, wehrlos wie ein Siecher aus dem Leprosenhaus. Genügt das, oder soll ich weitermachen?«

»Wenn dir danach ist – nur zu.«

»Glaub mir, die Impertinenz, die du an den Tag legst, wird dir vergehen, von nun an bis zum Jüngsten Tag.« Die Hand vor der Brust verschränkt, atmete er hastig durch. Bei dem, was er sich zu tun anschickte, war ihm nicht wohl in seiner Haut, aller Abgeklärtheit nach außen zum Trotz. Es stand ihm nicht zu, das Recht in die eigenen Hände zu nehmen, dessen war er sich vollauf bewusst. Ganz gleich, was der Bettelvogt auf dem Kerbholz hatte. Allein, ihm blieb keine andere Wahl. Um die Schandtaten der Verbrecherbrut ans Tageslicht zu bringen, war er gezwungen, in das Gewand des Finsterlings zu schlüpfen. Wider Willen zwar, doch mit eiserner Entschlossenheit.

Zum Schurken werden, um die Missetäter, die sich hinter der Maske der Sittsamkeit verbargen, für immer hinter Schloss und Riegel zu bringen.

Eine andere Möglichkeit gab es nicht.

»Wohlan, das Prozedere kann beginnen. Erste Frage: Mit wem steckst du unter einer Decke, raus mit der Sprache, aber ein bisschen plötzlich!«

»Ihr … Ihr sprecht in Rätseln«, wimmerte der klitschnasse Vogt, nach Luft ringend wie ein Ertrinkender, von einem Strudel unrettbar in die Tiefe gezogen. »Ich weiß nicht, wovon Ihr sprecht, wenn ich es Euch doch sage. Bei meiner Ehre, das ist die Wahrheit!«

»Ehre!«, ließ er seiner Häme freien Lauf, wartete ab, bis sich der nächste Schwall über dem Vogt ergoss, und ließ den Blick durch das feuchte Gewölbe schweifen, an dessen Wänden unstet blakende Fackeln steckten. Ein Hauch von Moder durchdrang den schummrigen Raum, vermischt mit dem Gestank nach Rattenkot, der aus dem Halbdunkel zum ihm herüberwehte.

Ein Ort so recht zum Fürchten, fuhr es ihm beim Anblick der Gefährten durch den Sinn, die im Halbdunkel wie wandernde Untote erschienen. Kein Wunder, stand die Ruine doch im Ruf, verwunschen zu sein. »Und das aus deinem Mund, hat man dergleichen schon einmal erlebt!«

Die Hand auf der Winde, fügte er hinzu: »Auge um Auge, du willst es anscheinend nicht anders.«

Der Bettelvogt rang verzweifelt nach Luft, nur mehr ein Häuflein Elend, die Krötenzunge senkrecht in die Höhe gestreckt. »Wartet, jetzt fällt es mir wieder ein!«

»Wurde aber auch Zeit. Ich höre?« Wäre es nach ihm gegangen, er hätte dem Lumpen den Garaus gemacht, hätte ihm die Verachtung in die schrundige Fratze geschrien. Allein, Rache zu üben war eine Sache, einen Sumpf auszutrocknen weitaus schwieriger. Hier und heute ging es nicht darum, ein Exempel zu statuieren, so berechtigt das Ansinnen auch erschien. Was zählte, war, die Unholde im Schatten ans Licht zu zerren. Sie für das, was sie getan hatten, zur Verantwortung zu ziehen. Ihnen die Verwerflichkeit ihres Tuns vor Augen zu führen.

Die Biedermänner hatten ausgespielt.

So sich die Zunge ihrer Handlanger lösen würde.

»Was ist, du hast es dir doch nicht etwa anders überlegt?«

Der Mann auf dem Streckbrett begann zu hecheln. Auf seiner Zunge hatte sich ein dünner Schleimfilm gebildet, übersät mit eitrigen Ekzemen, die wie ein todbringender Gifthauch aus der Kehle drangen. »Auf … Auf keinen Fall, wo denkt Ihr hin«, wimmerte der fettleibige Koloss, in dem eine spürbare Verwandlung vorgegangen war. Kaum imstande, ein Wort hervorzubringen, wurde er von einem unkontrollierten Zucken übermannt, nur mehr ein Schattenbild, das im Widerschein der Fackeln an die Wand geworfen wurde. »Ich … ich werde … ich schwöre es: Ich werde Euch alles sagen, was ich …«

»Du sagtest, es habe einen Mittelsmann gegeben. Wie heißt er?«

»Bartho… Bartholomäus.«

»So heißen viele. Geht's vielleicht ein bisschen präziser?«

»Fries.«

»Moment mal, du meinst doch nicht etwa den …«

»Dddoch«, nahm ihm der Bettelvogt die Worte aus dem Mund, hechelte wie ein räudiger Köter und starrte ihn mit hervortretenden Augäpfeln an. Es war ein Blick, wie er ihn schon oft erlebt hatte, ein schwaches Aufglimmen, das dem Flackern einer erlöschenden Kerze glich. Der Mann hatte nicht mehr lange zu leben, und wie es aussah, musste er sich sputen. »Den … den … genau den meine ich«, stammelte der Fettwanst vor sich hin, den Blick starr geradeaus gerichtet, auf einen Punkt, der nur in seiner Fantasie existierte. »Nehmt Euch vor dem Kerl in Acht, der würde nicht zögern, seine Mutter abzu…«

Ein halblautes Röcheln, dann war es vorüber.

Eins

FREITAG VOR KILIANI

(6. Juli 1425)

2

Mainbrücke, eineinhalb Stunden vor Sonnenuntergang
[19.30 Uhr]

»Aus dem Weg, Pfaffe – aber ein bisschen plötzlich!« Aus seinen Gedanken gerissen, wich Bruder Hilpert dem heranholpernden Fuhrwerk aus. Der Weinhändler, Urheber der groben Schelte, sah ihm wutschnaubend ins Gesicht, behielt das Schimpfwort, das ihm auf der Zunge lag, jedoch für sich, auf dem Weg zur Kontrollstelle neben dem Torbogen, um den Zoll für die Überquerung der Mainbrücke zu entrichten.

Zum Umfallen müde, seufzte der Bibliothekarius auf. Dass der Ruf der Kleriker zu wünschen übrigließ, damit musste er notgedrungen leben. Ob Dominikaner, Franziskaner oder die Mitbrüder vom Orden der Zisterzienser, wer ein Habit trug, der benötigte ein dickes Fell. In einer Stadt, wo die Klöster besonders zahlreich waren, gehörten die Schmähungen schon fast zum Alltag, so beklemmend das Faktum auch anmutete. Dass die Animositäten, mit denen die Kleriker immer häufiger konfrontiert wurden, jedoch nicht von ungefähr kamen, dessen war er sich vollauf bewusst. Cucullus non facit monachum – das Sprichwort kam gewiss nicht von ungefähr.

Vor dem Torbogen angekommen, wo sich die Wartenden in einem Pulk zusammendrängten, wischte sich Hilpert den Schweiß von der Stirn. Der Tag hatte es wahrhaftig in sich gehabt, und was die mit Blasen übersäten Füße betraf, waren die Spuren der Mühsal nicht zu übersehen. Bereits kurz nach der Prim, am Ende seines Aufenthalts im Kloster Bronnbach, hatte er sich auf den beschwerlichen Weg gemacht. Beschwerlich vor allem deshalb, weil die Hitze beinahe unerträglich wurde, von den Fährnissen einer Reise nicht zu reden.

Gefahren lauerten bekanntlich überall, und was die Schnapphähne betraf, die auf leichte Beute lauerten, stellten Ordensbrüder ein beliebtes Opfer dar. Glück für den Bibliothekarius, dass er an einen umherziehenden Kesselflicker geriet, der danach lechzte, ihm seine Erlebnisse zu schildern. Später am Tag, auf halbem Weg zwischen Taubertal und Main, hatte sich ihnen eine Gruppe von Pilgern angeschlossen, auch sie auf der Reise nach Würzburg, um den Reliquien von Sankt Kilian die Reverenz zu erweisen.

Allein, der Fußmarsch hatte sich in die Länge gezogen. Schattige Wegstrecken waren rar, wohin man auch blickte, nichts als Hitzeflimmern, Staub und Dürre. Kein Lüftchen weit und breit, wohl dem, dem es vergönnt war, mit dem Pferd unterwegs zu sein. Kurz vor dem Verdorren, hatten die Ähren ihre goldgelbe Farbe eingebüßt, und was die Dörfer betraf, die sich in die Mulden der sanft gewellten Hügel duckten, war der Eindruck ein überaus trister gewesen. Von einer Straße, die den Namen verdiente, konnte zudem keine Rede sein. Wenn überhaupt, dann von einer holprigen Piste, zerfurcht von den Spuren der Fuhrwerke, die sich wie Narben in die staubverkrustete Trasse fraßen.

Doch dann, als sich die Sonne dem westlichen Horizont zuneigte, waren in der Ferne die Konturen des Marienberges aufgetaucht, verborgen hinter Hitzeschleiern, die ihm das Aussehen eines flirrenden Trugbildes verliehen.

Auf seinem Gipfel thronte das Domizil des Bischofs, der es vorzog, hinter sicheren Mauern zu residieren.

Der Kesselflicker, vierschrötig und verwahrlost, wenngleich redselig gegenüber jedermann, hatte bei ihrem Anblick wütend die Faust erhoben. Und hatte, an die Adresse des Bibliothekarius gewandt, hinzugefügt: »Herzog von Franken und Herrscher von Gottes Gnaden, dass ich nicht lache. Das kann die bigotte Sippschaft sonst wem erzählen. Denen glaubt doch keiner mehr, außer ein paar alten Hutzelweibern!«

»Bei allem Verständnis für Eure Gemütslage, Meister Liudolf, aber findet Ihr nicht, das geht zu weit?«

»Sehe ich so aus?«, hatte der Vollbartträger barsch erwidert. Nur um einen Grunzlaut hervorzustoßen, der seinesgleichen suchte, begleitet von einer obszönen Geste, die Bruder Hilpert geflissentlich ignorierte. »Ich will ja niemandem zu nahe treten, und schon gar nicht Euch oder unseren wonnetrunkenen Begleitern. Aber …«

»Das spricht für Euch«, war Bruder Hilpert dem Kesselflicker ins Wort gefallen, nicht willens, sich mit dem Thema auseinanderzusetzen. Umso mehr, da er die Vorbehalte des Weggefährten teilte. Unter den Dienern Gottes, das war ihm mehr denn je bewusst, gab es eben solche und solche. Nicht eben ermutigend, aber nicht zu ändern.

Blieb die Frage, wie lange der Krug noch zum Brunnen gehen würde. Im Volk hatte es merklich zu gären begonnen, und wenn es so weitergehen würde wie bisher, war der Tag der Vergeltung nicht mehr fern. Ein Szenarium, das er sich ausgerechnet jetzt, wo die Strapazen der Reise schier übermächtig geworden waren, lieber nicht vor Augen führen wollte. »Ich schlage vor, wir reden über etwas anderes, der Fußmarsch war anstrengend genug.«

Die Bitte hatte ihre Wirkung verfehlt. Einmal in Fahrt, war der Heißsporn außer Rand und Band geraten, die Augen sprühend vor Hass, der ihm das Aussehen eines tobsüchtigen Kobolds verlieh. »Nichts für ungut, Bruder. Aber nach allem, was man über den hochwohlgeborenen Bischof hört, scheint er es mit den Geboten nicht übermäßig genau zu nehmen. Will heißen, er kümmert sich einen feuchten Kehricht darum.«

»Inwiefern?«

Anstatt zu antworten, spie der Gnom in hohem Bogen aus.

»Sagen wir es mal so: Um mir ein Urteil bilden zu können, kenne ich ihn nicht gut genug. Im Übrigen habe ich genug zu tun, die Arbeit als Bibliothekarius füllt mich aus.«

»Jetzt tut doch nicht so, Bruder«, hatte der Vagant das Ablenkungsmanöver durchschaut, einen prall gefüllten Weinschlauch in der Hand, an dem er sich lautstark gütlich tat. Kaum verwunderlich, dass die Labsal in ein kehliges Rülpsen gemündet war, zum Entsetzen der frommen Schar, die von nun an deutlich auf Abstand ging. Kaum war die nächste Weggabelung erreicht gewesen, als sich ihre Spur in der sonnendurchglühten Hochebene verlor. »Von wegen Abgeschiedenheit hinter Klostermauern, wer's glaubt, dem ist nicht zu helfen. Ihr Mönche seid über alles auf dem Laufenden, machen wir uns nichts vor. Und was die Kapriolen des Herrn Bischofs betrifft, so was spricht sich rum, sogar bis nach Maulbronn, das wisst Ihr so gut wie ich. Ich möchte Euch ja nicht zu nahe treten, aber wenn ich mir die Zunft der Würdenträger so anschaue, dann überkommt mich die blanke Wut.«

»Ihr wisst ja, Zorn ist kein guter Ratgeber.«

Darauf der Handwerker, ein Schmunzeln im stark geröteten Gesicht: »Es ehrt Euch, wenn Ihr so denkt, aber was diese scheinheiligen Kirmesprediger betrifft, die Sippschaft habe ich gefressen. Und zwar mit Haut und Haaren. Anwesende ausgeschlossen, ist ja klar.«

»Deo gratias, dann besteht ja noch Hoffnung.«

»Findet Ihr?«

Mit der Geduld am Ende, hatte sich der Bibliothekarius in Schweigen gehüllt. Doch je einsilbiger er in der Folge wurde, desto mehr war der Choleriker in Fahrt gekommen. »Schaut Euch doch bloß mal ihre Paläste an«, hatte er ungestüm drauflosgewettert, ohne Rücksicht auf den ermatteten Gefährten, dem das Unbehagen ins ausgezehrte Antlitz geschrieben stand. »Dann wisst Ihr, was die Stunde geschlagen hat. Die da oben auf dem Marienberg, die leben wie die Maden im Speck. Auf der faulen Haut liegen, den lieben Gott einen guten Mann sein lassen und herumhuren, dass es eine Schande ist: Mehr kriegen die Tagediebe doch nicht zustande. Also, wenn das in Ordnung ist, dann fällt mir zu dem Thema nichts mehr ein.«

Wie wahr. Kurz davor, seine Zurückhaltung aufzugeben, hatte Hilpert die Erwiderung hinuntergeschluckt. Knapp eineinhalb Jahrzehnte im Amt, war der Bischof bereits mehrfach ins Gerede gekommen. Und das, wie der Bibliothekarius aus sicherer Quelle wusste, nicht zu jedermanns Nutz und Frommen. Mit anderen Worten, was seinen Ruf als Schürzenjäger betraf, hatte der Landesherr für reichlich Gesprächsstoff gesorgt. Nicht genug damit, hatte er die Gulden nur so zum Fenster hinausgeworfen, der Ebbe in den Geldschatullen zum Trotz. Betrachtete er es doch als selbstverständlich, die Ratsherren nach Belieben zur Kasse zu bitten, zum Ärger der Betroffenen, deren Unmut kurz vor dem Siedepunkt stand.

»Was das betrifft, das kann ich Euch nachfühlen«, hatte Bruder Hilpert mit nachdenklicher Miene erwidert, den Blick auf die nahe Mainbrücke gerichtet, deren Bögen sich über das seichte Flussbett spannten. Die Hitze hatte ein wenig nachgelassen, und als wolle sie ihre Strapazen lindern, strich ein Windhauch über die Häupter der Reisegefährten hinweg.

Der Moment des Abschieds war gekommen. Seit seinem letzten Besuch, während der Suche nach den geraubten Kiliansreliquien, waren mehrere Jahre ins Land gegangen, und Bruder Hilpert freute sich darauf, alte Bekannte aufzusuchen. Das Wiedersehen mit seinem alten Lehrer, dessen Priesterweihe sich zum 50. Mal jährte, hatte die Vorfreude auf den Besuch komplett gemacht. »Aber sagt es nicht weiter, sonst lande ich auf dem Scheiterhaufen.«

»Darüber macht Euch keine Gedanken, Bruder«, hatte der Kesselflicker prompt versichert, ein verschmitztes Lächeln im kantigen Gesicht, dessen Rötung den passionierten Weintrinker verriet. »Solltet Ihr Hilfe benötigen, lasst es mich wissen.« Am Mainufer angekommen, wo sich der Hohlweg in entgegengesetzte Richtungen gabelte, deutete er nach Süden und verkündete: »So, Bruder, das war's. Hat mich gefreut, Eure Bekanntschaft zu machen. Und wer weiß, vielleicht sehen wir uns bald wieder. In Heidingsfeld wohnt ein Vetter von mir, kommt mich billiger als die Herbergen in der Stadt. Nichts gegen die vielen Pilger, aber im Moment ist mir in Würzburg zu viel los. Wie dem auch sei, Bibliothekarius: Gehabt Euch wohl – und bleibt so, wie Ihr seid!«

»Jetzt steht hier nicht rum und haltet Maulaffen feil – ihr Betbrüder seid nicht allein auf der Welt!«

Auf seinen Wanderstab gestützt, fuhr der Bibliothekarius in die Höhe. Mit der Zeit hatte er sich zwar ein dickes Fell zugelegt, aber damit war es leider nicht getan. Speziell heute, am Ende eines anstrengenden Fußmarsches, hätte er es vorgezogen, von Anfeindungen und Anpöbelungen verschont zu bleiben. Vor allem dann, wenn er keinen Anlass dazu bot.

»Mitnichten, und das ist auch gut so«, schluckte Bruder Hilpert die Widerworte, die in ihm aufkeimten, hinunter, zeigte dem Schreihals die kalte Schulter und trat auf das äußere Maintor zu. Die Umstehenden, in der Mehrzahl Pilger aus dem Fränkischen, taten es dem Bibliothekarius gleich. Die Stimmung war merklich aufgeheizt, und wie ein Blick in die staubverkrusteten Gesichter verriet, hatten die Wartenden das Schlangestehen satt. Ein Strohlager für die Nacht, ein Dach über dem Kopf und der eine oder andere Schlummertrunk: Das war ja wohl nicht zu viel verlangt.

Leichter gesagt, als getan. Schon jetzt, das hatte sich in Windeseile herumgesprochen, platzten die Herbergen in der Stadt aus allen Nähten. Glücklich derjenige, dem das Kunststück gelang, einen Schlafplatz zu ergattern, wurden vor Kiliani doch wahre Wucherpreise verlangt. Nicht genug damit, war das Brückengeld gegenüber dem Vorjahr verdoppelt worden, zum Ärger der dichtgedrängten Menge, aus deren Mitte es Flüche und Beschimpfungen hagelte.

Die Stadtknechte focht dies jedoch nicht an, und was den Tonfall ihres vierschrötigen Anführers betraf, war von Gastfreundschaft nicht viel zu spüren. »Der Nächste!«

An der Kontrollstelle angekommen, blieb der Bibliothekarius unschlüssig stehen. »He, du da, bist du taub? Ich rede mit dir!«

Kurz davor, Gleiches mit Gleichem zu vergelten, schluckte Bruder Hilpert die Erwiderung hinunter, deutete mit dem Zeigefinger auf sein Habit und entgegnete: »Meint Ihr mich?«

»Wen denn sonst, herrje noch mal«, kanzelte der Obrist den hageren Zisterzienser ab, kahl geschoren, rundgesichtig und kurzbeinig, in puncto Köpergewicht jedoch klar im Vorteil. »Jetzt macht schon, Ihr haltet mir ja den ganzen Verkehr auf.«

»Nichts läge mir ferner, Hochwohlge…«

»Spart Euch die Worte – und gebt Antwort«, fiel der Obrist seinem Gegenüber ins Wort, verlagerte das Gewicht auf die Fußspitzen und schnarrte: »Name?«

»Hilpert von Maulbronn.«

»Alter?«

»43.«

»Wie ich sehe, reist Ihr ohne Begleitung?«

Der Bibliothekarius nickte knapp.

»Lasst mich raten: Ihr seid auf Einladung Eurer Ordensbrüder hier.« Der Obrist würgte ein abschätziges Grunzen hervor. »Ich bin mir sicher, im Stadthof wird es Euch gefallen, der Bankettsaal des Bischofs ist nichts dagegen.«

»Irrtum. Es handelt sich um einen Privatbesuch.«

»Aus welchem Grund?«

»Das Priesterjubiläum meines ehemaligen Lehrers.«

»Hat der Griffelspitzer auch einen Namen?«

»Freilich.« Um eine ironische Replik nicht verlegen, rang Bruder Hilpert seinen Unmut nieder, setzte ein Lächeln auf, das einem Possenreißer auf dem Markt zur Ehre gereicht hätte, und vollendete mit spitzer Zunge: »So Euch Bruder Pirmin, Doktor der Theologie und Leiter der Domschule, ein Begriff sein sollte.«

»Nie gehört.«

»Wie schade, von ihm könntet selbst Ihr noch etwas …«

Wie um Hilpert vor drohendem Ungemach zu bewahren, traten die Umstehenden schweigend näher. Stutzig geworden, sah sich der Bibliothekarius um. Auf der Brücke, wo es wegen der Verkaufsstände fast kein Durchkommen gab, hatte sich eine schmale Gasse gebildet, gesäumt von zahllosen Passanten, deren Blicke auf die gegenüberliegende Flussseite gerichtet waren. Fast gleichzeitig ertönte ein Schrei, gefolgt vom Gezeter einer Greisin, die ein zerschlissenes Kleid aus Wollstoff trug. Die Frau, vom Aussehen her jenseits der 60, hatte aschgraues und in Strähnen herabhängendes Haar, stolperte mehr, als dass sie ging, und trug nur noch eine Sandale am Fuß. Wie seine Besitzerin, deren Gesicht vor Schmutzflecken nur so strotzte, hatte der Schuh schon bessere Tage gesehen. Ihr Kleid, wo sich ein Flicken an den nächsten reihte, rundete den Eindruck ab.

Bruder Hilpert kniff verwirrt die Augen zusammen. Zwei Stadtknechte, die sich nicht scheuten, sie mit ihren Holzknüppeln zu traktieren, trieben die Greisin wie bei einer Treibjagd vor sich her, der eine sichtlich bezecht, weswegen er wiederholt ins Schlingern geriet, der andere die Inkarnation eines Raufbolds, dem die Freude an der Marter ins Gesicht geschrieben stand.

Weit davon entfernt, klein beizugeben, wehrte sich die Frau nach Kräften, fluchte, was das Zeug hielt, und wehrte die Hiebe mit den Armen ab. Die Ordnungshüter ließen sich jedoch nicht beirren, packten die Alte an den Schultern und schleiften sie mit sich fort. Am Westende der Brücke angekommen, stießen sie die Bettlerin zu Boden, zum Entsetzen von Bruder Hilpert, der sich den Schlägern entschlossen in den Weg stellte. »Beim Heiligen Bernhard, haltet ein!«, fuhr er die Grobiane an, umringt von einer Handvoll Bewaffneter, die ihn mit wutentbrannter Miene taxierten. »Eine wehrlose alte Frau mit Schlägen zu traktieren, ihr beiden solltet euch was schämen!«

»Darf man fragen, was Euch das angeht, Bruder … Verzeiht, wie war doch gleich Euer Name?«, mischte sich der Obrist mit unverhohlener Häme ein, einen Ochsenziemer in der Hand, den er mit lässigem Gestus durch die Luft wirbeln ließ. »Wisst Ihr, was Vertreter des geistlichen Standes betrifft, lässt mich mein Gedächtnis des Öfteren im Stich.«

»Haltet ein, oder Ihr lernt mich kennen!«

»Findet Ihr nicht, das geht zu weit?« Nur eine Armlänge von Bruder Hilpert entfernt, ließ der Obrist den Ziemer in die behaarte Pranke fallen, blies Bruder Hilpert den weindurchtränkten Atem ins Gesicht und genoss es, ihn vor den Umstehenden lächerlich zu machen. »Ein Wink von mir, und Ihr landet hinter Gittern. Im Angstloch unter dem Grafeneckart ist noch Platz, dort warten sie nur auf Euch.«

»Für den Fall, dass Ihr beabsichtigt, mich einzuschüchtern«, blieb die Antwort von Bruder Hilpert nicht aus, der sich nicht scheute, dem Fettwanst Paroli zu bieten, »ich halte das für keine gute Idee. Bedenkt bitte, Ihr habt es nicht mit einem x-beliebigen Mönch zu tun, falls Ihr versteht, was ich damit zum Ausdruck bringen möchte.«

»Sondern mit wem?«

»Mit einem ehemaligen Inquisitor und Visitator der Kurie, wenn Ihr es genau wissen wollt. Reicht das, oder gelüstet Euch nach mehr?«

Der Anführer spie verächtlich aus. Und fügte mit Blick auf seine Waffengefährten hinzu: »Und was, bitte schön, hat das mit der verlausten alten Vettel zu tun?«

»Eine Menge.«

»Inwiefern?«

»Gegenfrage: Seid Ihr Euch dessen bewusst, dass Euer Verhalten eines Ordnungshüters unwürdig ist?«

Ermuntert durch das Gelächter seiner Kameraden, schnitt der Obrist eine höhnische Grimasse. »Zu Eurer Information, Ihr Schlaumeier: Das Weibsstück ist keine Unbekannte für uns. Will heißen, sie fällt auf wie ein bunter Hund, wo auch immer sie gerade herumstreunt. Auch für Bettlerinnen gibt es nämlich Spielregeln, und das ist auch gut so. Ich weiß ja nicht, wie es in Eurem Kloster zugeht, Bruder, aber was die hiesigen Gepflogenheiten betrifft, ist für Unruhestifter kein Platz. Das bedeutet, Verstöße werden prompt geahndet. Und da wäre noch etwas: Ohne Lizenz darf hier nicht gebettelt werden, ob es dem Zankteufel in den Kram passt oder nicht. Und selbst dann gibt es feste Regeln, aber die gibt es in Eurem Kloster ja auch. *Möglicherweise*.«

»Die da wären?«

»Wo gebettelt wird, bestimmen wir. Mit anderen Worten, hier kann nicht jeder machen, was er will. Klar, vor dem Dom rumlungern möchten sie alle, dort kommen auch die meisten Leute vorbei. Aber das geht nicht, sonst würde es ein wüstes Durcheinander geben. Kurzum, entweder du greifst nach den Brotkrumen, die dir angeboten werden, oder du bekommst es mit der Stadtwache zu tun. So einfach ist das. Wo kämen wir da auch hin, wenn sich das Pack nach Belieben breitmachen würde. Ordnung muss sein, und wem das nicht passt, der möge sich von hinnen schleichen.« Die Arme vor seinem Lederkoller verschränkt, schnalzte der Obrist genüsslich mit der Zunge, sah sich beifallheischend um und zischte: »Ihr seht, für unser Einschreiten gibt es gute Gründe, ob wir Euren Segen haben oder nicht. Damit das ein für alle

Mal klar ist: Hier haben *wir* das Sagen – und nicht Ihr. So, und nun tretet beiseite – die Pflicht ruft.«

»Die worin besteht?«

»Dem Abschaum zu zeigen, wo es langgeht, was habt Ihr denn gedacht«, rief der Anführer der Torwache aus, gab seinen Gefährten einen Wink, ihm zu assistieren, und ergänzte: »Will heißen, wenn sie sich weigert, die Stadt aus freien Stücken zu verlassen, sehen wir uns gezwungen, ein bisschen nachzuhelfen. Habt Ihr das jetzt endlich kapiert? Gebt den Weg frei, sonst …«

Nach außen hin die Ruhe in Person, ließ Bruder Hilpert den Obristen nicht ausreden, öffnete den Schnürbeutel, den er unter seinem Habit verwahrte, und fischte eine abgegriffene Silbermünze heraus, die er dem Torwächter lächelnd in die Hand drückte. »Fünf Gulden dürften reichen, um eine Konzession zu bekommen, oder was meint Ihr dazu? Und wenn wir gerade dabei sind, was ist denn mit dem hiesigen Bettelvogt? Es läge mir zwar fern, Euch Vorschriften zu machen, aber haltet Ihr es für klug, ihn zu übergehen? Ich meine, was Streitfälle wie den jetzigen betrifft, hat er ja wohl ein Wörtchen mitzureden.«

»*Hatte*.«

Bruder Hilpert stutzte, fing sich jedoch rasch wieder. »Wie darf ich das verstehen?«

Der Obrist atmete geräuschvoll aus, schob sich bis auf Ellenlänge an Bruder Hilpert heran und knurrte: »Ich weiß zwar nicht, was Euch das angeht, Bruder Honigzunge, aber schenkt man den Gerüchten Glauben, die gerade in Umlauf sind, weilt Meister Gunthram nicht mehr unter uns.«

»Sagt wer?«

Der Obrist ging über die Frage hinweg. »Es heißt, er wurde ermordet.«

»Ermordet?«

»*Sagt man.*«

»Und von wem?«

»Selbst wenn ich es wüsste«, erwiderte der Obrist gespreizt, ließ die Fünf-Gulden-Münze in die Brusttasche seines Lederkollers gleiten und machte Anstalten, sich der malträtierten Greisin zuzuwenden, »selbst dann wäre ich nicht befugt, einen Kommentar abzugeben, schon gar nicht gegenüber einem Klugscheißer wie Euch. Ich hoffe, das war deutlich genug, Bruder ... Verflixt, jetzt habe ich doch glatt wieder Euren Namen vergessen, ja, hat man denn so was schon erlebt!«

»Und was, wenn ich mich beim Stadtrat um eine Konzession bemühe?«

»Konzession oder nicht, das Weibsstück wird der Stadt verwiesen, und zwar auf der Stelle. Und jetzt räumt endlich das Feld – oder Ihr seid als Nächster an der Reihe.«

»Wenn Ihr Euch da mal nicht irrt«, erwiderte Bruder Hilpert barsch, half der am Boden kauernden Greisin auf und warf den Umstehenden einen Blick zu, der nichts Gutes verhieß. »Apropos, wenn wir gerade über meinen Werdegang reden: Im Gegensatz zu etlichen meiner Brüder habe ich das Waffenhandwerk erlernt, bevor ich mich entschloss, dem Zisterzienserorden beizutreten. Solltet Ihr darauf bestehen, dass ich eine Kostprobe meiner Fertigkeiten gebe, an mir soll das Kräftemessen nicht scheitern. So, von meiner Seite aus wäre es das gewesen, oder haben die Herren Ordnungshüter noch Fragen?«

3

Sankt Burkard, zur gleichen Zeit
[19.30 Uhr]

»Na endlich, wurde aber auch Zeit«, murmelte der Kleriker auf dem Betschemel vor sich hin, zog die Kapuze mit einem Ruck in die Stirn und reckte die fettbepackten Glieder. Der Schemel, für einen Mann mit seiner Körperfülle nicht geeignet, knarzte unter dem enormen Gewicht, und für einen Moment hatte es den Anschein, als verliere der Prälat die Balance. »Wo hast du denn die ganze Zeit gesteckt, ich hatte dir doch ausrichten lassen, es sei dringend!«

»Ich wurde aufgehalten, soll nicht wieder vorkommen«, ließ der Säumige, der sich wie eine Raubkatze durch das Nordportal in die Kirche schlich, den Rüffel kommentarlos an sich abprallen, vergewisserte sich, ob es unerwünschte Zuhörer gab, und schlenderte gemächlich auf den Mittelgang zu. Dort angekommen, hielt er abwartend inne. Erst danach, etliche Atemzüge später, setzte er sich erneut in Bewegung, nahezu lautlos, wie ein Nachtjäger auf der Suche nach Beute. »Du weißt ja, ich bin ein vielbeschäftigter Mann. Da kann schon mal was dazwischenkommen, ein Magistrat ist eben immer im Dienst.«

»So kann man es natürlich auch ausdrücken«, entgegnete der Kleriker verstimmt, fast zur Gänze in einen dunklen Umhang gehüllt, dessen Spangen aus purem Gold gefertigt waren. Anstatt sich zu dem Neuankömmling umzudrehen, blickte er dabei nach vorn, eine Gebetskette in der Hand, an deren Ringfinger ein blutroter Rubin steckte. »Aber warum rege ich mich überhaupt auf, um Ausflüchte warst du ja noch nie verlegen, darin bist du ein Meister.«

»Wenn du willst, kann ich ja wieder gehen. Und merk dir eins: Ich bin nicht dein Lakai, also halte dich gefälligst zurück.«

»Nur zu, da hinten befindet sich die Tür«, erwiderte der Würdenträger brüsk, bekleidet mit einer scharlachroten Robe, deren Spitzkragen ihm fast den Hals abschnürte. Das Triptychon mit den Wundertaten von Sankt Burkard, welches die Mensa aus geädertem Marmor überragte, war ins Dämmerlicht des hereinbrechenden Abends gehüllt, eine Szenerie wie vor dem Sündenfall, als die Kirche in den Endkampf gegen die Heiden zog. »Du und deine galanten Abenteuer, dazu fällt mir wahrhaftig nichts mehr ein.«

»Das sagt gerade der Richtige«, war der Angesprochene um eine Replik nicht verlegen, gekleidet wie ein junger Geck, wiewohl bereits in mittleren Jahren. An seinem Habitus, der den selbstgefälligen Prahlhans verriet, änderte sich dadurch nichts. »Ohne dir zu nahe treten zu wollen, was deinen Verschleiß an Chorknaben betrifft, kommt man aus dem Staunen nicht heraus. Zuvorkommend ausgedrückt. Aber mach dir keine Sorgen, auf meine Verschwiegenheit ist Verlass.«

»Spar dir die Zoten für deine Hübschlerinnen auf«, fauchte der Prälat zurück, das Gesicht flammend rot, als drohe ihm die schwarze Galle überzulaufen. »Warte nur ab, auch dir wird das Lachen bald vergehen, darauf verwette ich meine Pfründe.«

»Die wahrhaftig nicht von schlechten Eltern ist«, gab der affektierte Schürzenjäger amüsiert zurück, fläzte sich auf die nächstgelegene Bank und zupfte sein Wams aus Brokatstoff zurecht. »Du siehst so leidend aus, irgendetwas nicht in Ordnung mit dir?«

»Wenn ich du wäre, würde ich nicht so große Töne spucken. Du weißt ja, Hochmut kommt vor dem Fall.«

»Falls du beabsichtigst, mir die Leviten zu lesen: Versuch es gar nicht erst«, kanzelte der Stutzer den zürnenden Prälaten ab, dessen Augen wie Glasmurmeln hin und her irrten, überwölbt von nachgezogenen Brauen, die den Zügen einen femininen Anstrich verliehen. Die markante Falsettstimme, deren Echo in den hintersten Winkel drang, trug das Ihrige zu dem bizarren Anblick bei. »Mir kann keiner etwas anhaben, wie auch.«

»Wenn du dich da mal nicht irrst.«

Argwöhnisch geworden, gab der Geck seine entspannte Haltung auf. »Ich schlage vor, wir reden nicht weiter um den heißen Brei herum. Und du sagst mir endlich, was Sache ist.«

»Dann mach dich auf einiges gefasst.«

»Du liebst es, die Leute auf die Folter zu spannen, kann das sein?«

Der Prälat schnaubte verächtlich durch die Nase.

»Jetzt rede schon, was ist passiert?«

»Gunthram ist tot.«

Der Stutzer erwiderte das Schnauben. »Na und, was kümmert's mich? Um den Hundsfott ist es weiß Gott nicht schade, möge er auf ewig in der Hölle schmoren.«

»Ist das alles, was du dazu zu sagen hast?«

Der Angesprochene griente matt. »So ziemlich. Ein Halunke weniger, was soll's. Was mich betrifft, ich weine ihm keine Träne nach. Der Strolch hat es nicht anders verdient, das wissen wir ja wohl beide.«

»Wohl gesprochen.«

»Und worin liegt dann das Problem?«

»Darin, dass er meuchlings ermordet wurde.«

»Und wenn schon«, verzog der Lackaffe keine Miene, rückte sein Barett zurecht und sagte: »Wer sich mit zwielichtigem Gesindel umgibt, der darf sich nicht wundern, wenn er zwischen die Fronten gerät. Wie das Sprichwort sagt: ›Der Krug geht so lange zum Brunnen, bis er bricht.‹«

Der Prälat ging über die Antwort hinweg. »Respektive zu Tode gefoltert, um genau zu sein.«

»Was sagst du da, zu Tode gefoltert?« Gerade eben noch die Gleichgültigkeit in Person, schnellte der Stutzer abrupt in die Höhe. »Da muss aber jemand ziemlich verärgert gewesen sein.«

»Zu Tode gefoltert und in die Sickergrube vor dem Pleichertor geworfen, wo er heute Morgen von einem Müllkärrner aufgefunden wurde.«

»Und woher weißt du das?«

»Ich weiß es eben, und damit basta!«, blaffte der Prälat zurück, den Blick auf den reglos verharrenden Gesprächspartner gerichtet, dem der Argwohn in die verlebten Züge geschrieben stand. »Ich nehme an, dir ist klar, was das für uns bedeutet?«

»Es bedeutet, dass er nichts mehr ausplau…«, blieb der Möchtegern-Adonis seiner Linie treu, brach jedoch mitten in der Entgegnung ab. »Gibt es schon einen Hinweis, wer es war?«

»Anscheinend nicht.«

»Und was jetzt?«

Der Würdenträger lachte schrill. »Jetzt ist guter Rat teuer, egal, von wem!«

»Und was, wenn es sich um einen Zwist unter Konkurrenten handelt? Ich meine, dass er nicht nur Freunde hatte, das liegt ja wohl auf der Hand. Nehmen wir zum Beispiel den Hurenwirt. Ginge es nach ihm, würde Gunthram schon längst am Galgen baumeln. Kuppelei im großen Stil, Handel mit gepanschtem Wein, Münzfälscherei, Schmuggel und dergleichen mehr: Wer so viel auf dem Kerbholz hat wie der Vogt, der läuft mit einem Strick um den Hals herum.«

»Tun wir das nicht auch?«

»Wie dem auch sei, Tote reden nicht.«

»Du verstehst nicht, worauf ich hinauswill«, antwortete der Prälat, den Blick auf dem dreiteiligen Altarbild, dessen Konturen mit der Abenddämmerung verschmolzen. Um mit unterkühltem Timbre hinzuzufügen: »Gesetzt den Fall, der Bettelvogt wurde dazu gezwungen, aus dem Nähkästchen zu plaudern: Was, denkst du, käme dann auf uns zu?«

»Eine Menge Ärger.«

»Rectissime!«

»Und was gedenkst du dagegen zu tun?«

»Primum: Dir wird nichts anderes übrigbleiben, als eine Zeit lang unterzutauchen. So schnell wie möglich, am besten noch heute Abend.«

»Aber ...«

»Kein Aber. Je eher du von der Bildfläche verschwindest, desto besser.«

»Sonst noch was?«

»Deinde: kein Geplänkel mehr mit liederlichem Weibsgesindel, haben wir uns verstanden?«

»Sag mal, wie redest du denn eigentlich mit mir? Merk dir eins: Von dir lasse ich mich nicht mehr rumkommandieren, und wenn du dir einbildest, du könntest einen auf Unschuldslamm machen, dann ...«

»Hör auf, mir zu drohen, oder du lernst mich kennen«, fiel der Prälat dem Modegecken ins Wort, machte eine finale Geste und schnarrte: »Drittens und letztens: Auch wenn du dir sicher bist, man könne dir nichts nachweisen: Sei auf der Hut – und nimm eine Waffe mit, wenn du aus dem Haus gehst, man weiß ja nie.«

»War's das, oder geht die Bergpredigt weiter?«

»Andernfalls, fürchte ich, sind deine Tage gezählt«, schärfte der Prälat dem erbosten Zuhörer ein, suchte nach Halt, um nicht ins Taumeln zu geraten, und legte den Gebetskranz beiseite. »Damit eins klar ist, kleiner Bruder: Solltest du in der Klemme stecken, sieh zu, wie du wieder rauskommst. *Allein*. Und komm mir ja nicht auf die Idee, dich bei mir auszuweinen, von heute an muss jeder selbst sehen, wo er bleibt.«

»Du hältst dich wohl für sehr schlau, was?«

»Drücken wir es mal so aus, Bruderherz: Auf dich kann man sich einfach nicht verlassen, das ist ja das Schlimme an dem Malheur.«

»Aber auf dich, da hätten wir ja noch mal Glück gehabt.«

Puterrot im aufgedunsenen Gesicht, schwang der Prälat seinen Rumpf nach rechts, fletschte die Zähne und knurrte: »Um dein Gedächtnis aufzufrischen, du Tunichtgut: Ohne meine Hilfe wärst du in der Gosse gelandet, und wer weiß – vielleicht gehörst du dort auch hin. Ein Bastard ist und bleibt nun mal ein Bastard, mag die Konkubine, mit der Vater das Lager geteilt hat, auch noch so wohlgestaltet gewesen sein. Vergiss also nie, wo du hergekommen bist, Bruder Leichtfuß – und wem du deinen Posten zu verdanken hast. Und jetzt reiß dich gefälligst am Riemen, oder du landest wieder dort, wo du hergekommen bist.« Die Augen erneut nach vorn gerichtet, deutete der Prälat mit dem Daumen über die Schulter. »So, das wäre alles. Du kannst gehen. Meine Exerzitien dulden keinen Aufschub.«

Der Stadtschreiber willigte widerstrebend ein.

Ein leises Knarren, und das Nordportal fiel hinter ihm ins Schloss.

Als sei nichts geschehen, behielt der Prälat die kniende Haltung bei, den Gebetskranz wie eine Fessel um die Hände geschlungen, die bei der Berührung unmerklich zu zittern begannen. Durch die Buntglasfenster im Chor sickerte das Dämmerlicht herein, und wie das Geläut weithin hörbar verkündete, standen die Mönche im Begriff, sich zur Nachtruhe zu begeben.

Allein, der Kleriker nahm keine Notiz davon, auch dann nicht, als das Echo des Nachtgeläuts verklang. Die Stille ringsum war vollkommen, und es schien, als existierten weder Zeit noch Raum für ihn. Zu seinem Leidwesen verhielt es sich jedoch anders, und wie er so den Sprüngen seiner Gedanken folgte, die ihn bis ins Tiefinnerste seines Wesens verfolgten, wurde der Prälat von lähmender Resignation übermannt. Auch wenn er lieber gestorben wäre, als dies zuzugeben: Er war und blieb ein lasterhafter Mensch, und es gab nichts, was dazu taugte, ihn auf den Pfad der Tugend zurückzubringen.

Es sei denn, er wäre bereit, dafür Buße zu tun.

Mea culpa, mea culpa, mea maxima culpa.

Blieb die Frage, ob er imstande war, sich reinzuwaschen. Wusste er doch nur zu gut, wofür er sich vor seinem Schöpfer zu verantworten haben würde. Sprich: Ein Bruch der Gelübde war eine Sache, ein Sündenregister wie das seinige etwas anderes. Als Mann des Geistes, der er nun einmal war, wusste er das nur zu gut. Und ihm war klar, dass es für die Verfehlungen, die sich wie ein roter Faden durch seine Vita zogen, auch nicht die Spur einer plausiblen Rechtfertigung gab.

Er hatte gesündigt, und ihm blieb nichts anderes übrig, als seine Strafe in Empfang zu nehmen.

Eine andere Möglichkeit gab es nicht.

Es sei denn, er richtete sich selbst.

Durch Schritte in seinem Rücken aufgeschreckt, wurde er abrupt in die Gegenwart katapultiert. Von wem sie stammten, dessen war er sich vollauf bewusst. Und so verharrte er schweigend auf der Stelle, die Handflächen wie im Starrkrampf aneinandergepresst.

»Dominus tecum«, ließ sich die ihm wohlvertraute Stimme vernehmen, nur noch einen Schritt von seinem Standort vor dem Triptychon entfernt. Und so nah, dass er den Atem ihres Besitzers im Nacken spürte. Kaum war dies geschehen, ließ der Prälat seinen Umhang zu Boden gleiten, entblößte den schwammigen Oberkörper und umklammerte die mit Widerhaken gespickte Geißel, die sich unter der Kniestütze des morschen Betschemels befand.

Und reichte sie über die Schulter nach hinten.

Die Worte, die er dabei wählte, waren stets die gleichen: »Ich bin bereit, Bruder Prior – verfahrt mit mir nach Belieben.«

»Wie viele Hiebe, mein Sohn?«

»Sieben«, gab er postwendend zurück, streckte seinem Beichtvater den von Striemen übersäten Rücken entgegen, und flüsterte kaum hörbar vor sich hin: »Schlagt nur recht heftig zu, ich habe es nicht anders verdient!«

»Na warte, du Heuchler, dir werd ich's zeigen«, machte der Stadtschreiber seinem Ärger Luft, stieß die Gartenpforte des Klosters mit dem Absatz zu und schwor sich, es dem Prälaten heimzuzahlen. Die Schuld auf andere abwälzen, wenn es brenzlig wurde, das würde dem Ränkeschmied so passen. Was das betraf, hatte er die Rechnung ohne den Wirt gemacht. Errare humanum est, so konnte man sich irren. Egal, wie es weiterging, er würde seine Afterballen ins Trockene retten, und was diesen aufgedunsenen Pfaffen betraf, der konnte ihm von nun an gestohlen bleiben. »Und so was schimpft sich Bruder, der Presssack sollte sich was schämen. Ich sag's ja immer wieder, die Dompfaffen sind doch alle gleich. Als Laufbursche war ich gut genug, aber damit ist es jetzt vorbei, Herr von und zu!«

Doch so sehr ihm die Kränkung auch zusetzte, Bartholomäus Fries blieb seinen Allüren treu. Eitel, wie er nun einmal war, ließ der Aufschneider den Blick über seine Gewandung gleiten, beugte sich vornüber, um den Staub von den auf Hochglanz polierten Schnabelschuhen zu wischen, und machte sich auf den Rückweg in die Stadt. Auf dem Treidelpfad, der das Kloster mit dem angrenzenden Mainviertel verband, waren bis auf ein paar Fischer nur noch wenige Passanten unterwegs, die, wenn überhaupt, dem Stadtschreiber keinerlei Beachtung schenkten. Der westliche Horizont, an Tagen wie heute zum Greifen nah, war ins mattblau schimmernde Licht der Abenddämmerung getaucht, gesäumt von hauchzarten Dunststreifen, die dem Panorama ein unwirkliches Gepräge verliehen. Aus dem Uferschilf flatterte ein Fischreiher auf, beschrieb einen Halbkreis und ließ sich auf einer Sandbank in der Flussmitte nieder. Der Main, vor Monatsfrist noch voller Tücken, hatte sich in ein zäh dahinfließendes Rinnsal verwandelt, und an den Landestegen, wo die Lastkähne und Holzflöße vor sich hindümpelten, war von Betriebsamkeit nichts zu spüren. Selbst die Burg, den Bürgern seit jeher ein Dorn im Auge, fügte sich scheinbar nahtlos in die anheimelnde Abendstimmung ein, und was den ummauerten Stadtkern betraf, in dem man sich seit Tagen wie in einem Glutofen wähnte, war die Hitze einem lauen Nachthauch gewichen.

Ohne Blick für das sommerliche Idyll zog der Stadtschreiber ergrimmt seines Weges. Nicht lange indes, und der Groll, den er gegenüber seinem Bruder hegte, war der Angst vor der Aufdeckung seiner Machenschaften gewichen. Handelte es sich bei der Schandtat, die man ihm zur Last legen würde, doch mitnichten um ein Kavaliersdelikt. Dass sein Bruder indes so tat, als besitze er eine weiße Weste, beim Andenken seiner Mutter, die Flausen würde er ihm aus dem Wanst prügeln.

Nicht mit ihm, nicht mit Bartholomäus Fries.

Das würde Konsequenzen haben, und was für welche. Der scheinheilige Fettsteiß würde sich noch wundern, so wahr er das Pech hatte, dessen Halbbruder zu sein.

Durch ein Geräusch zu seiner Rechten aufgeschreckt, verharrte der Ratsschreiber auf der Stelle. Die Gasse, durch die ihn sein Weg führte, war von Lehmhütten und Häusern aus Fachwerk gesäumt, manche davon so heruntergekommen, dass er beim Vorübergehen pikiert die Nase rümpfte. Nicht genug damit, stieg aus dem Rinnstein ein übelriechender Brodem empor, ein Gemisch aus Tierkot, Dung und Küchenabfällen, zwischen dem die Ratten ohne Scheu umherstolzierten.

Kein anheimelnder Ort, fürwahr. Sein trautes Heim war ihm da schon lieber. Besonders dann, wenn sich seine Gattin auf Verwandtenbesuch befand. Von trautem Beisammensein, das zum Thema Ehegespons, konnte mitnichten die Rede sein. Pech für ihn, dass sein Weib mit der Zeit immer unleidlicher geworden war, kein Tag, an dem Waltraudis und er nicht aneinandergerieten. Dabei mangelte es ihr an nichts, wozu regte sich der Zankteufel also auf.

Wie gut, dass es auch noch andere Frauenzimmer gab. Allen voran solche, die sich Dame schimpften – oder solche, die sich einbildeten, eine zu sein. Sonst hätte er sich schon lange aus dem Staub gemacht, allen Annehmlichkeiten seines Standes zum Trotz.

Vinum, mulier et cantus: So hatte er es stets gehalten.

Und dabei würde es auch bleiben, Moralpredigten hin oder her.

Schief grinsend, stieß Fries ein gezwungenes Lachen aus.

Ausgerechnet Melchior.

Der Lügenbold hatte es gerade nötig.

Der log doch, wenn er nur den Mund aufmachte, wie die übrigen Schweinepriester auch. Und wirtschaftete in die eigene Tasche, bekam den Hals vor lauter Gier nicht voll. Kein Zweifel, der Parasit hatte es faustdick hinter den Ohren, und wenn er so weitermachen würde wie bisher, dann bliebe ihm nichts weiter übrig, als zum Strick zu greifen.

Zur Hölle mit ihnen allen.

Je eher, desto lieber.

In einem hatte sein Halbbruder jedoch recht, allen gegenteiligen Indizien zum Trotz. Gerade jetzt, umgeben von unheimlichen Geräuschen, die wie Schlangengezischel aus dem Halbdunkel an sein Ohr drangen, wäre eine Waffe durchaus von Vorteil gewesen.

Ein Geräusch in unmittelbarer Nähe, gedämpft zwar, aber deutlich auszumachen.

Von Unruhe gepackt, wirbelte Fries herum.

Menschenleere Gassen, wohin man auch sah. Vergleichbar mit einem Irrgarten, aus dem es für ihn kein Entkommen gab. Dazu Kehricht in rauen Mengen, darunter gleich mehrere Tierkadaver, in denen sich Myriaden von Maden tummelten. Und was die Häuser ringsum betraf, dort würde er keinen Fuß über die Schwelle setzen, geschweige denn Umgang mit ihren Bewohnern pflegen.

Und dann auch noch die Dreckspritzer auf seinen Schuhen, das hatte ihm gerade noch gefehlt.

Da musste er durch, was blieb ihm übrig.

Einen Fluch auf den Lippen, ging Fries mit schleppenden Schritten weiter, vorbei an geschlossenen Fensterläden, hinter denen kein Laut zu hören war. Fast schien es, als wandle er durch eine Einöde, so trist war der Anblick, der sich ihm bot. Selbst seine Schritte waren kaum zu hören, verschluckt von der nachtschwarzen Finsternis, die sich wie Blei auf seine überreizten Nerven legte.

Cave noctem, konnte er da nur sagen.

Allein war man hier so gut wie aufgeschmissen.

»Auf ein Wort, gnädiger Herr – es wird auch nicht lange dauern.«

Bartholomäus erschrak zu Tode, zitternd wie ein Bündel Espenlaub.

Doch dann, als sein Blick auf die Silhouette eines Knaben stieß, atmete er erleichtert auf, bemüht, das Zittern seiner Hände zu verbergen. »Ich bin mir sicher, hier liegt eine Verwechslung vor. Und nun tritt zur Seite, ich bin in Eile.«

Der Knabe indes, um die zwölf Jahre alt, fahlblond, schmalgliedrig und mit einem verwaschenen Leinenhemd bekleidet, das wie eine Schürze um den fragilen Körper schlotterte, verharrte stocksteif auf der Stelle. »Ihr seid doch der Stadtschreiber, stimmt's?«, fügte er nach einem Moment des Abwartens hinzu, im Gegensatz zu Fries die Ruhe in Person. Und wartete die Antwort erst gar nicht ab: »Man schickt mich, um Euch eine Bitte zu übermitteln.«

»Und die wäre?«

»Mir zu folgen«, erwiderte das blässliche Geschöpf, im Besitz einer wohlklingenden Singsangstimme, die den Schreiber in eine Art Hypnose versetzte. Zwischen Neugier und Argwohn hin und her gerissen, betrachtete Fries sein Gegenüber näher. Der Knabe nahm es mit Gelassenheit, strich sich die ungebärdige Haarpracht aus dem Gesicht, die an den Enden bis auf die Schultern reichte, und tat so, als könne er ihm die Bitte nicht abschlagen. »Ich möchte Euch ja nicht drängen, aber meine Auftraggeberin erwartet Euch bereits.«

»Und wie lautet ihr Name?«

Ein romantisches Stelldichein, im Moment genau das Richtige für ihn.

Innerlich frohlockend, gab Fries seine argwöhnische Haltung auf.

»Das hat sie mir nicht gesagt«, gab der Knabe scheinbar teilnahmslos zurück, stellte sein Windlicht ab, dessen Kerzenstumpf unmerklich zu flackern begann, und zog ein verschnürtes Pergamentröllchen hervor, um es Fries mit weltmännischem Gestus zu überreichen. »Aber sie hat mir eine Botschaft anvertraut, zur gefälligen Beachtung Eurerseits.«

Zur gefälligen Beachtung.

Wie sich das anhörte.

Um wen es sich bei ihm auch handeln mochte, der Fant schien es faustdick hinter den Ohren zu haben. Das Pergamentröllchen im Visier, nahm Fries das blakende Windlicht zur Hand, knotete den Bindfaden auf und begann zu lesen.

»Ich sehne mich nach Eurer Gegenwart.«

Potzblitz aber auch, das Leben hielt doch allerhand Überraschungen bereit.

»Na, wenn das so ist, ihr Wunsch sei mir Befehl«, ließ sich

Fries seine Euphorie nicht anmerken, stopfte die Minnebotschaft in die Tasche und bedeutete dem Knaben, ihm den Weg zu zeigen. Mittlerweile war es nahezu dunkel geworden, und es schien, als könne er die eigenen Hände nicht mehr sehen. Eine Viertelstunde verstrich, ohne dass etwas geschah, doch dann, als die Türme von Sankt Jakob aus dem Zwielicht traten, gabelte sich der ausgetretene Pfad. »Nur mal so am Rande, wie weit ist es denn eigentlich noch?«

»Nicht übermäßig«, antwortete der Knabe knapp, riss Fries das Windlicht förmlich aus der Hand und deutete nach links, wo sich der Weg in den Dunstschwaden der Dämmerung verlor. Nur um sich kurz vor dem Zeller Tor nach rechts zu wenden, vorbei an einer Reihe von Gebäuden, die parallel zur linksmainischen Stadtmauer verliefen. Auch hier, auf halber Strecke zwischen Deutschhauskirche und dem Schottenkloster, hatte sich eine beklemmende Stille herabgesenkt, und je länger er sich an die Fersen seines Begleiters heftete, desto mehr wurde Fries von Argwohn erfasst. »So, da wären wir, gehabt Euch wohl.«

»He, du da, du kannst mich doch nicht einfach hier stehen…«, rief Fries dem Knaben hinterher, der davonrannte, als sei ihm der Leibhaftige erschienen. »Na warte, Bürschlein, wenn ich dich zu fassen kriege, dann setzt es Prügel!«

»So Ihr denn je die Gelegenheit dazu bekommt«, hörte Fries die Stimme in seinem Rücken sagen, so furchteinflößend, dass er es nicht wagte, sich umzudrehen. »Was mich betrifft, bin ich da eher skeptisch, Meister Fries. Denn eins kann ich Euch jetzt schon versprechen: Wenn wir mit Euch fertig sind, werdet Ihr es fortan nicht wagen, auch nur ein einziges Kind an Eure Kumpane zu verscherbeln – nie mehr, darauf gebe ich Euch mein Wort!«

4

Mainbrücke, kurz drauf
[19.50 Uhr]

»Alle Wetter, denen habt Ihr's aber gegeben!«, sparte die Bettlerin gegenüber Bruder Hilpert nicht mit Lob, ging auf Tuchfühlung zu ihm und nuschelte: »Endlich mal einer, der genug Mumm in den Knochen hat. Wurde auch langsam Zeit.«

Bruder Hilpert lächelte schwach. »Ich hoffe, es wird den Grobianen eine Lehre sein«, machte er aus seiner Erbitterung über den Vorfall keinen Hehl, entwand sich ihrem Griff und musterte den Pulk der Stadtknechte, die sich im Halbkreis um ihren Obristen scharten. »Wie dem auch sei«, wandte er den Blick nach einer Weile wieder ab, winkte einen Wasserverkäufer herbei, um seine Vorräte aufzufüllen, und drückte der Streunerin die Trinkschale in die Hand. Die Alte leerte sie auf einen Zug, das Gesicht übersät von den Blessuren, die von den Stockhieben der verrohten Soldateska stammten. »Ich befürchte, da braut sich was zusammen. Wenn ich dir also einen Rat geben darf ... Da fällt mir gerade ein, ich weiß ja noch gar nicht, wie du heißt!«

»Agnes.«

»Und der Familienname?«

»Bleichröder.«

»Ein Vorschlag zur Güte, Agnes Bleichröderin: Das Beste ist, du bittest um Asyl.«

Die Alte griente schief. »Und wo, etwa im Grafeneckart?«

»Eher woanders, zumindest, bis Gras über die Sache gewachsen ist.« Bruder Hilpert reckte die Schultern. »Nun ja«, führte er den Gedankengang fort, dämpfte die Stimme und sprach: »So gut wie du kenne ich mich zwar nicht aus, aber was die Benediktinerinnen von Sankt Afra betrifft, bin ich mir sicher, sie würden dir für eine Weile Obdach gewähren. Die Priorin ist eine alte Bekannte von mir, und wenn du damit einverstanden bist, würde ich bei ihr ein gutes Wort für dich …«

»Spart Euch die Mühe, Bruder«, fiel die Bettlerin dem Bibliothekarius ins Wort, die Gesichtszüge in flammendes Rot getaucht, während ihr Körper wie im Starrkrampf zu zittern begann. »Mit den Betschwestern von Sankt Afra bin ich fertig, dort bringen mich keine zehn Pferde mehr hin.«

»Darf man erfahren, wieso?«

»Bitte nehmt mir es nicht krumm, Bruder«, leitete die Bettlerin ihre Antwort ein, gab Bruder Hilpert die Trinkschale zurück und trat mit Verschwörermiene näher. »Aber wenn ich mir überlege, was ich durchgemacht habe, dann steigt sogar jetzt noch die Galle in mir hoch. Denkt bloß nicht, bei den Nonnen geht es gesittet zu, die sind auch nicht viel besser als die Männer.«

»An wen speziell hast du dabei gedacht?«

»Mit Sicherheit nicht an Euch, Ihr seid in Ordnung. Und etliche von Euren Mitbrüdern auch, das sollte man nicht vergessen. Schade nur, dass Eure Spezies am Aussterben ist, sonst sähe die Welt ganz anders aus.«

»Ich befürchte, du siehst ein wenig schwarz«, unternahm der Bibliothekarius den Versuch, den Unmut der Greisin zu dämpfen, im Visier der rabiaten Stadtknechte, deren Blicke in seine Richtung nichts Gutes verhießen. »Sei's drum, was mich betrifft, ich bin rechtschaffen müde, was hältst du davon, wenn wir das Gespräch ein andermal fortführen?«

»Bei allem Respekt, Bruder: So billig kommt Ihr mir nicht davon«, erstickte die Streunerin das Ansinnen im Keim, zog ihn beiseite, um dem Strom der Passanten zu entfliehen, und ließ ihrer Erbitterung freien Lauf. »Ihr habt mir eine Frage gestellt, und weil die Dinge nun einmal so sind, wie sie sind, sollt Ihr auch eine Antwort bekommen.« Das Gesicht zu einer hasserfüllten Grimasse verzerrt, wandte sich die Verfemte nach der Stadtseite um, vollführte eine ausholende Geste und ließ der Bitterkeit, von der sie gepackt wurde, freien Lauf. »Der Geldadel da drüben in der Stadt, Eure raffgierigen Mitbrüder, die vor Habsucht den Hals nicht voll bekommen, die ach so tugendhaften Honoratioren, die beim Hurenwirt ein und aus gehen – die stecken doch alle unter einer Decke, halten zusammen wie Pech und Schwefel. Dabei haben sie so viel Dreck am Stecken, dass es zum Himmel schreit – und scheren sich einen feuchten Kehricht drum. Aber Leuten wie mir Vorschriften machen, was sie zu tun oder zu lassen haben, damit sind die feinen Pinkel schnell bei der Hand. Betteln ja, aber wenn, dann nur dort, wo es ihnen in den Kram passt, damit es die gottgewollte Ordnung nicht stört. Und damit unsereinem nicht zu wohl wird, steckt der Bettelvogt den Löwenanteil davon ein, wo kämen wir da auch hin, wenn jemand wie ich nicht von der Hand in den Mund leben müsste.« Einer Furie gleich, legte die Bettlerin die obere Zahnreihe bloß, eine Aneinanderreihung verfaulter Stümpfe, zwischen denen verschimmelte Brotkrumenreste klebten. »Aber wie es aussieht, hat den Bettelvogt tatsächlich der Teufel geholt, geschieht ihm auch recht, mit mir hatte der Blutsauger nichts am Hut.«

»Weiß man denn schon, wer ihn auf dem Ge…«, unternahm Bruder Hilpert den Versuch, die Alte von ihrem Thema abzulenken, fand jedoch kein Gehör.

»Ein Almosen hier, ein Obolus da, und die Sache ist geritzt. Dann stehst du gut da – und gehörst dazu. Egal, wie viel Dreck an deinen Fingern klebt, eine Geldkatze wirkt oft wahre Wunder.« Außer sich vor Wut, steigerte sich die Bettlerin in einen wahren Rausch hinein, die Stimme so rau wie ein Reibeisen, deren Klang die Passanten zum Innehalten zwang. »Und wenn wir gerade beim schnöden Mammon sind, schaut Euch doch um, und dann wisst Ihr Bescheid. Ein Verkaufsstand am andern, sodass auf der Brücke kaum ein Durchkommen ist. Devotionalien gefällig? Kein Problem. Broschen mit dem Konterfei der drei Frankenapostel, das Stück für zehn Pfennige, Wachskerzen in jeder Größe, wenngleich von minderer Qualität, Gebetsketten in jeder Preislage, Gebetsfibeln noch und nöcher, dazu Räucherstäbchen, Kruzifixe, Heiligenbilder und Glücksbringer aller Art. Mit einem Wort: alles, was das Pilgerherz begehrt. Und was dazu taugt, ihm das Geld aus der Tasche zu ziehen. Meiner Treu, welch aberwitziges Spektakel! Würde Jesus von da droben herabsteigen, um den Geschäftemachern auf die ausgestreckte Klaue zu sehen, ich bin mir sicher, er käme sich wie in einem Tollhaus vor. Wenn wir gerade beim Thema sind, Ihr könnt Euch doch sicher denken, in wessen Taschen die Gewinne fließen?«

»Ich nehme an, du wirst es mir gleich sagen.«

»Auf die Gefahr hin, es mir mit Euch zu verscherzen: Wenn Ihr wüsstet, was hinter den Kulissen vor sich geht, ich bin mir sicher, Ihr würdet Euer Habit auf den Misthaufen befördern. So wahr ich hier stehe – und so wahr mein Name Agnes ist: Dort drüben geht es zu wie in Sodom, und wenn ich das sage, meine ich es auch so. Den Herrschaften von

Stand ist nichts Menschliches fremd, und wenn es darum geht, der Wollust zu frönen, lassen sie keine Schandtat aus.«

»Mäßige dich, Weib. Das geht zu weit.«

»Es fehlt Euch an Fantasie, Bruder. Darin liegt das Problem.«

»Kommt drauf an, worum es sich dreht«, blieb der Bibliothekarius die Antwort nicht schuldig, schulterte sein Gepäck und machte Anstalten, das letzte Stück des Weges hinter sich zu bringen. Die Sonne war bereits am Untergehen, und wenn er sich nicht sputete, würde er vor verschlossenen Stadttoren stehen. »Nur weil ich Mönch bin, bedeutet das nicht, dass ich mir Illusionen über das Gebaren meiner Nächsten mache. Der Mensch ist nun einmal des Menschen schlimmster Feind, so ernüchternd das klingt, dessen war ich mir stets bewusst.«

»Und die Wölfe, die sich über unschuldige Lämmer hermachen, was ist mit denen?«

Im Begriff, seinen Weg fortzusetzen, blieb der Bibliothekarius zürnend stehen. »Was ist es, das du mir mitteilen möchtest, Agnes Bleichröderin?«, erhob er wie aus dem Nichts die Stimme, sah die Bettlerin fordernd an und grollte: »Ich nehme an, du kennst die Gepflogenheiten. Wer auch immer seine Mitmenschen der Sündhaftigkeit bezichtigt und sich dazu hinreißen lässt, diese Stadt mit der Stadt Sodom aus der Heiligen Schrift zu vergleichen, über die das Strafgericht des Herrn niederging, der sollte …«

»Imstande sein, seine Anschuldigungen zu beweisen?«

»Ganz recht.«

»So er denn lange genug am Leben bleibt, das sollte man vielleicht dazusagen.«

»Ich muss jetzt gehen, Agnes, gehab dich wohl«, antwortete der Bibliothekarius brüsk, kramte eine Fünf-Pfennig-

Münze hervor und drückte sie ihr in die schwielige Hand. »Höchste Zeit, um am Stadttor um Einlass nachzusuchen. Und was die von dir erwähnten Ränke betrifft, meine Neugierde wurde geweckt.«

»Viel Glück, Bruder«, murmelte die Bettlerin vor sich hin, seufzte kurz auf und betastete die Schürfwunden, die ihr von den Schergen ihrer Widersacher zugefügt worden waren. »Ihr werdet es brauchen, da bin ich mir sicher.«

»Unterwegs zum Stadthof, nehme ich an?«

»Zur Domschule, um meinen alten Lehrer zu besuchen«, setzte Bruder Hilpert den Torwächter ins Bild, trat zur Seite, um dem Reisewagen eines hochstehenden Klerikers auszuweichen, und verharrte abwartend auf der Stelle. Mit seiner Gemütslage stand es nicht zum Besten, ging ihm der Zwischenfall doch immer noch im Kopf herum. »Aus Anlass seiner Priesterweihe vor 50 Jahren.«

»Und wie lange beabsichtigt Ihr zu bleiben?«

»Ein paar Tage, wenn es hoch kommt.«

Der Torwächter, bärbeißig, säbelbeinig und von gedrungener Statur, ließ die Hand über den rötlichen Vollbart gleiten, bequemte sich dazu, mit dem Kopf zu nicken, und deutete mit der Kinnspitze nach rechts. »Na, dann mal viel Spaß – Ihr könnt passieren.«

Angenehm überrascht, ließ sich der Bibliothekarius nicht zweimal bitten, erwiderte das knappe Nicken und passierte das Innere Tor. Selbst jetzt, im Abglanz des schwindenden Sonnenlichts, waren die Straßen noch dicht bevölkert, und er hatte Mühe, sich den Weg durch das Gewühl zu bahnen. Je näher an den Verkaufsbuden vor dem Rathaus, desto lauter das babylonische Stimmengewirr, übertönt von den Rufen der Marktschreier, die mit großspurigem Gestus um Kundschaft warben. Vor allem Arzneien, darunter unzählige Wundermittel, standen bei den Passanten hoch im Kurs, allen voran Wundsalben, Kräuterelixiere und Schlafmittel, auf Wunsch mit ein paar Tropfen Mohnsaft versetzt, um die Käufer sanft in den Schlaf zu wiegen.

Nicht genug damit, strömten Schwärme von fliegenden Händlern herbei, darunter etliche mit aufklappbaren Bauchläden, randvoll mit billigem Tand. Auch Backwaren wurden lauthals feilgeboten, in der Hauptsache gesüßtes Weißbrot, zu Ehren des Stadtheiligen »Kilianslaib« genannt. Je dichter das Gedränge in den Gassen, desto ausgelassener das bunte Treiben, waren es doch gerade die Gaukler, die sich hier, in Sichtweite des Rathauses, mit allerlei Kapriolen in Szene setzten. Ob Feuerschlucker oder Akrobaten, ob Jongleure, Bänkelsänger oder Possenreißer auf Stelzen, ob Musikanten oder Dompteure, unter denen sich ein leibhaftiger Bärenbändiger befand, alle miteinander gaben sich hier ein Stelldichein, nicht immer zu jedermanns Freude, wie die Zurufe aus dem Publikum bezeugten.

Allein, auch die Beutelschneider, die sich wie die Heuschrecken auf die zahlreichen Passanten stürzten, hatten sich klammheimlich unter die Menge gemischt. Von langer Hand geplant, lauerten sie auf leichte Beute, der Marktpolizei zum Trotz, die das Geschehen mit Argusaugen verfolgte. Auch die Schmuggler, wen wunderte es, standen im Verdacht, den Leuten das Geld aus der Tasche zu ziehen, desgleichen die herausgeputzten Hübschlerinnen, die sich mit wiegendem Schritt unters Landvolk mischten. Ob jung oder alt, hoch oder niedrig, unehrenhaft oder sittsam wie eine Nonne, an Gegensätzen, so hatte es für Bruder Hilpert den Anschein, herrschte allzumal kein Mangel.

Vor dem Grafeneckart angelangt, warf Bruder Hilpert einen Blick in die Runde. Verändert hatte sich hier nicht viel, war dies doch der Ort, wo die Lederer und Salzhändler auf Käufer warteten, nur einen Steinwurf von den Hacktischen der Fleischer entfernt. Bis zum Methof war es ebenfalls nicht weit, und was die Wechselstuben in der Domstraße betraf, fand sich auch dort eine vielköpfige Kundschaft ein.

»Alles wie gehabt, pecunia non olet«, murmelte Bruder Hilpert stirnrunzelnd vor sich hin, wich einem Hausschwein aus, das mit der Schnauze in den Abfällen einer Garküche herumwühlte, und setzte seinen Weg zum Kürschnerhof fort. Auf den Laufplanken, die anstelle von Pflastersteinen als Gehsteig dienten, hatten sich Staubklumpen, Tierkot und Unrat angehäuft. Wie es hier aussah, wenn ein Unwetter niederging, das wagte sich der Bibliothekarius nicht vorzustellen. Vom Hochwasser, das die Stadt in regelmäßigen Abständen heimsuchte, ganz zu schweigen.

Verglichen mit den Gassen, die von der Geschäftsstraße abzweigten, konnten sich die Bewohner der Patrizierhäuser glücklich schätzen. Wer etwas auf sich hielt, der hatte sich hier dauerhaft niedergelassen, allen voran die finanzkräftigen Magnaten, die mit Qualitätsweinen, Bauholz und Spezereien handelten. Ein Domizil mit Blick auf den Kiliansdom, und der Betreffende hatte den Zenit erklommen. Zeig, was du hast, um dazuzugehören: So lautete die verbreitete Devise. Ein Blick auf die schmiedeeisernen Aushängeschilder, die an den solide gemauerten Außenfassaden prangten, und die Passanten waren im Bilde. Da lobte er sich doch das heimische Skriptorium, nach dem er sich gerade jetzt, beim Balancieren über die grob behauenen Trittsteine, schmerzlicher denn je zurücksehnte.

Auf der gegenüberliegenden Straßenseite angekommen, raffte er das verschwitzte Habit, stampfte mit den Beinen, um die Schuhe vom klebrigen Unrat zu befreien, und steuerte auf den Vorplatz des Kiliansdomes zu. Dort angelangt, wandte er sich abrupt nach rechts, heilfroh, es nicht mehr weit zum Ziel zu haben. An lange Wegstrecken war er zwar gewöhnt, doch was den heutigen Freitag betraf, kam er einmal mehr an seine Grenzen.

Hinter dem Bruderhof gelegen, wirkte die Lehranstalt wenig einladend auf ihn. Ein wurmstichiges, mit Bandeisen beschlagenes Portal, vergitterte Fenster, die wie die Lichtschlitze eines Kerkers anmuteten, die Kragsteine an der Außenfassade von der Witterung zerfressen: Gegenüber früher, als Bruder Hilpert hier zur Schule ging, hatte sich nicht viel geändert.

Auf den ersten Blick.

Was indes nicht viel zu bedeuten hatte.

An den Tag, als er zum ersten Mal an die Pforte der Domschule pochte, konnte er sich noch genau erinnern. Damals, gerade mal 14, hatte er sich in Begleitung seines Vaters befunden. Und wenn der sich etwas in den Kopf gesetzt hatte, dann war es zwecklos, sich dagegen aufzulehnen. Ergo: Alles Bitten, seinem Sohn den Besuch der Internatsschule zu ersparen, war zum Scheitern verurteilt gewesen. Vater hatte seine Entscheidung gefällt, und damit Schluss. Widerspruch, und käme er auch von seiner Frau, wurde von dem Junker aus dem Kraichgau nicht geduldet. Roma locuta, causa finita, so lautete die eherne Regel. Selbst seine Mutter, die Hilperts Neigungen teilte, war bei ihm auf taube Ohren gestoßen, der Beginn eines tiefen Zerwürfnisses, das die Ehe an den Rand des Scheiterns brachte.

Der Abschied von seiner Familie war ihm nicht leichtgefallen, und wie nicht anders zu erwarten, hatte ihm das Heimweh zugesetzt. Hätte es Vater Pirmin nicht gegeben, der ihn unter seine Fittiche nahm, sein Leben wäre komplett aus dem Ruder gelaufen. Ihm allein war es zu verdanken gewesen, dass der heimatverbundene Zögling Anschluss fand – und dass er einen Lerneifer an den Tag legte, der seinesgleichen suchte.

Tempus fugit – der Sinnspruch traf den Nagel auf den Kopf. Seit damals, so hatte es den Anschein, war die Zeit wie im Flug vergangen. Das Studium an der Sorbonne, wo er zum Doktor der Theologie promoviert worden war, die Tätigkeit als päpstlicher Inquisitor, an die er zeitlebens zurückdenken würde, und zu guter Letzt der Posten als Bibliothekarius im Kloster Maulbronn, der ihn zu dem gemacht hatte, der er war: All das hatte er seinem damaligen Mentor zu verdanken. Auch wenn er sich dagegen sträubte, es auszusprechen – für ihn war Pirmin wie ein Vater gewesen, mochte der Vergleich auch noch so pietätlos erscheinen.

Ein wehmütiges Gefühl im Bauch, schüttelte Bruder Hilpert seine Erinnerungen ab, reckte sich und ergriff den Klopfring, um Einlass zu begehren. Der Tag neigte sich dem Ende zu, und als könnten sie es nicht abwarten, krochen die Schatten der Dämmerung an den Mauerritzen empor. Ein Windstoß fegte durch die enge Gasse, wirbelte Staub und vertrocknetes Blattwerk durch die Luft. In der Ferne war das Klirren einer Kette zu hören, gefolgt von wütendem Gebell, dessen Echo wie ein gedämpfter Warnruf klang.

»Was ist Euer Begehr, Bruder?«

Durch die Stimme eines Knaben aufgeschreckt, nahm

Bruder Hilpert das vergitterte Schiebefenster ins Visier, hinter dem sich eine schemenhafte Gestalt verbarg. »Mit Bruder Pirmin zu sprechen, wenn's konveniert.«

»Das wird nicht gehen.«

»Und warum nicht, dürfte ich das erfahren?«, warf Bruder Hilpert mit Nachdruck ein und trat bis auf Armlänge an das Schiebefenster heran. Bei dem Halbwüchsigen, dessen Gesichtszüge nur vage zu erkennen waren, schien der Tonfall jedoch keinen Eindruck zu hinterlassen. »Er ist doch da, oder sehe ich das falsch?«

»Und mit wem habe ich die Ehre? Bei allem Respekt, aber da könnte ja jeder kommen und ...«

»Mit Hilpert von Maulbronn, falls dir der Name etwas sagt«, fuhr der Bibliothekarius dem Knaben über den Mund, dessen Gehabe den Eleven von Stand verriet. Und versetzte in scharfem Ton: »Inquisitor außer Diensten, aber das nur nebenbei.«

Darauf der Knabe: »Er ist nicht da.«

»Und wo finde ich ihn?«

»Im Dom – wie immer um diese Zeit«, lautete die frostige Replik, begleitet von verächtlichem Schnauben, das Bruder Hilpert an den Rand eines Zornesausbruchs brachte. Vom Respekt, den der Knabe dem Erwachsenen schuldete, war so gut wie nichts zu spüren, von Hochmut hingegen umso mehr. »War's das, oder gibt es noch Fragen?«

Eine Abfuhr, die sich gewaschen hatte.

So hatte er es gern.

Wie vor den Kopf geschlagen, blieb Bruder Hilpert die Antwort schuldig. Hier konnte er nichts mehr ausrichten, also nichts wie weg, wenngleich mit aufkeimendem Groll im Bauch. Der Tag hatte es wahrhaftig in sich gehabt, und wie es aussah, nahmen die Überraschungen kein Ende.

Wieder zurück auf dem Kürschnerhof, durchquerte er das Vestibül des Doms, warf einen Blick auf die Reliquien der Frankenapostel, die sich in einem Schrein über dem schmiedeeisernen Portal befanden, und sah sich in der Episkopalkirche um. Die Stille, die ihn umfing, wirkte wohltuend auf ihn, und so verharrte er in andächtigem Schweigen, flankiert von den mächtigen Säulen, zwischen denen er sich wie ein Zwerg vorkam. Von der Hitze, die wie ein Bahrtuch auf der Stadt lastete, war so gut wie nichts zu spüren. Ein Grund mehr, einen Seufzer der Erleichterung auszustoßen.

Allein, Vater Pirmin tauchte nicht auf. Ein Windlicht in der Hand, welches er beim Eintritt auf einem Schemel vorgefunden hatte, machte sich der Bibliothekarius auf die Suche. Das Langschiff des Doms lag im Dunkeln, und bis auf den Mesner, der ohne Blick für seine Umgebung der Sakristei zustrebte, bekam Hilpert niemanden zu Gesicht.

Allmählich wurde ihm kalt, und je länger er den Sakralbau durchstreifte, desto mehr wurde er von schleichendem Unbehagen erfasst. Fast schien es, als erwachten die Figuren auf den Epitaphien zum Leben, umschmeichelt von den Schatten der Nacht, deren Gewandsaum ihn überallhin verfolgte. Nicht lange, und da war nur noch er, Hilpert von Maulbronn, das Echo der eigenen Schritte im Ohr, die sich in der Weite des Kirchenraums verloren.

Von Vater Pirmin weiterhin keine Spur, allen Bemühungen seinerseits zum Trotz.

Das Windlicht in der erhobenen Hand, vollführte der Bibliothekarius eine Drehung. Kein Mensch weit und breit, weder im Seitenschiff noch vor dem Portalbogen, als habe es all die Pilger, die bis vor kurzem in Scharen hierhergeströmt waren, nie gegeben.

Ein kurzes Aufglimmen, und das Abendrot, das sich in der Rosette spiegelte, war verblasst.

Dämmerlicht, so weit das Auge reichte. Das Portal verschlossen.

Auch nicht das leiseste Geräusch.

Als sei seit Ewigkeiten niemand hier gewesen.

Merklich beklommen harrte Bruder Hilpert zwischen den Grabmälern aus. Da stand er nun, beäugt von den Gespenstern der Vergangenheit, deren Atem ihm wie ein Windstoß ins Gesicht zu wehen schien. Karl der Große, Friedrich von Staufen, als Kaiser Barbarossa zu vergänglichem Ruhm gelangt, sowie dessen Gattin Beatrix und unzählige andere mehr, sie alle hatte das Schicksal hierhergeführt – und sie alle hatten den Pfad des Vergänglichen eingeschlagen.

»*Media vita in morte sumus.*« Erschrocken über die eigenen Worte, die ihm bei der Betrachtung der Epitaphien über die Lippen kamen, verscheuchte Bruder Hilpert die düsteren Fantasien, packte das Windlicht und nahm die Suche nach seinem Mentor wieder auf.

Und siehe da, er wurde fündig.

Die Gestalt, die mit hängenden Schultern vor dem Hochaltar kniete, gebeugt, schmächtig und mit schlohweißem Haar, diese Gestalt würde er unter Tausenden wiedererkennen.

Pirmin von Ochsenfurt.

Ein Gelehrter, wie es ihn nur selten gab, Lichtblick inmitten der Finsternis. Mentor und Vater zugleich, von Jugend an.

Voller Vorfreude auf das Wiedersehen, trat Bruder Hilpert auf Zehenspitzen näher. Die Kandelaber neben dem Altar warfen lange Schatten an die Wand, und es schien, als erwachten die Grabplastiken zum Leben.

Bruder Hilpert erschauderte. Mit allem hatte er gerechnet, nur damit nicht. Dass Vater Pirmin nicht mehr der Jüngste war, das konnte man sich an den Fingern einer Hand abzählen. Aber dass er einem lebenden Leichnam glich, der sich unter Aufbietung aller Kräfte vorwärtsschleppte, um mit zitternder Hand nach dem Altartuch zu greifen – das überstieg seine Vorstellung bei weitem.

Tempus fugit.

Wie wahr.

Bruder Hilpert zögerte, wie gebannt von dem Anblick, der sich ihm bot.

Und dann geschah es.

Als habe er ihn schon längst bemerkt, drehte sich Vater Pirmin um. Und blickte ihm unverwandt ins Gesicht.

Der Bibliothekar erwiderte den Blick. Der Greis mit den eingesunkenen Augen, die wie der Schacht eines ausgetrockneten Brunnens anmuteten, dieser Leichnam auf Abruf war sein Mentor gewesen.

»Hilpert von Maulbronn, bist du es wirklich?« Der Schock saß tief, auch dann noch, als Vater Pirmin zu sprechen begann. Der da zu ihm sprach, er musste seine gesamte Kraft aufbieten, kaum fähig, den Körper in der Balance zu halten. »Was führt dich hierher, noch dazu um diese Zeit?«

»Euer Jubiläum, Meister«, erwiderte Hilpert mit Bedacht, eilte herzu, um dem ermatteten Greis auf die Beine zu helfen, und hielt ihn an den Armen fest. »Am achten vor 50 Jahren habt Ihr Eure Priesterweihe empfangen – Ihr erinnert Euch doch sicher daran?«

»Ach so, stimmt, du hast recht, mein Sohn, jetzt fällt es mir wieder ein«, stammelte 73-Jährige drauflos, die Lippen zitternd vor Anstrengung, was der Sprechweise den Duktus eines Dahinsiechenden verlieh. Fast schien es, als trüge er eine Maske, so gezwungen kam sie einem vor. »Mein Jubiläum, in der Aufregung hätte ich es fast vergessen!«

Bruder Hilpert verschlug es die Sprache.

Doch es sollte noch schlimmer kommen.

»Und nun geh!«, forderte ihn der einstige Mentor auf, riss sich los und machte Anstalten, sich vom Ort des Geschehens zu entfernen, die Miene so finster, dass der Bibliothekarius erschrak. »Geh, wenn dir dein Leben lieb ist – geh und komm mir nicht mehr unter die Augen. Nie mehr, haben wir uns verstanden?«

5

Haus des Scharfrichters, kurz nach Ende der zwölften Stunde

[20.10 Uhr]

»Mach dich bereit, es ist angerichtet«, hallte es ihm aus dem Halbdunkel des Gewölbekellers entgegen, der die Aura einer verlassenen Gruft verströmte. Die Raummitte, um die sich eine Gruppe von Vermummten scharte, war in unstet flackerndes Fackellicht getaucht, durchzogen von penetrantem Fäulnisgeruch, der seine Sinne wie ein Gifttrunk vernebelte. »Wie wir mit dir verfahren, liegt in deiner Hand. Und vergiss nicht, Verstocktheit hat noch keinem gutgetan, dies gleich zu Beginn, damit du weißt, woran du mit uns bist.«

An Händen und Beinen gefesselt, japste der Stadtschreiber nach Luft. In seinen Gelenken staute sich das Blut, und je mehr ihn sein Entsetzen übermannte, desto schriller wurde der Pfeifton in seinem Ohr. Der Ohnmacht nah, unternahm er den Versuch, die Lage abzuschätzen, doch kaum ragte sein Rundschädel in die Höhe, trat ein Flimmern vor die schreckgeweiteten Augen, Vorbote einer verheerenden Schmerzwoge, die wie ein Blitzschlag in die Extremitäten seines Körpers drang. »Gib es zu, damit hast du nicht gerechnet. Das kommt davon, wenn man sich zu sicher fühlt, du weißt ja, Hybris kommt vor dem Fall.«

Schwer atmend blieb Fries die Antwort schuldig. Nicht im Traum hatte er an die Möglichkeit eines Hinterhalts geglaubt, insofern lag der Vermummte richtig. Ein Halbwüchsiger, der als gedungener Fallensteller fungierte: Dass ausgerechnet er auf die Finte hereinfallen würde, darüber konnte man nur den Kopf schütteln.

»Ich nehme an, du weißt, warum wir dich in Gewahrsam genommen haben?«

Antwort: Er hatte nicht die geringste Ahnung.

Widersacher hatte er bislang zur Genüge gehabt – und hatte nicht gezögert, sie kaltzustellen. Friss, um nicht gefressen zu werden, die Devise war ihm in Fleisch und Blut übergegangen. Um ein Stück vom Kuchen abzubekommen, war Fries jedes Mittel recht gewesen, auch solche, um seine Rivalen lächerlich zu machen. Alles, was es brauchte, war, deren latente Schwächen bloßzulegen, für einen Intriganten wie ihn ein Kinderspiel.

Fries setzte ein verkniffenes Lächeln auf. So war nun mal der Lauf der Welt. Die einen huldigten der Völlerei, die andern, allen voran die Ehrgeizlinge, wurden von Neid und Missgunst verzehrt, andere wiederum – darunter auch er – von Lüsternheit. Denkbar einfach also, die bewährten Fallstricke auszulegen, vor allem, wenn es um die Einflüsterungen des Hosenteufels ging.

Mit einem Wort, er war in die eigene Falle getappt.

Eine Torheit, für die er sich hätte ohrfeigen können.

»Gib Antwort, oder bist du dir etwa zu fein dazu?«

Die Stimme hinter der Stoffmaske, sie fuhr auf ihn nieder wie ein Peitschenhieb. Verzweifelt bemüht, nicht in Panik zu geraten, atmete er im Stakkato-Rhythmus aus, den Blick genau senkrecht nach oben gerichtet, wo eine Fledermaus am Schlussstein des Gewölbes klebte. Kaum hatte er sie erspäht, gesellten sich weitere Flattergeister hinzu, und es schien, als nehme das Gewimmel kein Ende mehr.

Kurz davor, den Ekel aus sich herauszuschreien, kniff Fries die blutunterlaufenen Augen zu. Derlei Getier war ihm zutiefst zuwider, hätte es in seiner Macht gestanden, er wäre ihnen mit der Fackel zu Leibe gerückt.

Der Maskenträger quittierte es mit Hohn, flankiert von mehreren Gefährten, auch sie in dunkle Kapuzenmäntel gehüllt. »Kommen wir zur Sache: Wie man hört, bist du kein Kostverächter, stimmst du mir da zu?«

»Sagt mir lieber, wer Ihr seid, oder habt Ihr etwas zu verbergen?«

»Wenn hier jemand etwas auf dem Kerbholz hat, dann du«, gluckste der Unbekannte amüsiert, in Habachtstellung am Fußende des Streckbretts, reglos wie eine Statue aus Granit. Ein Mann, dessen Stimme ihm vage bekannt vorkam, wenngleich er nicht sicher war, wo er ihn hinstecken sollte. »Kommen wir zur Sache: Gunthram der Bettelvogt, er ist dir doch sicher ein Begriff?«

»Gunthram – nie gehört.«

»Was meinst du, wie fühlt es sich an, wenn mein Gefährte dein Gemächte mit einer Quetschzange traktiert, würde dir das gefallen?«

Der Blick des Stadtschreibers verengte sich.

»Also?

»Ich kenne ihn vom Sehen«, lenkte Fries mit zusammengebissenen Zähnen ein, die ihm das Aussehen eines gehetzten Beutetiers verliehen. Bis auf seine Bruche splitternackt, wurde er von sintflutartigem Angstschweiß heimgesucht, nicht lange, und seine Haut war nass wie ein Schwamm. »Aber das wäre dann auch schon alles, mit Abschaum habe ich nichts am Hut.«

»Große Worte.«

»Aber wahr.«

»Nehmen wir an, es ist so, wie du sagst: Worüber habt ihr dann vorgestern gesprochen?«

Ein Würgen im Hals, rang der Schreiber laut sabbernd nach Worten. »Ich weiß nicht, wovon Ihr … Tut mir leid, aber ich erinnere mich nicht.«

Der Schmerz kam so plötzlich, dass sein Körper unkontrolliert zu zucken begann. Fast gleichzeitig verspürte Fries ein Ziehen, so heftig, als würden seine Gliedmaßen vom Rumpf getrennt.

»Worüber ihr gesprochen habt, will ich wissen!«

Der Delinquent stöhnte schwer atmend auf. »Über dies und jenes, wie man es eben so tut.«

»Insbesondere unter langjährigen Geschäftspartnern, da nimmt man sich schon mal die Zeit dafür.« Der Vermummte schnaubte verächtlich durch die Nase, der Stimme nach zu urteilen schon älter, wiewohl aus der näheren Umgebung. »Es geht doch nichts über einen Plausch unter Bekannten, nicht wahr? Ob im Verborgenen oder zu mitternächtlicher Stunde, wen kümmert's.«

»Was, in drei Teufels Namen, ist denn schon dabei, wenn wir uns vorgestern zufällig über den Weg ge...«, geiferte Fries mit geblähten Nasenlöchern drauflos, nur um mit herrischer Gebärde unterbrochen zu werden. »Schweig! Und merk dir eins: Deine Schliche werden dir nichts nützen, schließlich hast du es hier nicht mit deinen Kebsweibern zu tun. Womit wir beim eigentlichen Thema wären.« Der Maskierte atmete gelassen durch, die Hand auf dem Griff der Winde, um seinen Worten den nötigen Nachdruck zu verleihen. »Also: Wie mir aus verlässlicher Quelle hinterbracht wurde, hat sich euer Gespräch um geschäftliche Dinge gedreht. Beschönigend formuliert. Wobei einem die Frage, wie ein Mensch überhaupt so tief sinken kann wie du, förmlich auf der Zungenspitze liegt. Damit wir uns nicht falsch verstehen: Meine Gefährten und ich, wir betrachten die Dinge von der realistischen Seite. Menschen sind und bleiben allzumal Menschen, und es fruchtet nicht, vor dem Faktum die Augen zu verschließen. Mit anderen Worten, Kreaturen wie dich und deine Handlanger, die wird es auch in Zukunft geben, da machen wir uns keine Illusionen. Und wenn sie darauf aus sind, ihre Barschaft beim Hurenwirt auf den Kopf zu hauen, nun ja, dann ist es eben so.«

»Und worin liegt dann das Problem?«

»Jetzt tu nicht so, du infamer Strolch!«, flammte der Jähzorn beim Vermummten auf, die Stimme so heiser, als habe er sich die Wut aus dem Leib geschrien. »Wir wissen genau, was gespielt wird, also tu nicht so, als wüsstest du von nichts. Konkret bedeutet dies: Die Begegnung vor zwei Tagen war kein Zufall, sondern schon lange im Voraus geplant. Auf meinen Gewährsmann ist vollauf Verlass, aber das einstweilen nur am Rande.« Der Maskierte atmete gelassen durch. »Des Weiteren wurde mir berichtet, dass die Begegnung keineswegs so ungezwungen verlief, wie du mir weiszumachen versuchst. Mit anderen Worten, meiner Quelle zufolge seid ihr in Streit geraten, und zwar so sehr, dass der Bettelvogt sich genötigt sah, dich mit Drohungen zu traktieren. Ein Wort gab das andere, und wäre der Betrunkene nicht aufgetaucht, der euch in die Quere kam, wer weiß, welchen Verlauf der Zwist genommen hätte.«

»Wenn Ihr alles so genau wisst«, presste Fries mit verbissener Miene hervor, entschlossen, die Flucht nach vorn zu ergreifen, »warum dann dieser Mummenschanz?«

Der Maskierte lachte gehässig auf. »Das wirst du gleich sehen – beziehungsweise spüren.« Die Arme vor der Brust verschränkt, hielt der Vermummte sinnierend inne. »Doch zuvor gestatte mir die Frage, worum es bei eurem Streit gegangen ist. Apropos: Wir würden es begrüßen, wenn du die Wahrheit sagst, alles andere würde dir Ungemach bereiten.«

»Um Geld.«

»Was du nicht sagst, auf die Idee wäre ich nicht gekommen«, erging sich der Maskierte in Häme, gab seinem Nebenmann ein Zeichen, sich zu entfernen, und wartete ab, bis sich das Echo seines Hohngelächters verlor. Fast gleichzeitig flammte im Hintergrund ein Kohlebecken auf, für den Wortführer das Signal, den Tonfall zu verschärfen. »Dann mal raus mit der Sprache: Wie viel Geld hat er von dir bekommen?«

»Mehr als genug, entgegen den Abmachungen.«

»Und wofür?«

Der Schreiber verfiel in trotziges Schweigen.

»Machen wir es kurz: Meine Gefährten und ich vermuten, du verdienst dir eine goldene Nase damit, auf Verlangen Kuppeldienste zu leisten. Ein Lebenswandel wie der deinige, das bedarf keiner Erklärung, kommt einen gewisslich teuer zu stehen. Auch dann, wenn man zum Kreis der Privilegierten zählt. Anders ausgedrückt, da die Widerlinge, die sich zu Knaben und blutjungen Maiden hingezogen fühlen, auch nur den Anschein eines Verdachts vermeiden möchten, wurdest du dazu auserkoren, als Mittelsmann zu fungieren. Denn wer, so die Überlegung deiner betuchten Klienten, wäre so töricht, sich mit einem Halunken vom Schlage des Bettelvogtes einzulassen. So weit alles korrekt, oder gäbe es noch etwas hinzuzufügen?«

»Ich sage jetzt überhaupt nichts mehr«, stellte sich der Stadtschreiber unversehens quer, offenbar entschlossen, die Flucht nach vorn zu ergreifen. »Und wenn Ihr schon so gut Bescheid wisst, wozu dann die dämliche Fragerei?« Der Delinquent lachte hysterisch auf. »Tja, wie man sieht, ist auf niemanden mehr Verlass. Ein paar Silberlinge, und schon löst sich die Zunge. Was das betrifft, konnte der Bettelvogt ein Lied davon singen – mit Betonung auf dem Präteritum. Einerlei, der Presssack hat es nicht anders verdient, Teufels Großmutter wird entzückt sein, wenn sie ihn trifft.«

»Wie ich sehe, bist du im Bilde. Das macht es mir leichter, dich zum Sprechen zu bringen.«

»Und was, wenn ich mich weigere?«

»Wenn ich du wäre, ich hätte schon längst ein Geständnis abgelegt«, redete der Maskierte seinem Opfer ins Gewissen, während Fries das Menetekel ignorierte. »Rede endlich, das ist deine letzte Chance!«

»Denkt Ihr, ich weiß nicht, was Ihr im Schilde führt?«, raunzte Fries den Vermummten an, wohl wissend, was die Stunde für ihn geschlagen hatte. »Erst schmiert Ihr mir Honig ums Maul, damit ich Euch alles brühwarm erzähle. Doch sobald die Messe gelesen ist, geht es mir an den Kragen. Dann kann ich dem Bettelvogt Gesellschaft leisten.«

»Nimm bitte zur Kenntnis: Was deinem Kumpan zum Verhängnis wurde, das waren seine überzähligen Pfunde. Aber das nur nebenbei.«

»Ihr verlangt doch nicht etwa, dass ich Euch das abkaufe?«

Der Vermummte atmete gelangweilt aus. »Zum letzten Mal: Von wem wurdest du überredet, den Kuppler zu spielen – und wer gehört alles zu deinen Kunden?«

»Bindet mich los, und ich werde sehen, was ich für Euch tun kann. Gegen Bezahlung, das versteht sich ja wohl von selbst.«

»Na schön, du hast es nicht anders gewollt.« Ohne eine Miene zu verziehen, deutete der Vermummte auf das Kohlebecken, neben dem sein Gefährte auf ein Zeichen wartete, winkte ihn herbei und trat beiseite. Deutlich kleiner als der Wortführer, trug die Gestalt einen Dolch mit Ziergriff in der Hand, dessen Spitze ein rotglühendes Leuchten von sich gab.

Kurz darauf ertönte ein markerschütternder Schrei, so laut, dass sein Echo kein Ende zu nehmen schien.

»Na, klüger geworden?«

Halb wahnsinnig vor Schmerzen, betastete Fries die klaffende Stirnwunde, außerstande, etwas zu entgegnen.

»Mich deucht, ich hätte dich was gefragt!«

Um nach schier endlosem Gewimmer hinzuzufügen, stammelnd wie ein verängstigtes Kind: »Habt Mitleid, Ihr Herren, ich werde Euch alles sagen, was ich weiß.«

»Primum: Wer hat sich deiner Dienste bedient?«

»Leute, von denen Ihr es nicht vermuten würdet«, stieß Fries mit angewidertem Gesichtsausdruck hervor.

Und nannte Namen.

Allen voran denjenigen seines Halbbruders, ein missgünstiges Lächeln im Gesicht.

»Deinde: Wer war es, der dich dazu angestiftet hat?«, tönte es mit unbarmherzigem Timbre durch den Raum, während Fries verzweifelt nach Luft hechelte. »Nun rede schon, unsere Geduld währt nicht ewig!«

»Das … Das kann und werde ich Euch nicht sagen!«, stieß der Stadtschreiber angstschlotternd hervor, nur mehr ein Schatten seiner selbst, während sich sein Urin in die leinene Bruche ergoss. »Täte ich es dennoch, Ihr würdet mir keinen Glauben schenken.«

»Dann hast du dir das, was nunmehr folgen wird, selbst zuzuschreiben«, war das Letzte, was Fries zu hören bekam, begleitet vom Zischen des Kohlebeckens, dessen Inhalt ein tückisches Glimmen von sich gab.

Kurz darauf wurde es dunkel um ihn herum.

Bartholomäus Fries hatte seine Schuldigkeit getan.

6

Lusamgärtchen, kurz vor Sonnenuntergang
[21.10 Uhr]

»Das von vorhin – es tut mir in der Seele leid«, gestand Vater Pirmin zerknirscht und hakte sich bei Bruder Hilpert ein, während die Rechte den Griff des Gehstocks umklammerte. Dabei handelte es sich um eine Rarität, gefertigt aus gebeizter Esche, um die sich fein ziselierte Blütenmuster rankten. Die Soutane indes, die lose an seinem ausgezehrten Leib herabbaumelte, wies die Spuren einer langjährigen Benutzung auf. Einem Dorfpfarrer zum Verwechseln ähnlich, fiel er auf der Straße kaum ins Auge, eine Tatsache, die ihn mit heimlicher Genugtuung erfüllte. »Du merkst es ja selbst, mein Junge – mit meinem Befinden steht es nicht zum Besten. Weißt du, in meinem Alter sieht man vieles anders, ich bin mir sicher, in ein paar Jahren wirst du mich verstehen.« Der Rektor lächelte matt. »Wenn dir der Körper den Dienst versagt, dann nimmt die Seele Schaden. Bedauerlich, aber nicht zu ändern.«

»Wem sagt Ihr das, Meister«, pflichtete Bruder Hilpert dem Greis aus tiefster Seele bei, von Herzen dankbar, den anstrengenden Fußmarsch hinter sich zu haben. Von den Blasen, die er mit Wundsalbe bestrichen hatte, einmal abgesehen. »Auch ich könnte davon ein Lied singen, gerade am heutigen Tag.«

»Du bist doch noch jung, jetzt mach aber mal einen Punkt!«

»So jung nun auch wieder nicht, Vater«, erwiderte der Bibliothekarius gedehnt, die Betonung auf der Anrede, um die Verbundenheit mit Pirmin zu verdeutlichen. »Wenn ich dran denke, was ich schon alles erlebt habe – per exemplum bei der Lösung meiner Kriminalfälle –, dann frage ich mich, wie ein Mensch das aushalten kann.«

»Du bist also immer noch damit zugange?«

»Der Not gehorchend – und aus Passion«, erklärte Bruder Hilpert lapidar, in Gedanken bei der Anmerkung der Streunerin, um den Ermordeten sei es gewiss nicht schade. »Wie dem auch sei, nach wie vor halte ich mich am liebsten im Skriptorium auf, wenigstens dort ist die Welt noch in Ordnung.«

»Findest du?«

Der Bibliothekarius schmunzelte breit. »Die Schlichen des Bösen sind überall, heißt es nicht so? Ihr wisst doch selbst, gegen die Einflüsterungen des Teufels ist niemand gefeit – die Diener Gottes am allerwenigsten.«

»Recte.« Vater Pirmin, der Bruder Hilpert bis knapp unter die Schulter reichte, verstärkte den Griff seiner linken Hand, sah den Ex-Eleven lauernd an und betonte abermals: »Du musst entschuldigen, Hilpert – was ich da vorhin von mir gegeben habe, das ist mir einfach so rausgerutscht.«

»Schon gut, Vater, jeder hat mal einen schlechten Tag«, war der Bibliothekarius bemüht, sich dem Mentor gegenüber als verständnisvoll zu erweisen. Im Stillen wurde er jedoch von Zweifeln heimgesucht, und so oft er den Eklat Revue passieren ließ, haftete dem Geschehen der Hauch des Bizarren an.

Bruder Hilpert atmete hörbar aus. Da hatte er erhebliche Mühen in Kauf genommen, um am Ehrentag seines Lehrers präsent zu sein – und was geschah? Vater Pirmin erweckte den Eindruck, als lege er keinen Wert darauf, verglichen mit früher fast nicht wiederzuerkennen. »Die Wege des Herrn sind unergründlich, das sollten wir uns stets vor Augen führen.«

»Das sind sie in der Tat«, bekräftigte der ausgezehrte Greis, steuerte eine Sitzbank an, um sich auszuruhen, und winkte seinen Gast zu sich heran. »Nimm Platz, mein Junge, du wirst müde sein.«

Der Bibliothekarius willigte schweigend ein, stellte sein Windlicht neben die Bank und ließ den Blick durch den Kreuzgang der Neumünsterkirche schweifen. Wann genau er zum letzten Mal hier gewesen war, konnte er zwar nicht mit Bestimmtheit sagen, doch egal bei welcher Gelegenheit, dem Verweilen im Reich der Stille wohnte ein Zauber inne. Der Blick auf den idyllischen Garten, wo einem der Duft von Schwertlilien entgegenwehte, der Anblick der Kletterrosen, die sich zwischen den fein geschwungenen Arkaden in die Höhe rankten, flankiert von immergrünem Efeu, der sich den Weg bis in die feinsten Ritzen bahnte, all das wirkte wie ein Sedativum auf ihn.

»Sehen wir zu, dass der Leibhaftige im Menschen nicht die Oberhand gewinnt, die Gefahr ist nicht von der Hand zu weisen.«

»Im Menschen oder im Manne?«, spann Bruder Hilpert den Gedanken weiter, einer spontanen Eingebung folgend, wiewohl ohne eine konkrete Absicht zu verfolgen.

Die Reaktion fiel unerwartet feindselig aus. »Nimm bitte zur Kenntnis, Haarspaltereien sind mir zuwider!«, stieß der Greis mit erzürnter Miene hervor, so sehr in Rage, dass er den Gehstock auf die Fliesen des Kreuzgangs stieß. Der Widerhall ließ die Stille jäh zerplatzen, begleitet vom Flügelschlag eines Kolkraben, der laut krächzend in der Dunkelheit verschwand. »Ich weiß, ich weiß: Jemand wie du, der kann einfach nichts anders. Den Leuten das Wort im Mund umdrehen, dafür seid ihr Spürnasen ja bekannt. Respektive berüchtigt, je nach Standpunkt des Chronisten. Einmal Inquisitor, immer Inquisitor, so gern man ihn auch loswerden würde, der Stallgeruch bleibt dir im Habit hängen.«

»Nicht bei jedem, Vater – aber das nur nebenbei.«

Gerade eben noch der Jähzorn in Person, sackte der Ordinarius erschöpft zusammen. Und fügte mit belegter Stimme an: »Aber lassen wir das. Das gehört nicht hierher.«

Bruder Hilpert schluckte die Erwiderung hinunter. So schwer ihm die Erkenntnis fiel, Vater Pirmin war längst nicht mehr der Alte. Ob dies allein am Alter und den damit einhergehenden Gebrechen lag, das vermochte er nicht zu sagen. Fest stand jedoch, in puncto Gelehrsamkeit gab es nur wenige, die dem Greis an seiner Seite das Wasser reichen konnten. Er, Hilpert, gehörte jedenfalls nicht dazu – egal, wie viele Bücher er noch verschlingen würde.

»Einverstanden. Reden wir über etwas anderes.«

Vater Pirmin blieb die Antwort schuldig. Eher zufällig hatte er den Blick dem Garten zugewandt, in dem sich eine Reihe von Gräbern befand, fein säuberlich nebeneinander, von der Witterung jedoch stark in Mitleidenschaft gezogen. Unter den Epitaphen stach eines ganz besonders hervor, nicht etwa, weil es aufwendige Verzierungen aufwies, sondern wegen der Trinkschale, die nebst Futternapf am Fußende deponiert worden war. Am Kopfende dagegen war ein Schild eingemeißelt, überwuchert von giftgrünem Efeu, der das Wappen wie einen Siegerkranz umrahmte. Das Epitaph war zwar nicht vollständig zu erkennen, wohl aber der eingesperrte Vogel, der jubilierend in einem goldfarbenen Käfig saß.

»Das waren noch Zeiten, nicht wahr, mein Sohn? Die Hohenstaufen auf dem Zenit ihrer Reputation, die schönen Künste in voller Blüte, die Klöster ein Hort der Gelehrsamkeit. Und die Kirche – nun ja, reden wir nicht darüber. Ein andermal vielleicht, dies ist weder die Zeit noch der Ort dazu.« Die Blicke auf das von Blütenduft erfüllte Geviert gerichtet, seufzte Pirmin bekümmert auf. »Ich weiß, seit damals sind fast 200 Jahre vergangen, doch wenn ich mir überlege, wie vortrefflich es sich in jenen Tagen leben ließ, dann verspüre ich einen schmerzhaften Stich in der Brust. Hartmann von Aue, Wolfram von Eschenbach und nicht zuletzt Herr Walther, der dort drüben im Grashof zur letzten Ruhe gebettet wurde – Literaten wie sie sucht man heute vergebens. Und Männer wie Franziskus ja wohl auch. Den Heiligen Bernhard nicht zu vergessen, möge er dir allzeit gnädig sein. Hätte es ihn und deinen Orden nicht gegeben, die Welt wäre gewiss eine andere geworden. Und vermutlich keine bessere, wie ich meine.«

»Wie dem auch sei, wir können die Uhr nicht zurückdrehen.«

»Ein Dichter wie Walther von der Vogelweide, der kommt nur alle 500 Jahre zur Welt«, fuhr der Greis wie im Selbstgespräch fort, deutete auf die Grabplatte und machte keinen Hehl daraus, wie sehr er den Poeten bewunderte. »Ich will ja den Leibhaftigen nicht an die Wand malen, aber wenn ich mir unsere Wanderbarden so anschaue, dann weiß ich, was die Stunde geschlagen hat.«

»Bei allem Respekt, ich bin da anderer Meinung.«

»Typisch Hilpert, kann ich da nur sagen.« Das Kinn auf die verschränkten Hände gestützt, richtete sich der 73-Jährige mühsam auf. Der Garten war in klebrigen Dunst gehüllt, und als mahne sie die Lebenden zum Aufbruch, breitete die Nacht ihren Mantel über den Grüften aus. Einzig an Herrn Walthers Grab, wo eine Votivkerze der Finsternis Paroli bot, wurde die Schwärze durch einen schwach glimmenden Lichtschein erhellt. Nicht mehr lange indes, und die Finsternis wäre vollkommen, durchwoben von hauchdünnen Dunstfäden, die sich wie Zierrat um den Kragen eines Trauergewandes schlangen. »Dein Optimismus in allen Ehren, aber was die Errungenschaften unseres Dezenniums betrifft, hält sich mein Enthusiasmus in engen Grenzen.« Um seinen Worten die gewünschte Wirkung zu verleihen, legte Pirmin eine wohlberechnete Kunstpause ein. Dann hob er die Stimme und erklärte: »Ich bin mir sicher, einen Dichter wie Walther von der Vogelweide wird es so schnell nicht mehr geben, weder in Würzburg noch in Franken oder anderswo.«

»Mag sein, Ihr habt recht. Wobei ich der Auffassung bin, dass man in Bezug auf die Zeitläufte nicht allzu schwarz …«

»Na, dann wären wir uns ja einig«, war der Ordinarius darauf bedacht, das Thema zu wechseln, und sei es nur, um Querelen aus dem Weg zu gehen. »Weißt du, die Welt ist auch so schon kompliziert genug, wozu sich also gegenseitig beharken, die Mühe können wir uns allemal sparen.«

»Das war sie doch schon immer, oder?«, hakte der Bibliothekarius instinktiv nach, ein Reflex, der die Konzilianz des Greises ins Gegenteil verkehrte. »Sieh dich doch um, wenn du mir nicht glaubst!«, wetterte Vater Pirmin wie aus dem Nichts drauflos, packte seinen Stock und machte Anstalten, sich mühsam aufzurappeln – einstweilen jedoch ohne Erfolg. »Du gehst doch mit offenen Augen durch die Welt, oder befinde ich mich da im Irrtum? Seien wir doch mal ehrlich, Bruder: Die Heilige Mutter Kirche, so sie denn jemals heilig war, sie bietet ein Bild des Jammers. Von den Mächtigen dieser Welt nicht zu reden, auf die kann man ohnehin nicht bauen. Darum merke: Wer es zu etwas bringen will, ist gut beraten, sein Glück in die eigenen Hände zu nehmen, ganz gleich, wie viel Mühe dies erfordert.«

»Bitte mir den Einwurf nicht zu verübeln, aber worauf wollt Ihr eigentlich hinaus?«

Vater Pirmin ging über die Frage hinweg. »Nehmen wir zum Beispiel König Wenzel, der ist ja in etwa so alt wie du.«

»War. Er ist seit sechs Jahren tot.«

»Ist mir nicht entgangen, stell dir vor. Für den Fall, dass du es vergessen hast: Bei seinem Besuch hat er den Ratsherren die Reichsfreiheit versprochen, und was, bitte schön, ist daraus geworden?«

»Suggestivfrage, Meister – ich protestiere.«

»Nichts«, trumpfte der Rektor der Domschule auf. »Siehst du, genau das habe ich vorhin gemeint. Nicht einmal auf die Könige ist heute noch Verlass, egal, wer gerade am Ruder ist. Gewiss doch, Prag ist eine schöne Stadt, aber wer sich Herrscher schimpft, der kommt nicht umhin, auch hierzulande ein deutliches Machtwort zu sprechen. Jeder macht, was er will, keiner macht, was er soll, allen voran die Fürsten, die so tun, als ob sie das alleinige Sagen hätten. Unser Bischof, dessen Name mir partout nicht über die Lippen kommen will, mit eingeschlossen. Von wegen Oberhirte, dass ich nicht lache. Unter uns gesagt, wenn ein Bischof keine Skrupel besitzt, das Geld wie König Midas zum Fenster hinauszuwerfen, dann wundert einen überhaupt nichts mehr. Qualis rex, talis grex, oder sehe ich das etwa falsch?«

»Nicht unbedingt.«

Die Handflächen auf die schmalen Oberschenkel gestützt, machte Vater Pirmin eine hilflose Geste. »Nicht unbedingt –

und das von jemandem wie dir. Der Fisch stinkt vom Kopf, wie das landläufige Sprichwort sagt. Jemandem wie dir muss ich das bestimmt nicht sagen.«

»Danke für den Hinweis, aber ich bin im Bilde.«

»Jetzt sei nicht gleich beleidigt, mein Junge. Du weißt doch selbst, woran es liegt, dass wir Kleriker bei den Menschen in Misskredit geraten sind. Sieh den Tatsachen ins Auge, oder du verlierst den Blick für die Wirklichkeit.«

»Keine Sorge, Vater: Meine Sinne sind noch intakt.«

»Dann bin ich ja beruhigt, hätte mich auch gewundert, wenn es anders wäre.« Der Schulvorsteher schnaubte verstimmt. »Ob auf dem Land oder in den Städten, die Zustände schreien zum Himmel, wie sehr, bedarf keiner Erläuterung. Nichts schlimmer, als die Augen vor den Kalamitäten zu verschließen, und nichts schädlicher, als den Dingen ihren Lauf zu lassen. Ob du es wahrhaben willst oder nicht, mein Sohn: Wir stehen mit dem Rücken zur Wand, und wenn sich nichts ändert, sehe ich es kommen, dass sich das Volk gegen uns erhebt.«

»Wer zum Schwert greift, wird durch das Schwert umkommen.«

»Ich will dir mal was sagen, Bruder: Käme der Sohn Gottes nach Würzburg, er würde sich mit Grausen abwenden, so tief steckt der Karren im Dreck.«

Bruder Hilpert rang nach Worten. »Ich sage es nur ungern, Vater: Aber es fällt mir schwer, in Euch den Leitstern meiner Jugend zu erkennen.«

»Das sagst du nur so, oder?« Pirmin hob abwehrend die Hände. »Schon gut, schon gut«, lenkte er widerstrebend ein, »ich weiß genau, was jetzt kommt. Erstens: Du sollst nicht lästern. Zum Zweiten: Nur Mut, es wird schon nicht so schlimm kommen wie befürchtet. Steht doch geschrieben, solang es noch zehn Gerechte gibt, sind die Stadt und ihre Bürger nicht verloren. Fragt sich, ob man imstande wäre, sie ausfindig zu machen.« Ein schalkhafter Blick, darauf die Worte: »Na ja, den Versuch wäre es jedenfalls wert. Um den Karren aus dem Morast zu ziehen, sollte man nichts unversucht lassen.«

»Habt Vertrauen, Vater. Der Tag wird kommen, an dem sich die Dinge zum Besseren …«

»Jetzt hör aber auf damit!«, fuhr der Rektor dem Bibliothekarius über den Mund, trotz des Windlichts auf der Bank nur noch schemenhaft zu erkennen. »Ich weiß, es gibt Dinge, über die man den Mantel des Schweigens ausbreiten sollte, aber was die hiesigen Zustände betrifft, fällt es mir schwer, noch länger meinen Mund zu …«

»Apropos: Trifft es zu, dass der Bettelvogt einem Mord zum Opfer fiel?«

Der Ordinarius verstummte.

»So wird es jedenfalls kolportiert.«

»Was du nicht sagst.« Die Hände auf den Knauf seines Stocks gestützt, stierte der Magister unverwandt ins Leere. »Und wer hat dir das geflüstert, wenn man fragen darf?«

»Jemand, den die Nachricht kaltzulassen schien.«

»Um wen es sich dabei auch handeln mag, mit seiner Meinung ist der Betreffende nicht allein.«

»Und das von einem Diener Gottes, wer hätte das gedacht.«

Vater Pirmin atmete schwer, von seinem Schattenbild, das im Widerschein des Windlichts an die Wand geworfen wurde, kaum mehr zu unterscheiden. »Du weißt nicht, wovon du sprichst, mein Sohn.«

»Dann setzt mich ins Bild, Vater – so Euch danach ist«, ließ der Kriminalist in Bruder Hilpert nicht locker, zum

Unwillen seines betagten Lehrers, der eine entschiedene Geste mit der Hand vollführte. »Auch wenn der Inquisitor in dir nicht totzukriegen ist, ich möchte über das Thema nicht sprechen. Einstweilen nur so viel: Beim Bettelvogt handelt, respektive handelte es sich um einen der berüchtigtsten Halunken weit und breit, und wenn ich mich so unumwunden ausdrücke, dann meine ich es auch so. Für einen Diener Gottes, als den ich mich immer noch betrachte, ziemt es sich zwar nicht, dies offen auszusprechen, aber …«

»Aber?«

Darauf bedacht, seine Worte sorgsam zu wählen, hielt Vater Pirmin abrupt inne. »Erlaube mir, dir als dein Lehrer einen gut gemeinten Rat zu erteilen«, fuhr er nach längerem Nachdenken fort, strich eine Haarsträhne aus der Stirn und ließ die Hand auf der Schulter seines Banknachbarn ruhen. Eine Geste, die den Bibliothekarius mit Beklommenheit erfüllte – so sehr er sich im Stillen dafür schämte. »Von Vater zu Sohn, wenn man so will: Besser, du beschäftigst dich mit Dingen, die nur dich etwas angehen, sonst …«

»Da seid Ihr ja, Meister – ich habe Euch überall gesucht!«

Nur mäßig überrascht, brach der Gelehrte seine Ermahnung ab. »Darf ich vorstellen: Bruder Columban, mein neuer Adlatus«, setzte er Bruder Hilpert ins Bild, deutete auf die Gestalt, die sich gemessenen Schrittes auf ihn zubewegte, und scherzte: »Du hast es ja selbst miterlebt, wie sehr mir das Alter in die Knochen gefahren ist, insofern ist der Mann ein Gewinn für mich. Und ein Gewinn für die ganze Schule, die Zöglinge erzählen sich Wunderdinge über ihn.«

Bruder Hilpert nickte knapp. »Gott zum Gruße, Bruder. Dominus tecum.«

»Et cum spiritu tuo«, hallte es ihm aus dem Halbdunkel des Kreuzganges entgegen, wo sich die Silhouette eines stattlichen Mannes abzeichnete. Bekleidet mit dem Habit des Dominikanerordens, näherte er sich mit lautlosen Schritten, die Hände unter dem blütenweißen Überwurf verborgen. Ganz anders dagegen seine Stimme, die eine volle und einschmeichelnde Klangfarbe besaß. »Willkommen in Würzburg, Bruder …«

Die Hand um den Schaft seines Gehstocks gekrallt, fügte Vater Pirmin überstürzt hinzu: »Ach so, ich vergaß: Bei dem Kosmopoliten an meiner Seite handelt es sich um Hilpert von Maulbronn, Bibliothekarius vom Orden der Zisterzienser.«

»Doch nicht etwa *der* Hilpert von Maulbronn?«

»Dummerweise ja«, gab der Angesprochene amüsiert zurück, griff nach dem Windlicht, um einen Blick auf den forsch auftretenden Adlatus zu werfen, und hob es bis auf Schulterhöhe empor. »Aber seid unbesorgt, von mir habt Ihr nichts zu befürchten. Im Übrigen bin ich aus privaten Gründen hier, nämlich um Vater Pirmin an seinem Ehrentag Gesellschaft zu leisten.«

»Bibliothekarius und Kriminalist – die Kombination findet man heutzutage selten.« Columbanus blieb in respektvollem Abstand stehen, auf gleicher Höhe mit einem Relief, das dem Andenken des Heiligen Kilian gewidmet war. Der Missionar trug die Amtstracht eines Bischofs, und es schien, als mache er ihr alle Ehre. »Wie dem auch sei, Eure Bravourstücke sind auch hier in aller Munde.«

»So, sind sie das.« Das Windlicht in der Hand, leuchtete der Bibliothekarius seinem Gegenüber ins Gesicht. Der Dominikaner verzog keine Miene, die Augen wie im Starrkrampf auf die Bank gerichtet, als blicke er durch die Sitzenden hindurch. »Und Ihr, Columbanus – auf welche Fächer habt Ihr Euch spezialisiert?«

»Grammatik, Rhetorik und Dialektik – Letzteres allerdings nur für Fortgeschrittene.«

»Klingt interessant.«

»Ist es auch«, übernahm der Schulobere die Initiative, bedeutete seinem Adlatus näherzutreten und blickte anerkennend zu ihm auf. »Wie gesagt, unsere Schüler sind voll des Lobes. Und die Magistri im Kollegium nicht minder.«

»Zu viel der Ehre, Vater.«

»Ehre, wem sie gebührt«, hielt Vater Pirmin lächelnd dagegen, tätschelte seinem Adlatus den Arm und scherzte: »Nur nicht so bescheiden, junger Mann, selbst Bruder Hilpert hat einmal klein angefangen. Wobei, in Geometrie hatte er so seine Schwierigkeiten, damit konnte er partout nichts anfangen. Aber sei's drum: Seiner Reputation hat es nicht geschadet – im Gegenteil.« Vater Pirmin lächelte hintergründig in die Runde, bis sein Blick an Columbanus hängen blieb. »Hütet Euch vor diesem Mann«, ermahnte er ihn in scherzhaftem Ton, wies mit dem Daumen auf den Bibliothekarius und fuhr fort: »Hilpert ist gerissener als wir alle zusammen. Und schlau wie ein Fuchs, sonst hätte er es nicht bis ganz nach oben geschafft. Denn um es bis zum Inquisitor zu bringen, nun ja, da muss man schon sehr zielstrebig sein. Aber das ist er ja – und gebildet wie kaum ein anderer.«

»Wie dem auch sei, mit Euch kann ich mich dennoch nicht messen.« Der Lobeshymnen überdrüssig, ließ Bruder Hilpert den Blick auf dem Adlatus ruhen. Besonders auffällig war die hohe Stirn, umrahmt von glatt rasierten Schläfen, über denen sich die zurechtgestutzte Tonsur erhob. Kein Haar an der falschen Stelle, die Brauen kerzengerade, auch nicht die Spur eines Schmutzflecks auf der makellos reinen Tracht: Dass Columbanus Wert auf sein Äußeres legte, fiel dem Betrachter auf Anhieb ins Auge. »Warum schaut Ihr mich so an, Bruder Columbanus, habe ich etwas Falsches gesagt?«

»Keineswegs, Bibliothekarius.«

»Denn wenn, täte es mir leid«, vollendete Bruder Hilpert gedämpft, nicht imstande, den Blick von seinem Gesprächspartner abzuwenden. Glatte Stirn, glatte Haut, glatt rasiertes Kinn und obendrein ein Paar Augäpfel, die wie der Schacht eines ausgetrockneten Brunnens anmuteten: Der Adlatus, dessen Alter Hilpert auf Ende 20 schätzte, er kam ihm wie ein Buch mit sieben Siegeln vor. »Um mit den Worten von Vater Pirmin zu sprechen, mit mir ist eben nicht gut Kirschen essen.«

Der Angesprochene lächelte breit. »Und da dem nun mal so ist, du Lästermaul: Bruder Columbanus und ich würden uns glücklich schätzen, dir für die Zeit deines Aufenthalts Obdach zu gewähren.«

Bruder Hilpert wehrte dankend ab. »Mein Freund Berengar besteht darauf, dass ich mich im Haus seiner Schwester einquartiere. Dort werde ich bereits erwartet, also macht Euch meinetwegen keine Umstände.«

»Berengar von Gamburg, Vogt des Grafen von Wertheim?«

»Ganz recht, Vater. Wie ich sehe, seid Ihr bestens informiert.« Im Begriff, sich zum Gehen zu wenden, half Bruder Hilpert seinem Mentor auf. »Eure Fürsorge in allen Ehren, aber bis zur Dominikanergasse schaffe ich es auch allein.«

»Ja, wenn das so ist, haben wir ja den gleichen Weg«, setzte sich Columbanus leichthin über den Einwand hinweg, der Blick so starr wie ehedem, als seien die Augäpfel mit einer Eisschicht überzogen. »Erweist mir die Ehre, Euch ein wenig Gesellschaft leisten zu dürfen. Auf den Straßen treibt sich allerhand Gesindel herum, je später die Stunde, desto zwielichtiger die Klientel. Und nichts für ungut, Bibliothekarius: Ein Blinder sieht oft mehr, als man denkt – und hat ein Gespür für drohende Gefahren!«

7

Dominikanergasse, kurz nach Sonnenuntergang
[21.30 Uhr]

»Potzblitz – das ist aber ein edler Tropfen!«, rief Heribert Kammscherer, frischgebackener Bürgermeister von Würzburg, mit Genießermiene aus, prostete den Gästen an seiner Tafel zu und nahm auf dem Scherenstuhl am Tischende Platz. »Es ist angerichtet – lasst es Euch schmecken!«

Eine Aufforderung, die er selbst nur zu gern befolgte. Ein Tropfen vom Feinsten, was die Hänge vor den Toren zu bieten hatten, eine gesellige Runde und ein zünftiges Mahl im Kaminzimmer seines Patrizierhauses, mehr brauchte es nicht, um den Genussmenschen mit dem Schmerbauch zufriedenzustellen. Einen Grund zum Feiern gab es immer, zuletzt vor allem seine Amtsübernahme, aus deren Anlass er tief in die Tasche gegriffen hatte. Das Bankett, bei dem sich mehr als 80 Gratulanten eingefunden hatten, fand denn auch im Festsaal des Grafeneckart statt. Keine Frage, dass sich Kammscherer nicht lumpen ließ – und alles aufbot, was gut und teuer war. Als da wären: ein Fuder Steinwein – Jahrgang 1410, Manna und Ambrosia waren nichts dagegen, zwei Dutzend Gänse, drei junge Lämmer, fast 90 Pfund Rindfleisch sowie Eierspeisen und Spießbraten, so viel das Schlemmerherz begehrte. Die Gästeschar war voll des Lobes gewesen – und die Rechnung so hoch, dass Heribert beim Überfliegen die Luft wegblieb.

Doch egal wie kostspielig, der Aufwand hatte sich ausgezahlt. Nicht etwa, dass er es im Leben leicht gehabt hätte. Als Sohn eines Webers wusste er, was es bedeutete, von den Ellbogen Gebrauch zu machen, denn ohne sie, so war es ihm von Kind auf eingetrichtert worden, würde er es nicht weiter als sein Vater bringen. Und genau damit hätte er sich nie zufriedengegeben, eine Denkweise, die ihm in Fleisch und Blut überging. Dass er zudem das Kunststück fertigbrachte, die Schwester eines gräflichen Vogtes zu ehelichen, hatte seiner Reputation nicht im Mindesten geschadet, und manch einer wäre froh gewesen, hätte er es wie Heribert bis zum Posten des Viertelmeisters gebracht.

Aber Kammscherer wollte mehr. Er wollte hoch hinaus, und um sein Ziel zu erreichen, war er in der Wahl seiner Methoden doch nicht zimperlich gewesen. Begonnen hatte er als einfacher Händler, wo er den Grundstock für sein späteres Vermögen legte, mittlerweile eins der größten in der Stadt. Aber um es bis ganz nach oben zu schaffen, das wusste er nur zu gut, war es Voraussetzung, eine gewinnträchtigere Profession auszuüben. Denn nur wer imstande war, jedes Jahr eine vierstellige Summe zu versteuern, dem stand die Tür zur Geschlechterstube offen.

Einfach so mir nichts, dir nichts das Gewerbe zu wechseln, dies war jedoch stets die Ausnahme geblieben. Und so hatte Heribert nicht gezögert, als stiller Teilhaber bei einem klammen Gewürzhändler einzusteigen, zu beiderseitigem Nutz und Frommen, für den Emporkömmling das Geschäft seines Lebens. Der eigentliche Gewinner war jedoch eindeutig Kammscherer gewesen, plötzlich imstande, ein Haus in bester Lage zu erwerben, zum Spottpreis von 850 Gulden, wie er gegenüber Freunden augenzwinkernd versicherte. Das Amt des Bürgermeisters, das er erst seit kurzem innehatte, fiel ihm denn auch wie eine reife Frucht in den Schoß. Eine Trophäe, die ihn mit Stolz und Genugtuung erfüllte.

»Was ist denn, Meister Veit – warum so verdrossen?«, wandte sich der Weinkenner seinem Nachbarn zur Linken zu, einem Gewürzhändler, an dessen Gewinnen er zur Hälfte beteiligt war. »Ärger mit Eurem zänkischen Ehegespons?«

»Das auch«, gestand der ältliche, allenfalls mittelgroße und kränklich wirkende Mittvierziger ein, unter den Ratskollegen wohlgelitten, bei der eigenen Gattin jedoch vordem in Ungnade gefallen. »Reden wir nicht drüber, manche Weiber werden nun mal vom Teufel geritten, gegen ihre Schandzungen ist kein Kraut gewachsen.«

In Anwesenheit seiner Frau eher kleinlaut, verkniff sich der übergewichtige Hausherr die Antwort, die ihm mit Macht unter den manikürten Nägeln brannte, wandte sich nach rechts und tönte: »Lasst es Euch schmecken, Schwager, so jung kommen wir nicht mehr zusammen!«

Berengar von Gamburg, Vogt des Grafen von Wertheim, nahm die Worte mit einem zustimmenden Nicken auf und ergriff sein Kristallglas, um einen Trinkspruch auszubringen. »Auf dich, Heribert«, fasste sich der Vogt bei der Laudatio eher kurz, vom Naturell her ein Mann der Tat, der es hasste, unnötig Zeit mit Reden zu verschwenden. Breitschultrig, hart im Nehmen und kurz angebunden, wenn er sich hintergangen fühlte, hatte sich der Recke den Ruf eines Raubeins erworben. Dennoch oder gerade deshalb war er für seinen Freund Hilpert zum unentbehrlichen Helfer geworden. Egal wo, wann oder in welcher Zwickmühle die beiden steckten, auf den Hünen mit der dunklen Mähne war Verlass. »Und auf dich natürlich auch, Schwesterherz, möge es euch allzeit wohlergehen.«

Die Hausherrin, zupackend, resolut und, anders als ihr behäbiger Widerpart, von zierlicher Gestalt, der es keine Mühe bereitete, ins Gewand ihrer 14-jährigen Tochter zu schlüpfen, nickte ihrem Bruder im Vorbeigehen zu, eine Schüssel mit dampfendem Wildbret in der Hand, die sie mit Schwung auf einer vorgewärmten Tonplatte platzierte. Dann schloss sie sich der Aufforderung ihres Mannes an, deutete auf den Tisch und sagte: »Zum Wohlsein, alle miteinander – und allzeit gute Verrichtung.«

»Amen!«, versetzte ihr Bruder verschmitzt, ein wahrer Spötter vor dem Herrn, was sein Unbehagen gegenüber dessen irdischer Dienerschaft betraf. »Vinum bonum, deorum donum! In Latein war ich zwar keine Leuchte, aber an den Spruch kann ich mich noch gut erinnern.«

»Recht so, Schwager«, pflichtete ihm Kammscherer im Brustton der Überzeugung bei, leerte sein Glas und packte die Gelegenheit beim Schopf, um sich von seiner Frau aus einer Schnabelkanne nachschenken zu lassen. »Guter Wein ist ein Geschenk der Götter, das haben schon die alten Römer gewusst. Die Mönche in unseren Klöstern sehen es genauso, darauf gehe ich jede Wette ein. Apropos Kloster, wo steckt eigentlich dein Gefährte, Berengar? Er müsste doch schon längst mit uns am Tisch sitzen, oder?«

»Stimmt«, erwiderte der Vogt, damit beschäftigt, eine Lammkeule in ihre Einzelteile zu zerlegen. »Aber du weißt ja, wie diese Federfuchser sind – wenn denen ein Furz durch den weihrauchgeschwängerten Schädel spukt, dann vergessen sie sogar, wann Essenszeit ist. Könnte mir nicht passieren, das weiß ich genau.« Im Begriff, sich eines herzhaften Rülpsers zu entledigen, presste der Vogt in aller Eile den Handrücken auf den Mund. »Warten wir's ab, Schwager: Er wird schon noch kommen. Und wenn nichts mehr übrig ist, dann hat er eben Pech gehabt, Strafe muss sein.«

»Nimm dich gefälligst zusammen, Bruder – so redet man nicht über seinen Freund.«

Der Vogt ließ den Rüffel an sich abprallen. »Jetzt erzählt mal, ihr beiden: Was treibt euer geliebter Bischof denn so?«, richtete er das Wort an Kammscherer und seinen verzagten Sozius, der sein Weinglas bislang nicht angerührt hatte. Bis in die Grundfesten erschüttert, schnitt Berengar eine unwillige Grimasse. Dass ein Mann noch tiefer als der Gewürzhändler sinken konnte, das ging über seinen Horizont hinaus. »Immer noch damit beschäftigt, Kinder in die Welt zu setzen?«

»Jetzt ist es aber genug, Bruder – du versündigst dich.«

»Wenn sich hier jemand versündigt, dann ja wohl der Herr von Brunn, schlimmer als der alte Schwerenöter haben es nur wenige Kuttenträger getrieben.«

»Wohl wahr«, pflichtete Kammscherer mümmelnd bei, spießte einen Krammetsvogel auf und fiel, vor Wonne grunzend, darüber her. Seine Frau nahm es mit versteinerter Miene hin, anders als ihr Bruder fest im Glauben, was für zahlreiche und erbitterte Wortgefechte sorgte. »Ihr wisst es ja beide, der Schürzenjäger schreckt vor nichts zurück. Mit der Tochter eines Ratsherrn ein Kind zu zeugen: Ich muss schon sagen, das ist wirklich ein starkes Stück. Und wie man hört, zieht er keine Lehren daraus.« Kurzatmig geworden, befeuchtete der Hausherr die trockene Kehle. »Aber wenn es nur das wäre, dann ... Jetzt schau mich nicht so böse an, Sieglinde: Es war nicht so gemeint, wie du denkst! Wie gesagt: Wenn es nur die Weibergeschichten wären, mit denen er von sich reden macht, dann hätten sich die Konsequenzen in Grenzen gehalten. Aber wenn ich mir als Geschäftsmann so anschaue, wie unser Landesherr mit Geld nur so um sich wirft, dann frage ich mich, wie lange die Prasserei noch gutgehen wird. Ich für meinen Teil bin jedenfalls strikt dagegen, vor den Bankrotteuren auf dem Marienberg den Schwanz einzuziehen. Das Maß ist voll, sollen sie doch zusehen, wie sie sich über die Runden mogeln, und wenn, dann aber nicht auf anderer Leute Kosten.«

»Ist ja auch nicht einzusehen, alles hat seine Grenzen.«

»Meine Rede, Schwager.« Einmal in Fahrt, nahm Kammscherer fortan kein Blatt mehr vor den Mund. Und fügte mit Blick auf seine zürnende Ehefrau hinzu: »Ich sage es zwar ungern, aber nach allem, was man so hört, bin ich mit meiner Meinung nicht allein. Wenn er schlau wäre, würde von Brunn den Hut nehmen, denn so wie jetzt kann es einfach nicht weitergehen. Sogar im Domkapitel besitzt er kaum noch Freunde, so er denn je welche besaß. Wie es aussieht, wünscht ihm die Mehrheit der Leute die Pest an den Hals, ginge es nach ihnen, sie würden den Bischof zum Teufel jagen.«

»Heribert Kammscherer, jetzt ist es aber genug!«

»Und der Stadtrat – wie denkt der darüber?«, ließ der Vogt die Attacke ins Leere laufen und tat so, als befinde sich seine Schwester nicht im Raum. »Soweit ich weiß, steht man auch dort auf Kriegsfuß mit ihm.«

»Gelinde ausgedrückt«, meldete sich Kammscherers Sozius zu Wort, dämpfte die Stimme und ergänzte: »Und das aus gutem Grund. In dem Punkt sind sich alle einig, und was die Stadtbevölkerung betrifft, nun ja, auch dort ist der Unmut groß.«

»Das habt Ihr aber schön gesagt, Meister Rebstöckl«, nahm der Hausherr seinen Gast auf den Arm, ohne Rücksicht auf die ihm zugedachten Blitzbündel, die aus den Augen seiner resoluten Gattin schossen. »Ich muss gestehen, Ihr werdet mir immer sympathischer.«

»Und worauf wartet Ihr dann noch?«, ging Berengar vollends in die Offensive. »Ich meine, wenn sich alle einig sind, worin liegt dann die Schwierigkeit?«

»Du hast gut reden, Schwager«, erwiderte Kammscherer prompt, nahm die Weinkaraffe zur Hand, um sich nachzuschenken, und wackelte unschlüssig mit dem Kopf. »Wertheim ist weit weg vom Schuss, in des Wortes reinster Bedeutung.«

»Aber wenn die Lage so ist, wie du sie schilderst, dann ...«

»Dann tun wir gut daran, uns die Risiken vor Augen zu halten.«

»Wer nicht wagt, der nicht gewinnt.«

»Und das von einem gräflichen Vogt, dass ich so etwas noch erleben durfte.« Die Pausbacken gerötet vom Weingenuss, stieß Kammscherer ein heiseres Lachen aus, rückte sein Barett zurecht und tönte: »Ad eins: Was die Anzahl der Bewaffneten betrifft, die in seinem Sold stehen, ist uns der Bischof haushoch überlegen. Zweitens: Sollte irgendjemand mit dem Gedanken spielen, die Burg im Handstreich zu nehmen, dann möge er sich das schleunigst aus dem Kopf schlagen. Die Zitadelle ist so gut wie uneinnehmbar, das weiß ja wohl jedes Kind. Gesetzt den Fall, es käme zu einer

Belagerung, wie lange, denkst du, wären wir imstande, sie aufrechtzuerhalten? Und da wäre noch etwas: Ginge es von Brunn an den Kragen, würden sich die Fürsten den Affront nicht bieten lassen, ob er ihnen nun sympathisch ist oder nicht. Dafür steht für sie zu viel auf dem Spiel, wo kämen wir da hin, wenn andere Städte in die gleiche Kerbe hauten?«

»Und drittens?«

»Tertio: Die Niederlage von Bergtheim, wo uns die Soldknechte des Bischofs zu Paaren trieben, die steckt uns eben immer noch in den Knochen. So wir das Glück hatten, sie zu überleben.«

Berengars Miene verfinsterte sich. »Ich erinnere mich.«

»Wer tut das nicht.« Der Gastgeber atmete geräuschvoll aus. »Des Exempels, das auf Geheiß des damaligen Bischofs statuiert wurde, kann ich mich noch gut entsinnen. Ist zwar schon eine Weile her, aber ein Gemetzel wie damals vergisst man einfach nicht. Unsere Fußtruppen wie im Blutrausch in Stücke gehackt, um sie den Raben auf dem Schlachtfeld zum Fraß vorzuwerfen, die Anführer enthauptet, erdrosselt oder erhängt, ganz wie es den Siegern beliebte, die Exekution der sympathisierenden Räte, deren Häupter vor den Stadttoren auf die Spieße gesteckt wurden: Die Bilder wirst du dein Lebtag nicht mehr los.«

Der Vogt stimmte schweigend zu.

»Aber lassen wir das. Sonst vergeht uns noch der Appetit«, machte Kammscherer den Reminiszenzen ein Ende, zur Freude seiner besseren Hälfte, deren Miene sich merklich zu entspannen begann. »Eins muss man von Brunn allerdings lassen: Er ist immer für eine Überraschung gut.«

Berengar runzelte fragend die Stirn.

»Jetzt sag bloß, die frohe Kunde hat dich noch nicht erreicht?«

»Kommt drauf an, worum es sich dreht. Und außerdem: Wer sitzt denn hier an der Quelle, du oder ich?«, feixte der Vogt in scherzhaftem Ton zurück, schleckte die fetttriefenden Finger ab und lehnte sich erwartungsvoll zurück. »Und jetzt schieß los, was gibt es Neues?«

»Aus Anlass des Sieges vor 25 Jahren, so wurde auf Wunsch unseres Oberhirten verlautbart, werde die Bevölkerung dazu aufgerufen, an einer Gedenkmesse teilzunehmen. Im Anschluss stünde allerlei Kurzweil auf dem Programm, unter anderem ein Mysterienspiel auf dem Kürschnerhof.« Der Hausherr lachte spöttisch auf, das Gesicht zu einer missgünstigen Grimasse verzogen. »Schließlich muss es ja auch was zu gaffen geben, und sei es nur, um das Stadtvolk ruhigzustellen. Und um die Pilger auf das Fest der Feste einzustimmen. Gib es zu, Schwager: Auf die Idee muss man erst mal kommen.«

»Alle Achtung, der alte Schwerenöter traut sich was.«

Kammscherer stutzte. »Wie meinst du das?«

Der Vogt ließ sich mit seiner Antwort Zeit. »Na ja, wie die Erfahrung lehrt, genügt oft eine Kleinigkeit, um eine Festivität wie diese aus dem Ruder laufen zu lassen. Im Volk hat es gewaltig zu gären begonnen, das merkt sogar der größte Tor. Ein falsches Wort, eine falsche Geste, ein Rempler im Vorübergehen – und schon geht es drunter und drüber. Apropos: Das Mysterienspiel, wovon handelt es?«

»Vom heldenhaften Einsatz eines Überläufers, der im Sold des damaligen Bischofs stand. Ohne ihn wäre die Sache anders ausgegangen, will heißen: Der Hurensohn hat uns eiskalt ans Messer geliefert – indem er den Schlachtplan auszuplaudern geruhte.«

»Vom Saulus zum Paulus. Wie einfallsreich.«

»Mit Speck fängt man Mäuse – so machen es doch alle.«

»Wie gesagt: Der Bischof muss sich seiner Sache sicher sein, sonst wäre er nicht auf die Idee gekommen«, gab Berengar nachdenklich zurück, das markante Kinn auf die Kuppen seiner Finger gestützt. »Einerlei, der morgige Samstag wird es in sich haben, das Gefühl werde ich einfach nicht los!«

8

Dominikanerplatz, kurz darauf
[22.00 Uhr]

»So, da wären wir.« An der Einmündung zur Dominikanergasse angelangt, wies Columbanus mit dem Kinn auf den Torbogen, durch den man ins Anwesen des Gewürzhändlers gelangte. Der Mond war zwischen den dahinjagenden Wolken verschwunden, und die Windstöße, umrahmt von fernem Donnergrollen, fegten wie Sensenhiebe über die Dachschindeln hinweg. »Es war mir eine Ehre, Euch einen Dienst unter Brüdern zu erweisen – solltet Ihr Hilfe benötigen, lasst es mich wissen.«

»Das werde ich, Bruder«, beteuerte der Bibliothekarius, erleichtert, nun endlich am Ziel zu sein. »Einstweilen bis morgen, ich bin gespannt, was sich in der Domschule verändert hat.«

»Rein äußerlich betrachtet so gut wie nichts.«

Bruder Hilpert blieb unverrichteter Dinge stehen. Die Böen wurden immer stärker, ein falscher Schritt, und die Laterne würde erlöschen. Zum Umfallen müde, stemmte er sich den Luftwirbeln entgegen. Zu seiner Linken zeichneten sich die Umrisse des Dominikanerklosters ab, umgeben von einer baufälligen Mauer, über der sich das Geäst einer Esche erhob. Vom Sturm erfasst, wirbelten Myriaden von zerzausten Blättern durch die Luft, wie Tänzer, die einen ekstatischen Reigen vollführten. »Und anderweitig?«

»Findet es heraus, Bruder«, erwiderte Columbanus süffisant, ließ den Blick wie ein Suchender durch das Dunkel schweifen und richtete sich zu voller Größe auf. Im Abglanz des Lichtkegels, den die flackernde Laterne auf die Straße warf, kam er Bruder Hilpert wie ein Fantasiegebilde vor. Die Kapuze tief im hohlwangigen Gesicht, um vor unerwünschten Blicken geschützt zu sein, verharrte Columbanus schweigend auf der Stelle, die Augäpfel durchscheinend wie Eiskugeln, die den Betrachter innerlich frösteln ließen.

Bruder Hilpert lief es kalt den Rücken hinunter. Eine Weile standen sie sich schweigend gegenüber, doch dann, als sein Habit in den Sog einer Gewitterbö geriet, schreckte der Adlatus aus seinen Gedanken auf, warf einen Blick zur Pforte des Dominikanerklosters, als könne er sie in natura vor sich sehen, und fügte mit sibyllinischem Lächeln an: »Wie ich bereits sagte, findet es heraus. So Euch danach zumute ist, das sollte man ergänzend hinzufügen.«

»Ich denke schon.« Nur eine Armlänge von seinem Begleiter entfernt, kniff Bruder Hilpert angestrengt die Augen zusammen. Doch so sehr er sich auch bemühte, eine Gefühlsregung zu erhaschen, dem Unterfangen war kein Erfolg beschieden. Wie in Erz gegossen rührte sich der Adlatus nicht vom Fleck. Wäre er nicht sicher gewesen, es handle sich um einen Menschen aus Fleisch und Blut, der Zisterzienser hätte geglaubt, einer Sinnestäuschung zu erliegen. »Wisst Ihr, ich bin von Natur aus neugierig, auch wenn ich mir zuweilen Feinde damit mache.«

»Bei uns seid Ihr in guten Händen, dessen bin ich mir gewiss.«

»Na, dann bin ich ja zufrieden – mehr verlange ich auch nicht.« Gewiss, der Adlatus war überaus dienstbeflissen, ließ es an Respekt gegenüber dem Älteren nicht mangeln. Davon abgesehen gab er ihm jedoch Rätsel auf, vor allem, was die launigen Kommentare betraf. Aber wer weiß, vielleicht hing das ja auch mit seiner Blindheit zusammen, ein Schicksal, um das er von Hilpert nicht beneidet wurde. »Gestattet Ihr mir dennoch eine Frage?«

»Auch mehrere, so viel Zeit muss sein.«

»Wie bringt Ihr es zuwege, dass ... Ich meine, es ist doch gewiss nicht leicht, Eure Pflichten als Grammaticus zu erfüllen, oder?«

»Sagen wir mal so, ich kann nicht klagen«, versetzte der Dominikaner kühl, einen Hauch von Gereiztheit in der Stimme. »Meine Kollegen haben großes Verständnis für mich, und was die mir anvertrauten Schüler betrifft, gerade bei ihnen fühle ich mich sehr gut aufgehoben, wie im Kreis meiner eigenen Familie.«

»Mit der Ihr noch in Kontakt steht, wie ich hoffe?«

»Hin und wieder.« Columbanus deutete ein Schulterzucken an. »Alles halb so schlimm, meine Brüder im Konvent sind ja auch noch da.«

»Freut mich zu hören.« Bruder Hilpert stieß ein verlegenes Räuspern aus, klemmte den Daumen unter den Tragegurt seiner Ledertasche und trat mit unschlüssiger Miene auf der Stelle. Die Frage, die ihm auf der Zunge lag, sie war zwar überaus indiskret, aber Hilpert wäre nicht Hilpert gewesen, hätte er sie gerade jetzt für sich behalten. »Und wie bringt Ihr es zuwege, Eure Schüler während der Lektionen ... bitte versteht mich nicht falsch, Bruder Columban, aber ...«

Verärgert über sich selbst, brach Bruder Hilpert mit beschämter Miene ab.

»Wie ich es zuwege bringe, meine Zöglinge zu instruieren, wolltet Ihr wissen?«, fuhr der Magister mit unbeweglicher Miene fort, die Augen auf einen unsichtbaren Punkt im Dunkeln gerichtet, gerade so, als käme er sich beobachtet vor. Und fügte mit schneidender Stimme hinzu: »Die Antwort darauf ist denkbar einfach, Bruder: Ich bin imstande, den Schülern in die Seele zu blicken – wozu braucht es da noch Augen, die stünden mir doch nur im Weg!«

»Wenn man vom Teu...«, platzte Berengar bei Hilperts Eintreffen heraus, einen Deckelhumpen in der Hand, um ihn an den Mund zu führen. »Wie schön, dich endlich in unserer Mitte zu wissen. Wir dachten schon, du wärst verschollen. Ich hoffe, Hochwürden hatten eine angenehme Reise?«

»Mehr oder weniger«, gab der Bibliothekarius säuerlich zurück und entbot den Anwesenden seinen Gruß, wobei er Sieglinde besondere Aufmerksamkeit widmete. »Auch wenn es mir schwerfällt, es zuzugeben: Ich bin eben nicht mehr der Jüngste.«

»Ja, wenn das so ist, kommt unser Festmahl gerade recht«,

winkte Kammscherer den ermatteten Gast heran, deutete auf den Stuhl zu seiner Rechten und forderte ihn auf, sich zu bedienen. »Ihr müsst hungrig sein, Bruder. Und darum esst, so viel Ihr möchtet. Verhungert ist bei uns noch niemand, was, Sieglinde? Nur keine falsche Bescheidenheit, wir erzählen es auch nicht weiter.«

»Und wenn schon, meinen Abt wundert in Bezug auf mich sowieso nichts mehr«, flachste der Bibliothekarius zurück, eine Scheibe Schwarzbrot in der Hand, die er mit gewürztem Schweineschmalz bestrich. »Aber danke für das Angebot – und für Eure Gastfreundschaft natürlich auch. Wenn wir gerade dabei sind, Meister Kammscherer, Ihr befindet Euch doch hoffentlich wohl?«

»Danke der Nachfrage, Bruder«, mümmelte der Hausherr zufrieden vor sich hin, spülte die Reste einer Pastete mit einem Schluck Starkbier hinunter und vollführte eine weit ausholende Handbewegung. »Wie Ihr seht, mangelt es uns an nichts – zumindest was das leibliche Wohlbefinden betrifft.« Dann deutete er auf seinen Teilhaber und sagte: »Die Herren kennen sich, nehme ich an?«

Rebstöckl und Bruder Hilpert nickten einander zu.

»Es ist zwar schon etwas länger her, aber Euer Sozius ist kein Unbekannter für mich.« Trotz seiner Müdigkeit um Konversation bemüht, fügte Bruder Hilpert lächelnd an: »Wie dem auch sei, Meister Veit: Eure Stadt war die Mühen der Reise wert. Und wie man hört, lässt es sich in Würzburg trefflich leben, den Widrigkeiten der Sommerhitze zum Trotz.«

»Das hört man gern, Bruder.«

»Wäre ja auch merkwürdig, wenn Ihr anders darüber denkt«, wies Kammscherer seinen Sozius zurecht, die Stimme merklich angestrengt, um das Heulen des Windes zu übertönen. »Aber wenn wir gerade dabei sind, Hilpert: Ihr kommt genau zur richtigen Zeit. Die Sache ist die: Erst gestern hat es einen Mordfall gegeben, wie sieht es aus, können wir auf Euch zählen?«

»Da sei Gott vor, Meister Kammscherer. Ich bin mir sicher, bei den Stadtoberen ist der Kasus in guten Händen. Und was den gemeuchelten Bettelvogt betrifft, nun ja, an seiner Person scheiden sich ja wohl die Geister. Um ein unbeschriebenes Blatt scheint – respektive schien – es sich bei dem Dahingeschiedenen zudem nicht gehandelt zu haben. Pietätvoll formuliert.«

Um Worte nur selten verlegen, kam der Hausherr aus dem Staunen nicht heraus. »Ich muss schon sagen, Bruder: Euch entgeht aber auch wirklich nichts. Je öfter sich unsere Wege kreuzen, desto unheimlicher werdet Ihr mir.«

»Ihr schmeichelt mir, Meister Kammscherer. So viel Lob habe ich nicht verdient.«

»Spaß beiseite: Der Fall hat für erhebliches Aufsehen gesorgt.« Fürs Erste gesättigt, schob der Gewürzhändler seinen Teller beiseite, fuhr mit dem Handrücken über den Mund und bugsierte seinen Schmerbauch nach vorn. Nicht mehr der Jüngste und mit einem Appetit gesegnet, der seinesgleichen suchte, hatte er gegenüber früher an Spannkraft eingebüßt. Sieglinde, allenfalls halb so schwer wie der behäbige Gemahl, betrachtete die Entwicklung mit Sorge. An dessen Vorliebe für schwere Kost änderten ihre Predigten jedoch nichts, wie sein Heißhunger nach Gebratenem und Naschwerk bewies. »Wer auch immer für die Bluttat verantwortlich ist, der Betreffende scheint vor nichts zurückzuschrecken.«

»Oder die Betreffenden.«

»Stimmt, Bruder. Wie dem auch sei, was den oder die

Täter betrifft, tappen wir noch im Dunkeln. Sicher ist nur, sie wissen, wie man jemanden zu Tode quält, was das betrifft, sprechen die Spuren am Leichnam für sich. Mich kann zwar so schnell nichts erschüttern, aber wenn ich höre, dass der Bettelvogt mit einem Brandzeichen auf der Stirn versehen wurde, dann fällt mir dazu nichts mehr ein.«

»Mir auch nicht, Meister Heribert.« Der Bibliothekarius atmete tief durch. »Gleichwohl, Stigmatisierungen von Mordopfern kommen hin und wieder vor, so bizarr die Praxis auch anmuten mag. Es gehört zwar nicht hierher, aber in welcher Form wurde sie bei dem Mordopfer vorgenommen?«

»In Form eines Kürzels, das auf drei aufeinanderfolgenden Großbuchstaben besteht.« Der Gastgeber hielt nachdenklich inne. »›DIA‹ – da soll mal einer schlau daraus werden.«

»Bedaure, aber auch ich bin da überfragt. ›DIA‹ – auf die Kombination bin ich noch nicht gestoßen. Aber warten wir es einfach ab, was nicht ist, das kann ja noch werden.«

»Hoffen wir das Beste, was bleibt uns auch anderes übrig. Wenn Ihr Euch schon keinen Reim darauf machen könnt, wer dann?« Kammscherers Miene verdüsterte sich. »Der Leichenbeschauer meint, das Mordopfer sei regelrecht zu Tode gefoltert worden, mehr möchte ich dazu nicht sagen. Schon gar nicht in Gegenwart einer Dame.«

»Der Gemeuchelte, von dem Ihr sprecht, wie lautet eigentlich dessen Name?«

»Gunthram«, erwiderte der Hausherr und verzog dabei das Gesicht. »Gunthram Schwertfeger, um genau zu sein. Wieso fragt Ihr, Bruder?«

»Aus Interesse, Meister Heribert. Einerlei, vom Namen her ist er mir nicht bekannt.«

»Hört, hört! Und Ihr wollt mir weismachen, der Kasus

lasse Euch kalt. Jetzt tut doch nicht so, als hättet Ihr kein Interesse, Bruder – Berengar und mir könnt Ihr nichts vormachen.«

Der Bibliothekarius stellte sich taub. »Wenn wir gerade dabei sind: Die Position eines Bettelvogtes – was genau hat man sich darunter vorzustellen?«

»Wie der Name schon sagt, hatte Schwertfeger die Aufgabe, die Bettelei in geordnete Bahnen zu lenken. Bedeutet: Er war dafür verantwortlich, dass die Habenichtse dazu angehalten wurden, sich an die Spielregeln zu halten, und zwar alle miteinander, ohne Ausnahme.«

»Die da lauten?«

»Gebettelt wird nur da, wo es gestattet ist, per exemplum vor dem Dom, vor der Neumünsterkirche oder vor den Toren – und auch da nur zu bestimmten Zeiten, das versteht sich ja wohl von selbst.«

»Ergo: Ohne Lizenz keine milden Gaben.«

»Recte.«

»Und wie viele Aspiranten kommen in ihren Genuss?«

»Im Durchschnitt etwa fünf Dutzend, so um den Dreh herum. Ich gebe zu, reich wird man dabei nicht, aber wer den Bogen raushat, der kommt auch auf seine Kosten. Und braucht nicht zu darben, das ist ja wohl das Wichtigste.«

Bruder Hilpert kratzte sich an der Schläfe. »Ich denke, darüber kann man geteilter Meinung sein. Aber bleiben wir beim Thema: Die Einnahmen per diem, wie hoch schätzt Ihr sie ein?«

»Auf maximal 20 Pfennige, was in etwa dem Gehalt eines Gesellen entspricht. Bei allem Mitgefühl, aber ich finde, das sollte man sich vor Augen führen. Wenn ich mir nämlich vorstelle, dass ein Handwerker von morgens bis abends schuftet, während ein Bettler vor dem Dom nur die Hand aufhalten muss, um mit ihm gleichziehen zu können – also ganz ehrlich: Dann kann ich nichts Schlimmes daran finden. Ich meine, es gibt gewiss Tage, da sieht ein Bettler kein Land, aber wer es geschickt anstellt, der kommt auch über die Runden. Zumindest einigermaßen.« Der Gastgeber machte eine hilflose Geste. »Jetzt schaut mich nicht so an, Bruder. Was kann ich denn dafür, wenn es so viele Unbehauste gibt. Im Leben gibt es Höhen und Tiefen, da wird einem nichts geschenkt, den Reichen genauso wenig wie den Armen. Das war so und wird vermutlich auch so bleiben. Glaubt mir, Hilpert: Jemand wie ich weiß, wie es sich anfühlt, von der Hand in den Mund zu leben.«

»Davon abgesehen, Meister Kammscherer«, wechselte der Bibliothekarius rasch das Thema, seit jeher auf der Seite der Bedürftigen, weshalb sich sein Mitleid in Grenzen hielt. »Die Lizenz zum Betteln, wie teuer kommt sie den Betreffenden zu stehen?«

»Sie beläuft sich auf 36 Gulden. Per annum. Unabhängig vom Alter oder dem Geschlecht.«

»Eine hübsche Summe.«

»Darüber kann man streiten.«

Bruder Hilpert hörte über die Replik hinweg. »Die man nicht ohne Weiteres aus dem Ärmel schütteln kann, findet Ihr nicht auch?«

»Muss man ja auch nicht.«

»Wie darf ich das verstehen?«

Kammscherer lächelte wissend. »Und Ihr wolltet mir weismachen, der Kasus ließe Euch kalt. Zum Glück habt Ihr es Euch anders überlegt, sonst sähe es ziemlich düster aus.«

»So, habe ich das!«

»Aber um zu Eurer Frage zurückzukommen: Wie viele Bettler für wie lange in den Besitz einer Lizenz gelangen, darüber hat der Magistrat zu befinden, und zwar ausschließlich. Ist die Anzahl der Aspiranten jedoch höher als die vom Stadtrat festgelegte Zahl, hat der Bettelvogt das letzte Wort, sprich: Es bleibt ihm überlassen, die Spreu der Taugenichtse vom Weizen zu trennen. Dabei gilt die Regel: Wer sich in der Vergangenheit nichts zuschulden kommen ließ, dessen Kontrakt kann auf Anfrage verlängert werden. Am Obolus, der für den Erwerb einer Lizenz zu entrichten ist, ändert dies jedoch nichts.« Kammscherer richtete sich entschlossen auf. »36 Gulden per annum – und keinen Pfennig weniger. Ich weiß, es klingt herzlos, aber wir verteilen keine milden Gaben.«

»Und was, wenn der Betreffende sie nicht aufbringen kann?«

»Dann steht es ihm frei, sich an den Bettelvogt zu wenden. Immer vorausgesetzt, die Pfründen sind noch nicht vergeben. Im Klartext, der Betreffende kann erst dann über seine Einnahmen verfügen, wenn es ihm gelingt, aus den roten Zahlen zu kommen. Auf die Gefahr hin, mich zu wiederholen: Unter 36 Gulden per annum geht überhaupt nichts, christliche Nächstenliebe hin oder her.« Der Hausherr hob abwehrend die Hände. »Behaltet es für Euch, Bruder: Ich weiß genau, was jetzt kommt. Anstatt von den Bettlern eine Gebühr zu verlangen, sollten wir uns lieber Gedanken machen, wie der Armut in der Stadt besser beizukommen ist.«

»Ihr sprecht mir aus der Seele, Bürgermeister.« Der Bibliothekarius seufzte tief. »Nur noch eine letzte Frage: Der Bettelvogt, inwieweit ist er an den Einnahmen beteiligt?«

»Mit einem Sechstel.«

»In Gulden umgerechnet bedeutet dies?«

»Geht man von 50 lizensierten Habenichtsen aus, läge sein Anteil bei 300 Gulden.«

Bruder Hilpert riss entgeistert die Augen auf. »300 Gulden, habe ich Euch da richtig verstanden?«

»Durchaus.«

»Eine Menge Geld, wenn Ihr die Bemerkung gestattet.«

»Ich weiß. Daher tut mir den Gefallen und behaltet es für Euch.«

Bruder Hilpert blieb die Antwort schuldig.

»Denn wenn das herauskommt, dann machen mir die Leute die Hölle heiß«, fügte der Gastgeber kleinlaut hinzu, beileibe nicht mehr in Feierlaune, wie der zerknirschte Gesichtsausdruck bewies. »Und ja, natürlich bin ich mir im Klaren, dass die Mehrheit davon nur träumen kann. Aber seien wir doch mal ehrlich: Wer etwas auf sich hält, würde lieber im Steinbruch schuften, als sich mit hergelaufenen Schnorrern rumzuärgern. Und noch etwas: Mit Schwertfeger wollte sich niemand anlegen, ganz gleich, ob es sich um Bettler oder Kriminelle gehandelt hat. So friedlich wie jetzt war es schon lange nicht mehr, von ein paar Diebstählen einmal abgesehen.«

»Mit anderen Worten, es ist Euch gelungen, zwei Fliegen mit einer Klappe zu schlagen.«

»Stimmt. Zugegeben, Schwertfeger war ein Schlitzohr, wie es im Buche steht, aber wenigstens war er *unser* Schlitzohr, und das ist ja wohl die Hauptsache.« Der Hausherr hob beschwichtigend die Hand. »Bitte entschuldigt, wenn ich mich so drastisch ausdrücke, aber es ist nicht meine Art, um den heißen Brei herumzureden.«

»Du wirst es nicht glauben, aber das haben wir beide auch schon gemerkt«, warf der Vogt nach einem Blickwechsel mit Bruder Hilpert ein, was Sieglinde zu einem beifälligen

Schmunzeln animierte. »Aber du warst noch nicht fertig, Schwager, lass dich von mir nicht unterbrechen.«

»Da sage mal einer, dein Bruder habe keine Manieren«, konterte Kammscherer prompt, sah seine Gattin herausfordernd an und genoss es, dem adelsstolzen Schwager Paroli zu bieten. »Schlitzohr oder was auch immer, eins sollte man nicht außer Acht lassen: Ein Bettelvogt hat die Pflicht, seine Lehnsmannen mit Speise und Trank zu versorgen. Und ihnen Obdach zu gewähren, so es die Situation erfordert, per exemplum bei strengem Frost. Ergo: Unterm Strich bleibt von seinem Anteil nicht viel übrig, das kann man sich an den Fingern einer Hand abzählen. Jedenfalls nicht genug, um große Sprünge damit zu machen.«

»Es sei denn, er bedient sich unlauterer Methoden.«

Kammscherer ächzte gequält. »Nehmt bitte zur Kenntnis, Bruder: Ich bin nicht so naiv zu glauben, hier ginge alles mit rechten Dingen zu. Auch wenn es nach außen hin nicht den Anschein hat, meine Ratskollegen und ich wissen, was Sache ist. Und wir wissen, mit wem wir es zu tun haben – oder vielmehr hatten. Dass es sich beim Gemeuchelten um eine schillernde Persönlichkeit gehandelt hat – lebte er noch, würde ich meine Worte anders wählen –, dessen bin ich mir vollauf bewusst. Und dass er dafür bekannt war, in der Wahl seiner Mittel nicht zimperlich zu sein, auch das war für mich nicht neu.« Um mit seiner Pointe die beabsichtigte Wirkung zu erzielen, legte der Gastgeber eine kurze Kunstpause ein, blickte die Anwesenden reihum an und verkündete: »Lasst es mich so ausdrücken, werte Gäste: Solange die Einnahmen pünktlich in der Ratsschatulle landen, solange drückt der Magistrat ein Auge zu.«

»Auch dann, wenn es um kriminelle Machenschaften geht?«

»Wie darf ich das verstehen, Bruder?«

»Ich bin zwar erst ein paar Stunden hier, aber wie mir scheint, hält sich die Trauer für den Gemeuchelten in Grenzen.«

»Schon möglich.«

»Aber?«

»Versetzt Euch doch mal kurz in unsere Lage, Bruder. Ob reich oder arm, wir leben hier auf engstem Raum zusammen, und wenn ein Mord geschieht, dann spricht sich das in Windeseile herum. Will heißen: Zwar weilt Ihr in einer Stadt, die sich rühmt, in einem Atemzug mit den Metropolen des Reichs genannt zu werden, aber im Grunde handelt es sich um ein Dorf, allen Lobhudeleien zum Trotz. Und das bedeutet, hier kennt jeder jeden, und wenn jemand im Ruf steht, in krumme Geschäfte verwickelt zu sein, dann machen die Leute einen Bogen um ihn.«

»Mit anderen Worten, der Gunthram Schwertfeger hatte Feinde.«

»Haben wir das nicht alle, Bruder?«

»Mag sein. Fragt sich nur, ob sie bereit wären, einen Mord zu begehen.« Der Bibliothekarius zog fragend die Braue hoch. »Was meint Ihr, Meister Kammscherer, welches Motiv könnte der Tat zugrunde liegen?«

Der Hausherr zuckte die Achseln. »Bitte fragt mich was Leichteres, ich weiß es nicht«, fügte er nach lang anhaltendem Grübeln hinzu, den Blick abwechselnd auf Rebstöckl und die beiden Angesprochenen gerichtet. »Fakt ist, von den Maiores wurde der Vogt gemieden. Und wo er überall seine Finger drinstecken hatte, das möchte ich gar nicht wissen. Auf den Kopf gefallen war er jedenfalls nicht, und ich weiß, es hört sich merkwürdig an, aber wir waren außerstande, ihm etwas nachzuweisen. Verdacht auf Schmuggel, Anzeigen wegen Kuppelei, Anschuldigung wegen mehrfachen Betrugs, Verdacht auf organisierten Diebstahl, Indizien, die auf Geldverleih gegen Zinsen schließen lassen: Reicht das, oder verlangt es Euch nach mehr?«

Bruder Hilpert verneinte stumm.

»Ergo: Nichts schlimmer, als mit Schwertfeger in einen Topf geworfen zu werden«, schaltete sich Berengar mit Verve in die Unterhaltung ein, drauf und dran, den Finger auf die schwärende Wunde zu legen. »Hat man als Vertreter der Stadt doch einen Ruf zu verlieren.«

»Worauf willst du hinaus, Schwager?«

»Korrigier mich, wenn ich falsch liege: Da der Bettelvogt im Auftrag des Magistrats agiert, müsste es da nicht jemanden geben, der ihm von Amts wegen auf die Finger sieht? Ich meine, ein Spitzbube wie dieser Schwertfeger, der würde doch nicht zögern, seine Mutter zu beklauen. Gib ihm den kleinen Finger, und er reißt dir den Arm ab, bevor du ›piep‹ sagen kannst. Es sei denn, du nimmst ihn an die Kandare. Und zwar so, dass er es nicht wagt, dich übers Ohr zu hauen.«

»Nichts für ungut, Schwager, aber du stellst dir das alles sehr einfach vor.«

Berengar verzog das Gesicht. »Klar doch, um für den Stadtrat die Kohlen aus dem Feuer zu holen – sprich: um die Rolle des Geldeintreibers zu übernehmen –, dafür war der Galgenvogel gut genug. Wie heißt es doch gleich: Pecunia non olet.« Im Begriff, sich in das Thema hineinzusteigern, ließ Berengar die angestaute Luft entweichen. »Langer Rede kurzer Sinn: Mit Kriminellen macht man keine Geschäfte, und wenn, dann behält man sie im Auge. Will heißen, ein Aufpasser musste her. Ein Mann, der mit allen

Wassern gewaschen ist. Gewieft genug, um sich nicht aufs Kreuz legen zu lassen.«

»Du wirst es nicht glauben, aber so schlau waren wir natürlich auch. Es gibt da nämlich einen Mann in unseren Reihen, der war für die Aufgabe wie geschaffen.«

»Und wie lautet sein Name?«, wollte Bruder Hilpert wissen, schenkte sich nach und sah Kammscherer auffordernd an. »Bei allem Respekt, Bürgermeister: Wenn Ihr Wert darauf legt, dass ich den Kasus übernehme, dann bitte ich darum, mir reinen Wein einzuschenken.«

Kammscherer zögerte.

»Sein Name ist Fries«, ergriff Rebstöckl beherzt die Initiative, begleitet von lautem Rufen, das in ein ohrenbetäubendes Hämmern mit dem Klopfring mündete. »Bartholomäus Fries. Seines Zeichens Stadtschreiber, für verdeckte Missionen wie geschaffen. Ein Mann, dem man nicht über den Weg …«

»Herr, kommt Ihr bitte?«

Zutiefst beunruhigt, streckte eine Dienstmagd den Kopf zur Tür herein.

»Was ist denn los, irgendwas nicht in Ordnung?«

»Es gibt Neuigkeiten«, erklärte die Magd lapidar, warf einen Blick in die Runde und vollendete: »Und zwar schlechte, wie ich aus berufenem Munde weiß.«

»Nun rede schon, Weib – was ist passiert?«, leistete Kammscherer der Aufforderung Folge, zum Erstaunen aller, die an der Tafel saßen. »Mich mitten in der Nacht mit Amtsgeschäften zu behelligen, das ist ja wohl die …«

»Am besten, Ihr kümmert Euch selbst darum«, forderte die Dienstmagd den sichtlich aufgebrachten Bürgermeister auf, ließ ihn passieren und flüsterte Sieglinde ins Ohr: »Es heißt, dem Stadtschreiber sei etwas zugestoßen – sieht so aus, als stünde uns eine lange Nacht bevor!«

9

Grafeneckart, eine halbe Stunde vor Mitternacht
[23.20 Uhr]

Und siehe, das Ende aller Tage war gekommen. Die Blitzbündel prasselten wie Geschossgarben vom Himmel, kaum einer, der es wagte, einen Fuß vor die Tür zu setzen. Schon wurde gemunkelt, die Heerscharen des Antichrist rüsteten zum Sturm, und als gelte es, sich ins Unvermeidliche zu fügen, wurde das Stadtvolk von dumpfer Schwermut gepackt. Doch so sehr es sich auch ins Zeug legte, Bußgebete murmelte und um Errettung vor den Mächten des Bösen flehte, das Wehklagen stieß auf taube Ohren.

Und siehe, die Sendboten des Lichts versagten ihre Hilfe, und wie um die Gottesfurcht Lügen zu strafen, wurde das Firmament von nachtschwarzem Gewölk verhüllt. Die Angst ging um in der Stadt, überschritt die Schwelle zur Panik, steigerte sich zu wilder Raserei. Wehe dem, der wider die Gebote gesündigt hatte, denn die Reiter der Apokalypse waren nicht mehr fern, drauf und dran, die Schuldigen der gerechten Strafe zuzuführen.

Kurz davor, den Rückzug anzutreten, unterdrückte Bruder Hilpert seine Müdigkeit, gab Berengar einen Wink, ihn zu begleiten, und folgte Kammscherer auf dem Fuße. Den Unbilden der Naturgewalten ausgeliefert, hastete das Trio an der Marienkapelle vorbei, noch im Rohbau, wie die Gerüste am Langhaus bezeugten. Am Südende des Marktplatzes angelangt, tauchte es ins Labyrinth der Gassen ein, das sich zwischen der Domstraße und dem einstigen Judenviertel erstreckte. Beim Gedanken an die Gräuel, die selbst heute noch, ein Dreivierteljahrhundert später, in aller Munde waren, schnürte es dem Bibliothekarius die Kehle zu. Man konnte es drehen und wenden, wie man wollte, der Mensch war zum Feind seiner selbst geworden. Seit damals, als die Pesttoten in die Massengräber gebettet und die vermeintlich Schuldigen zu Hunderten gemeuchelt wurden, schien sich an dem Grundsatz nicht viel geändert zu haben.

Am Ende der Schustergasse angekommen, bogen die Männer in die menschenleere Domstraße ein. Je näher es auf Mitternacht zuging, desto bizarrer erschien die Szenerie. Erhellt von irrlichternden Blitzen, die die Häuserwände in grelles Licht tauchten, fegte eine Sturmbö nach der andern über den Stadtkern hinweg, wirbelte die schlammverkrusteten Abfälle durch die Luft und stemmte sich dem Terzett, das sich den Weg durch das brodelnde Höllenspektakel bahnte, mit unbändigem Kampfeswillen entgegen. Selbst die Ratten, für die der Unrat ein gefundenes Fressen war, stoben in wilder Flucht davon, begleitet vom Brausen des Windes, der wie entfesselt an den klappernden Fensterläden rüttelte.

Nass bis auf die Haut, riss der Bibliothekarius schützend den Unterarm vors Gesicht. Sein Habit fühlte sich wie ein Schmutzlappen an, und je länger er durch den knöcheltiefen Morast watete, desto düsterer wurden die Vorahnungen, die ihn plagten. Wahrlich, etwas Derartiges hatte er noch nicht erlebt, und wie es schien, stand der Zenit des Unwetters noch bevor.

Eine Verwünschung auf den Lippen, die er sich wohlweislich verkniff, hastete Bruder Hilpert weiter, kaum imstande, die wie einen Schild in die Höhe gereckte Hand zu sehen. Regen, Regen und abermals Regen, vermischt mit scharfkantigen Hagelkörnern, die wie ein Pfeilhagel auf sein ungeschütztes Haupt prasselten.

Ein Szenario, das es wahrlich in sich hatte, wie beim Untergang von Sodom und Gomorrha.

»Beim Schweife Satans – guckt euch das mal an!« Nur noch einen Steinwurf vom Rathausportal entfernt, verharrte Berengar gestikulierend auf der Stelle, packte seinen Schwager am Arm und deutete auf die angekettete Kreatur, die auf allen vieren durch die übelriechende Brühe kroch. Der Müllkarren indes, an dessen Deichsel sie wutschnaubend rüttelte, rührte sich keinen Zoll weit von der Stelle. Rasend vor Wut stieß das Mischwesen unartikulierte Laute aus, den Kopf wie ein Hyäne nach vorn gereckt. »Herrje, jetzt macht Euch doch nicht gleich ins Hemd, so was erlebt man nicht alle Tage!«

Das wie ein Pendel umherschwingende Windlicht in der Hand, schloss Hilpert zu seinen Gefährten auf.

Und traute seinen Augen nicht.

Eine Schweinsmaske um das zerzauste Haupt geschnallt, stieß die Gestalt eine Kaskade von Flüchen aus, gefolgt von langgezogenem Jaulen, das die Anwesenden bis ins Mark erschaudern ließ. Halb Mensch, halb Tier, rüttelte die Chimäre an ihrer Kette, die Hyänenaugen voller Hass, wie ein Aasfresser auf der Jagd nach Beute. Unter der Maske sprudelte der Speichel hervor, vermischt mit kalkfarbenen Schaumblasen, wie bei einem tollwütigen Hund. Um sie an der Flucht zu hindern, trug die Kreatur eine lederne Schlinge um den Hals, und wie Bruder Hilpert beim Nähertreten bemerkte, war ihr Rumpf mit Dutzenden von Striemen übersät. Wahrhaftig, einem Lebewesen wie diesem war er noch nie begegnet, solange er lebte, würde er den Anblick nicht vergessen. Ein Anblick, der an einen wutschnaubenden Dämon erinnerte.

Allein, dem war nicht so. »Heilige Muttergottes, steh uns bei!«, murmelte Kammscherer halblaut vor sich hin, und das ausgerechnet von ihm, dessen Frömmigkeit wahrhaftig zu wünschen übrig ließ. »Also, wenn der Leibhaftige da nicht Pate gestanden hat, wer denn dann?«

»Du ja wohl kaum, Schwager«, gab Berengar eine Kostprobe seines Humors, bemüht, sich sein Unbehagen nicht anmerken zu lassen. »Ich vermute, dein Alibi hält der Überprüfung stand. Du bist aus dem Schneider, mach dir da mal keine unnützen Sorgen.«

»Ich muss doch sehr bitten, Berengar«, wies Bruder Hilpert seinen Freund zurecht, wie gebannt von dem bizarren Schauspiel, das er mit angespannter Miene verfolgte. »Ein andermal vielleicht, wenn es auch wirklich etwas zu lachen gibt.«

»Wie Eure Eminenz wünschen«, gab der Vogt wohlweislich klein bei, zückte sein Schwert und pirschte sich an das Mischwesen heran. »Und jetzt pass mal auf, du wildgewordenes Monstrum: Entweder du besinnst dich eines Besseren, oder ich bringe dir bei, wie du dich uns gegenüber zu benehmen ...«

Weiter kam Berengar nicht.

Kaum hatte er sich in deren Reichweite begeben, da stürzte die Kreatur auch schon auf ihn zu, ließ ihre Klauen wie ein Beutetier durch die Luft wirbeln und machte Anstalten, den Recken an der Gurgel zu packen. Der Attacke nur um Haaresbreite entronnen, wirbelte der Vogt herum, das Schwert in der Hand, um ihr den Garaus zu machen.

Doch dann geschah etwas Seltsames.

Wie auf ein geheimes Zeichen hin hielt die Chimäre inne. Das tückische Funkeln in ihren Augen verschwand, und vom Wutgeheul, das die Sturmböen wie ein laues Lüftchen erscheinen ließ, war außer steinerweichendem Winseln nicht viel übrig geblieben.

»Seid Ihr das, Meister Fries?« Nahezu unbemerkt von den Gefährten hatte sich Kammscherer ein Herz gefasst, der Blick voll ungläubigem Staunen, in das sich Furcht und Bestürzung mischten. »Was ... was in aller Welt ist denn auf einmal in Euch gefahren?«

Die Gestalt lachte spöttisch auf, eine Reminiszenz an frühere Tage, als der Stadtschreiber noch klar bei Sinnen gewesen war. »Was weißt du denn schon, du bist ja noch nicht mal trocken hinter den Ohren.«

Kammscherer brachte keinen Ton heraus, stand einfach nur kopfschüttelnd da.

»Was wisst ihr denn schon, he?«, wandte sich Fries den beiden Unbekannten zu, die mit angehaltenem Atem im Morast verharrten. »Überhaupt nichts, das sieht man euch Schafsköpfen an der Nasenspitze an.«

»Hilpert von Maulbronn, Bibliothekarius in Diensten meines Ordens«, fand der Zisterzienser als Erster die Fassung wieder, ging behutsam auf den am Boden Kauernden zu und sagte: »Sprecht, Meister Fries: Wer hat Euch so zugerichtet?«

Der Stadtschreiber gluckste vergnügt. »Wenn du glaubst, ich falle noch mal auf euch rein, dann bist du auf dem Holzweg, Kuttenträger!«

Darauf Bruder Hilpert: »Meines Wissens sind wir uns noch nie begegnet.«

»Gib dir keine Mühe, Giftzunge. Von dir lasse ich mich nie wieder hinters Licht führen.« Das Lächeln auf dem Gesicht des Stadtschreibers erstarb. »Wer hat dich geschickt, etwa der Hundsfott mit der Maske?«

»Bedaure, aber ich weiß nicht, wovon Ihr sprecht.«

Fries brach in irres Gelächter aus, ließ die Kettenglieder, mit denen sein Halsband verbunden war, wie die Kugeln eines Rechenschiebers durch die Hand gleiten, und tat so, als sei Hilpert Luft für ihn. Der Sturm hatte weiter aufgefrischt, und die Böen fegten wie Brecher über den Knienden hinweg, rissen ihm die Maske vom Kopf und trugen sie mit sich fort.

Der Stadtschreiber indes reagierte nicht darauf, die Augen vor Anstrengung weit aufgerissen, wie ein Schüler, der eine komplizierte Rechenaufgabe löst. »Sie waren zu neunt, an mehr kann ich mich nicht erinnern.«

»Seid Ihr Euch dessen auch si…«, unternahm der Bibliothekarius den Versuch, Fries zum Nachdenken zu animieren, wurde jedoch umgehend unterbrochen.

»Und wenn ich das sage, meine ich es auch so!«, gab der Stadtschreiber mit sich überschlagender Stimme zurück, schleuderte die Kette in den Morast und kreischte: »Wegen dir muss ich noch mal von vorn anfangen, das habe ich jetzt davon. Zum letzten Mal, Betbruder: Sie waren zu neunt, so viel Ahnung vom Rechnen habe ich gerade noch. Und alle miteinander haben sie Masken getragen, warum, könnt Ihr Euch ja denken.« Fries wedelte fordernd mit der Hand. »Tritt näher, wenn du dich traust. Dann gibt es auch was zu gaffen. Daheim kannst du es dann deinen Bastarden erzählen.«

Das Windlicht in der feingliedrigen Hand, setzte sich Bruder Hilpert in Bewegung, unter Beobachtung von Berengar und dessen Schwager, die einen fragenden Blick miteinander wechselten.

»Noch näher, sonst siehst du nichts.«

Bruder Hilpert tat, wie geheißen.

Und erstarrte.

Zum einen waren da die Striemen an den Gelenken. Indizien, die eine unmissverständliche Sprache sprachen. Und zum andern, an Abstrusität kaum noch zu überbieten, waren da die drei Buchstaben, die auf der Stirn des gepeinigten Stadtschreibers prangten, mit einer Klinge in die Haut des Opfers eingeritzt.

›DIA‹.

Die Überraschung war perfekt.

Und siehe da, jetzt fiel es ihm wieder ein. Schande über ihn, dass er so lange dafür gebraucht hatte.

Einerlei, besser spät als nie.

Damnatus in aeternum! – Verdammt seist du bis in alle Ewigkeit!

Deutlicher konnte man es nicht ausdrücken.

Und hasserfüllter auch nicht.

Wer auch immer dahintersteckte, der Täter arbeitete mit System. Oder, wahrscheinlicher noch, die Täter.

Erschüttert über den abgrundtiefen Hass, richtete Bruder Hilpert den Blick auf den Müllkarren, an den das Opfer von seinem Peiniger angekettet worden war. Dass er dazu gedient hatte, den Stadtschreiber an den Ort des Geschehens zu befördern, lag für den Ermittler auf der Hand.

Die Miene des Bibliothekars verdüsterte sich. Der oder die Täter, so lautete das vorläufige Fazit, waren überlegt zu Werke gegangen, hatten bei ihrer Planung nichts dem Zufall überlassen. Gewusst wie, die Strolche schienen ihr Handwerk zu verstehen. Nichts leichter, als Fries auf der Ladefläche hierher zu transportieren, begraben unter stinkendem Unrat, ohne auch nur den Hauch eines Verdachts zu erregen. Bei Einbruch der Nacht zogen Dutzende von Müllkärrnern durch die Stadt, kaum einer, der ihnen Beachtung schenkte. Haftete ihrem Gewerbe doch der Makel des Unehrlichen an, ein Grund mehr, den Jammergestalten aus dem Weg zu gehen.

Der Bibliothekarius geriet ins Grübeln. Einmal angenommen, er lag mit seiner Hypothese richtig, dann hatten sie es hier mit einem Komplott zu tun, das in puncto Perfidie seinesgleichen suchte. Anstatt sein Opfer zu töten, was, wie Bruder Hilpert vermutete, im Bereich des Möglichen gewesen wäre, hatte der Täter die Folter zur Anwendung gebracht. Ob dies aus Rache oder Spaß an der Freude oder mit der Absicht geschah, in den Besitz von wichtigen Informationen zu kommen, war die Frage. Fakt war jedoch, der Täter wollte sein Opfer demütigen, es bloßstellen, indem er ihm eine selbstgefertigte Maske überstülpte, es einer wie auch immer gearteten Bestrafung unterziehen.

Summa summarum, Fries schien einiges auf dem Kerbholz zu haben.

Und einen Todfeind, mit dem nicht gut Kirschen essen war.

Blieb die Frage nach dem Motiv, das mithin Interessanteste an dem Fall.

Und da war noch etwas, nämlich die Parallelen zum Mordfall vom Vortag. Zwei Männer, die unterschiedlicher nicht hätten sein können, der eine Stadtschreiber und Angehöriger des Magistrats, der andere von zweifelhaftem Ruf, um nicht zu sagen kriminell: Rein vordergründig passte das nicht zusammen.

Aber nur auf den ersten Blick.

»Schau mal, was ich hier gefunden habe!«

Aus den Gedanken gerissen, kam Hilpert der Aufforderung des Vogtes nach.

»Denkst du das Gleiche wie ich?«

»Eine Schandmaske – wie praktisch.« Nicht wirklich überrascht, ließ sich Hilpert das metallene Konstrukt aushändigen, gefertigt in Form eines Helms, der über das Gesicht von notorischen Verleumdern gestülpt wurde. »Die Folterer haben an alles gedacht, das muss ihnen der Neid lassen.«

»Und wer denkt sich so was aus?«

»Gute Frage, Schwager«, gab Berengar nachdenklich zurück, damit beschäftigt, die Kette von der Deichsel des Müllkarrens zu lösen. Immer noch auf allen vieren, wühlte Fries wie in Trance im Morast herum, ohne Blick für die Umstehenden, denen der Abscheu ins übernächtigte Gesicht geschrieben stand. »Also wenn ihr mich fragt, wer sich so was ausdenkt, dem wurde ziemlich übel mitgespielt.«

»In welcher Form, bliebe zu klären.«

»Du sagst es, Federfuchser.«

»Na, dann mal gute Verrichtung«, ächzte Kammscherer voller Verdruss, mit fortlaufender Dauer immer blasser, im Gegensatz zu vorhin nicht wiederzuerkennen. »Ich will ja nichts sagen, aber wenn das rauskommt, dann bekomme ich den Wind von vorn. Die Ratsherren werden eine Menge Fragen stellen, das sehe ich jetzt schon kommen.«

»Du übertreibst, Schwager. Und überhaupt: Was hast du denn damit zu tun?«

»Na, du machst mir vielleicht Spaß, Berengar. Wenn so etwas passiert, dann …«

»Dann was?«

»Ihr wisst doch, wie es hier zugeht, Bruder. Wenn einer aus ihrer Mitte zu Schaden kommt, dann gibt es für die Räte kein Halten mehr. Ich meine, es kann doch wohl nicht sein, dass ein Mitglied des Magistrats der Folter unterworfen wird, um im Anschluss wie ein Dunghaufen durch die Stadt gekarrt zu werden. Was ich damit sagen will, ist: Die Leute werden eine Menge Fragen stellen. Unangenehme Fragen. Und sie werden versuchen, mir die Verantwortung in die Schuhe zu schieben. Frei nach der Devise: ›Wer nicht imstande ist, für Ruhe und Ordnung zu sorgen, den sollte man zwingen, den Hut zu nehmen.‹ Kammscherer japste nach Luft. »Und dann erst der Bischof, ich darf gar nicht dran denken. Für den wird der Skandal ein gefundenes Fressen sein, darauf verwette ich mein …«

»Sei mal eben kurz still, Schwager.« Die Hand hinterm rechten Ohr, lauschte der Vogt in die pechschwarze Finsternis hinein. Kurz darauf war in der Ferne Hufgetrappel zu hören, von der Mainbrücke kommend, wie das Schnauben der Rösser vermuten ließ. »Ich fürchte, das verheißt nichts Gutes.«

Kaum hatte Berengar geendet, da sprengte auch schon ein Reitertrupp heran, an dessen Spitze sich ein schwarz gewandeter Edelmann befand, der Mühe hatte, seinen Rappen zum Stehen zu bringen. »Aleandrius von Ingelheim, der hat mir gerade noch gefehlt«, stieß Kammscherer mit fatalistischer Gebärde hervor, den Umhang wie zum Schutz um den Körper gezurrt. »Eins weiß ich jetzt schon: Wenn der auftaucht, steht uns Ungemach ins Haus.«

»Und um wen handelt es sich bei dem sympathischen jungen Mann?«

»Um den Vikarius des Bischofs, verehrter Herr Schwager«, blaffte Kammscherer mit Nachdruck zurück, kam jedoch nicht dazu, seine Ausführungen zu beenden.

»Gott zum Gruße, die Herren«, ließ es der Reiter an der gebotenen Höflichkeit nicht mangeln, zügelte seinen Rappen, von dessen Vorderläufen Fries fast zermalmt worden wäre, und sah die Anwesenden mit höhnischer Miene an. »Was geht hier vor, Bürgermeister, dürfte man das erfahren?«

Eher widerstrebend kam Kammscherer der Aufforderung nach.

»Ja, wenn das so ist, bleibt mir nichts weiter übrig, als für Ordnung zu sorgen!«, scharrte der Vikarius in scharfem Ton, in den Widerschein eines spinnenförmigen Blitzbündels getaucht, das seiner Gestalt ein luziferisches Aussehen verlieh. Finster dreinblickend, schmallippig und bleich wie der Tod, stierte er mit dem Gestus eines Jagdfalken auf die Umstehenden herab, jeder Zoll ein befehlsgewohnter Machtmensch, der nicht zögerte, die Anordnungen seines Herrn in die Tat umzusetzen. »So vernehmt denn meinen Befehl: Um Licht ins Dunkel dieser Schandtat zu bringen, werde ich mir erlauben, den Stadtschreiber vorübergehend in Obhut zu nehmen – und wenn Ihr schlau seid, Bürgermeister, werdet Ihr es Euch verkneifen, mir zu widersprechen. Es sei denn, Ihr legt es darauf an, in Schwierigkeiten zu geraten!«

10

Grafeneckart, kurz nach Mitternacht
[00.10 Uhr]

»Na, wer sagt's denn – das läuft ja wie geschmiert.« Der zwölfjährige Knabe, der sich unweit des Rathauses hinter einen Mauervorsprung duckte, reckte den Daumen triumphierend in den Wind. Von den Hagelböen, die den Vorplatz in eine Wüstenei aus Eiskörnern verwandelten, nahm er dabei kaum Notiz. Die Häme stand ihm ins Gesicht geschrieben, und als hätte es eines Beweises bedurft, wie sehr er das Schauspiel genoss, schürzte der Gaffer verächtlich die Lippen. »Irgendwann kriegt jeder, was er verdient. Man muss nur ein wenig Geduld haben, das ist alles.« Nur um sich an die um ihn gescharten Gefährten zu richten, einen Ausdruck tiefer Genugtuung im Gesicht: »Jetzt guckt nicht so belämmert aus der Wäsche, der Strolch hat es nicht anders verdient.«

»Mag sein.«

»Bekommt da etwa jemand kalte Füße?«, erwiderte der Knabe gereizt und blitzte den Kameraden, der in seinem Windschatten kauerte, mit zusammengepressten Lidern an. »Große Klappe, aber nichts dahinter, das sieht unserem Primus mal wieder ähnlich. Sei's drum, jetzt weiß ich wenigstens, woran ich mit dir bin.«

Der Adressat, wiewohl deutlich älter, kräftiger und mit zartem Flaum am Kinn, hielt dem Blick des Mitschülers stand. »Verdient hat er es allemal, da stimme ich dir zu.«

»Na also, mehr wollte ich nicht von dir hören.« Fürs Erste zufrieden, wandte sich der Knabe wieder um, die Sinne aufs Äußerste geschärft, um nur ja nichts von der Darbietung zu verpassen. Nur mit einem Leinenhemd bekleidet, sah er dem Treiben mit tückischem Augenaufschlag zu, auch dann noch, als der Vikarius die Szene betrat. »Falls du es schon wieder vergessen hast, Kamerad: Auch du warst dafür, dem Kuppler eine Lektion zu erteilen – und zwar eine, die – ich zitiere – ›der Schweinehund so schnell nicht wieder vergisst‹. Zitat Ende.« Der Knabe setzte ein zynisches Lächeln auf. »Genau das waren deine Worte. Aber wer weiß, vielleicht reime ich mir das auch nur zusammen.« Die Handfläche vor der Stirn, um die taubeneigroßen Hagelkörner abzuwehren, hakte der Zwölfjährige genüsslich nach: »Mit dem Gedächtnis hast du es nicht so, oder befinde ich mich da im Irrtum?«

»Die Rede war von einem Denkzettel. Aber nicht von Folterung.«

Der Knabe lachte theatralisch auf. »Den Schwanz einkneifen, wenn es brenzlig wird, das sieht dir wieder mal ähnlich.« Und fügte mit verächtlichem Gesichtsausdruck hinzu: »Aber jetzt mal im Ernst, Sanctus: Du hast doch nicht etwa Mitleid mit ihm?«

Der Klassenprimus, der nichts mehr hasste, als mit seinem Spitznamen angeredet zu werden, nahm die Provokation mit stoischer Miene hin. Von Natur aus eher zurückhaltend, hatte er gelernt, mit den Hänseleien seiner Stubenkameraden umzugehen. Der Tage würde kommen, an dem er sich dafür schadlos hielt, davon war der 15-Jährige überzeugt. »Darum geht es nicht.«

»Sondern?«

»Ich finde, es reicht. Der Lump hat seine Strafe bekommen. Wozu also jetzt noch weitermachen?«

»Wozu?«, giftete der Blondschopf mit zusammengepressten Lidern zurück, kurz davor, seinem Jähzorn freien Lauf zu lassen. »Ausgerechnet du stellst mir diese Frage?«

»Schau ihn dir doch an. Der Mann ist am Ende, das merkt doch jeder. Ich sage dir, der ist so was von fertig, der bekommt ja kein normales Wort mehr raus.«

»Und das ist auch gut so, oder?«

»Wie dem auch sei, es ist genug.«

»Worüber gerade du nicht zu befinden hast, das weißt du so gut wie ich.« Ein sibyllinisches Lächeln im Gesicht, fuhr sich der Zwölfjährige durch das klitschnasse Haar, vom Geschehen geradezu magisch in Bann gezogen. Rein äußerlich fast noch ein Kind, haftete ihm die Aura eines befehlsgewohnten Kommandanten an, einer Person, die über Leichen spazieren konnte. Ganz anders dagegen seine Gesichtszüge, so weich, als seien sie einem Heiligenbild entliehen. »Und was, wenn sich unser Primus irrt? Wenn das Dreckschwein so tut, als sei nichts geschehen? Wenn es dort weitermacht, wo es am Mittwoch aufgehört hat, trotz aller Bemühungen, die Kanaille aus dem Verkehr zu ziehen?«

»Das wird er nicht wagen. Dazu ist er zu feige.«

Puterrot im Gesicht, wirbelte der Knabe wie von Furien gepeinigt herum. »Und das ausgerechnet aus deinem Mund, ich fasse es nicht«, spie er die Galle, die in ihm emporkochte, mit hechelnden Atemzügen aus, vom Unschuldslamm, als das er sich während des Unterrichts präsentierte, weiter denn je entfernt. »Wer hat denn den Stein ins Rollen gebracht, du oder ich?«

Der Adressat blieb die Antwort schuldig.

Einmal in Fahrt, geriet der Zwölfjährige außer sich. »Und wenn wir gerade beim Thema sind: Wer hat sich denn beim Magister ausgeheult, weil es dem Domkapitular gefiel, ihm sein Gemächte in den Anus zu rammen? Wer hat ihn denn auf Knien angefleht, ihm Beistand zu leisten?« Das Gesicht zu einer giftspeienden Fratze verzerrt, wedelte der Knabe theatralisch mit den Armen, dem Rest der achtköpfigen Schar zugewandt, um der Suada die gewünschte Wirkung zu verleihen. »Und wer, in drei Teufels Namen, hat uns auf die Idee mit der Schweinemaske gebracht?«

»Na, der da, wer denn sonst!«

»Du hast es erfasst, Baldur – im Gegensatz zu dem Renegaten hinter mir.«

Der bullige Koloss, Prototyp des tumben Schlägers, machte aus seiner Antipathie gegenüber dem Primus keinen Hehl, spie aus und fand nichts dabei, dem Gefährten den gestreckten Mittelfinger zu zeigen. »Wir machen weiter, ist doch klar. Etwas anderes kommt nicht infrage. Und wem das nicht passt, dem geht es an den Kragen. Mit Verrätern machen wir kurzen Prozess, da kennen wir nichts.«

»Du hast es gehört, Sanctus«, nahm der Knabe den Ball wieder auf, sah seine Komplizen der Reihe nach an und sagte: »Wenn wir jetzt den Schwanz einziehen, das sieht ja wohl jeder ein, dann war unsere Mühe für die Katz. Eins kann ich euch nämlich garantieren: Um an Frischfleisch zu kommen, wird die Sippschaft sämtliche Hebel in Bewegung setzen, darauf könnt ihr wetten. Not macht eben erfinderisch, auch wenn du noch so tief in der Scheiße sitzt. Ich will damit sagen: Die werden nicht zögern, weiterhin Ausschau nach kleinen Jungs zu halten, Geld stinkt schließlich nicht, das weiß die noble Sippschaft genau.« Die Hände wie im Starrkrampf zu Fäusten geballt, richtete sich der Blondschopf zu voller Größe auf. »Und darum sage ich: Die Brut muss ausgetilgt werden, und zwar mit Stumpf und Stiel. Ausnahmslos, einer nach dem anderen. So lange, bis der Sumpf verschwunden ist. Anders wird es nicht gehen, egal, wie man dazu steht. Die Rache wird unser sein – so wahr uns der Herrgott helfe.«

»Das heißt also, jetzt ist von Greiffenclau an der Reihe.«

»Du sagst es, Baldur.«

»Und was, wenn der Fettsteiß Wind von der Sache bekommt?«

»Das wird er nicht, verlass dich drauf. Es sei denn, es gäbe einen Judas in unseren Reihen.« Auge in Auge mit dem Klassenprimus, schnitt der Anführer eine höhnische Grimasse. »Es geht mich ja nichts an, Sanctus, aber seit du am Rockzipfel von dieser ... Wie heißt deine Konkubine doch gleich?«

»Erstens: Radegundis ist nicht meine Konkubine, das habe ich dir schon ein Dutzend Mal gesagt.«

»Und zweitens?«

»Wie du bereits sagtest, Angelus: Meine Angelegenheiten gehen dich nichts an. Ich schlage vor, wir belassen es dabei.«

»Vergiss es, Sanctus. Auf die Gefahr hin, mich zu wiederholen: Kneifen gilt nicht, dafür ist es zu spät. Vergessen wir nicht, jeder von uns hat einen Eid geschworen, die Sache bis zum Ende durchzuziehen, ungeachtet der Risiken – und ohne Rücksicht auf Leib und Leben. Daran wollte ich dich nur erinnern.« Eine Kunstpause, danach die Worte: »Alea iacta est, ein Zurück wird es nicht mehr geben. Falls also jemand mit dem Gedanken spielt, den Bettel hinzuschmeißen: Er ist gewarnt. Und da wäre noch etwas.« Auf Einschüchterung bedacht, trat der Knabe bis auf Armlänge an den Klassenprimus heran, machte eine effektheischende Geste und knurrte: »Auch wenn es unserem Möchtegern-Genie nicht behagt: Es hat hier nichts zu melden.«

»Sondern wer?«

»Stell dich nicht dümmer, als du bist, Bücherwurm. Wer was wie und zu welchem Zeitpunkt tut oder unterlässt, das entscheidet allein der Meister – und sonst niemand.« Ein Pergamenttröllchen in der Hand, das aus seiner Gürtelbörse stammte, sah der Blondschopf die Komplizen reihum an, reckte es in die Höhe und schnarrte mit sich überschlagender Stimme: »Ihr alle – und auch du, mein aufopferungsvoller Freund – ihr alle wisst, um wen es sich bei den Schweinepriestern handelt. Und ihr wisst auch, dass es nicht genügt, die Pestbeule namens Gunthram zum Leibhaftigen zu schicken. Und dass es nicht ausreicht, den Stadtschreiber in den Irrsinn zu treiben. Was ich damit zum Ausdruck bringen möchte, ist: Auf der Liste, die ihr hier seht, stehen sechs Namen. Namen von Leuten, die jeder von uns kennt. Die sich erdreisten, den Leuten vorzuschreiben, was sich ziemt und was nicht. Kreaturen, wie es sie schlimmer nicht gibt – und die es nicht verdienen, mit uns auf die gleiche Stufe gestellt zu werden. Sechs Widerlinge, die es auszumerzen gilt, mit Stumpf und Stiel, mit allen uns zur Verfügung stehenden Mitteln. Ohne Ansehen der Person, ohne Rücksicht auf etwaige Verdienste, ohne jegliches Erbarmen. Die Rache wird unser sein – und wir werden vergelten. Und darum, Gefährten: ans Werk, auf dass die Päderasten ihre gerechte Strafe bekommen!«

»Mein Gott, Kilian, wie siehst du denn aus – dich erkennt man ja kaum wieder!« Radegundis, Wirtstochter der Schänke *Zum blinden Fährmann* in der Kärrnergasse, breitete entsetzt die Arme aus. »Was ist denn los, ihr habt doch hoffentlich nichts angestellt?«

Kilian Schneidmüller, im Kreise der Mitschüler neidvoll »Sanctus« genannt, wich dem Blick seiner Auserwählten aus, von den Zweifeln, die an ihm nagten, hin- und hergerissen. »Darf ich reinkommen?«

»Aber natürlich. Wo denkst du hin.« Vor dem Torbogen postiert, von wo man auf den Hof hinter der Schänke gelangte, vergewisserte sich das Mädchen, ob die Luft rein war, schielte zum Holztor, dessen Umrisse sich schemenhaft vom Horizont abhoben, und ließ den Zeigefinger auf den bebenden Lippen ruhen.

»Und überhaupt, was war denn das für eine Frage.« Gerade einmal 15, wurde die Wirtstochter gewöhnlich viel älter geschätzt, und das beileibe nicht ohne Grund. Das rotblonde Haar zu einem Zopf geflochten, der bis knapp über die schmalen Hüften reichte, glich sie der doppelt so alten Mutter aufs Haar. Kein Wunder also, dass ihr die Mannsbilder schmachtende Blicke zuwarfen, allen voran die Zecher in der Schänke, die sich daran ergötzten, sie mit Anzüglichkeiten zu überhäufen. Die kindliche Gesichtspartie, aus der die Mandelaugen besonders hervorstachen, änderte nicht das Geringste daran. An welchem Ort Radegundis auch auftauchte, die Aufmerksamkeit war der Wirtstochter gewiss, obwohl sie sich selbst für unansehnlich hielt. »Leise, Kilian – wenn meine Eltern etwas spitzkriegen, dann bringen sie mich um!«

Die Klinke in der Hand, ließ Radegundis das Hoftor ins Schloss fallen. Von den Sturmböen, welche die Holzschindeln gleich reihenweise von den Dächern gerissen hatten, war nur noch ein fernes Rauschen übrig geblieben. Die feuchtwarme Luft, die einem den Schweiß in Kübeln aus den Poren trieb, blieb jedoch die gleiche. Nicht lange, und das Viertel wurde von bleifarbenen Dunstschwaden eingehüllt, so dicht, dass man Gefahr lief, die Orientierung zu verlieren.

»Hier entlang – wir sind gleich da.« Mit jedem Quadratzoll des Anwesens vertraut, wartete Radegundis ab, bis Kilian zu ihr aufgeschlossen hatte. Dann ergriff sie seine Hand, deutete auf den Geräteschuppen und zog ihn mit sich fort. Dort angekommen, ließ sie den Blick über die angrenzenden Gebäude schweifen, die sich in der Form eines Hufeisens um das Wohnhaus gruppierten. Aber auch von dort, wo sich der Schankraum mit dem darunterliegenden Vorratskeller befand, drang kein Geräusch durch die dunstverhangene Nacht. »Hinein mit dir, und keinen Mucks.«

Eine Laterne in der Rechten, die sie mit geübter Hand entzündete, leuchtete Radegundis ihrem Begleiter voraus, geradewegs auf die Strohschütte an der Schmalseite zu. Nicht gerade komfortabel für einen Jüngling aus betuchtem Haus, doch für den Moment würde sie ihren Zweck erfüllen. »So, da wären wir. Machen Sie es sich bequem, junger Herr.«

»Du bist ein Schatz«, antwortete Kilian, ließ den Handrücken über die Wange seiner Wohltäterin gleiten und machte Anstalten, sein durchnässtes Wams aufzuknöpfen. »Ich weiß gar nicht, wie ich dir danken soll.«

»Indem du mir verrätst, was vorgefallen ist«, hakte Radegundis mit wissbegieriger Miene nach und bedeutete Kilian, ihr das Wams auszuhändigen, um es an der Wand neben der Strohschütte zum Trocknen aufzuhängen. »Hab keine Angst, bei mir sind deine Geheimnisse gut aufgehoben.«

»Auch dann, wenn sie eine prominente Person betreffen?«

»Gerade dann«, versetzte Radegundis keck, ließ sich neben Kilian nieder und blickte ihn aufmunternd an, ein

Lächeln im Gesicht, das er nicht zu deuten wusste. »Was ist, traust du mir etwa nicht?«

»Mit Vertrauen hat das nichts zu tun.«

»Sondern?«

»Eher mit Scham«, fasste sich der Domscholar ein Herz, ergriff die Hand seiner Gönnerin und tat, wie ihm geheißen.

Zwei

SAMSTAG VOR KILIANI

(7. Juli 1425)

11

Kammscherers Haus in der Dominikanergasse, kurz vor Beginn der dritten Stunde
[07.50 Uhr]

»Na, Bücherwurm – gut geschlafen?« Zu müde, um dem Vogt Paroli zu bieten, hörte Bruder Hilpert über die Frotzelei hinweg, nahm am Tisch in der Wohnstube Platz und griff nach einem Häppchen Schwarzbrot, um es in die Weinschale aus marmoriertem Ton zu tunken. Ein Stück Käse machte den Imbiss komplett, nach mehr gelüstete ihn frühmorgens nicht. »Wie war denn die Nacht, konntest du einigermaßen schlafen?«

Der Bibliothekarius deutete ein Kopfschütteln an. Von Schlaf im Wortsinn konnte keine Rede sein, wenn überhaupt, dann erst gegen Morgen, als das Licht durch die Ritzen zwischen den Fensterläden drang. Die Ereignisse hatten ihn bis ins Tiefinnerste verfolgt, allen voran die Begegnung mit seinem Lehrer, die völlig anders verlaufen war, als zu erwarten gewesen wäre. Das Vorbild von einst existierte nicht mehr, an der Tatsache führte kein Weg vorbei. Was blieb, war ein debiler Greis, der mit sich und der Welt zu hadern schien. Ein Mann, der mehr wusste, als er zugab, vor allem, was die Ermordung des Bettelvogts betraf. Und der es verstand, nur das zu sagen, was er für angemessen hielt.

Mit einem Wort, hier war Fingerspitzengefühl gefragt.

Columbanus bildete da keine Ausnahme. Wie sein Mentor gab er ihm etliche Rätsel auf, im Guten wie auch im

Schlechten. Schwer vorstellbar, dass ein mit Blindheit geschlagener Magister imstande war, die Scholaren an der Domschule in die Schranken zu weisen, geschweige denn sie adäquat zu unterrichten. Dessen ungeachtet hatte Vater Pirmin es nicht versäumt, seinen Adlatus in den höchsten Tönen zu loben, und das gleich mehrfach, wie um sich selbst von der Tatsache zu überzeugen. Beide indes, sowohl der Ordinarius als auch dessen Gehilfe, ließen es an Überheblichkeit nicht mangeln. Ein Verhalten, das bei Bruder Hilpert auf Ablehnung stieß.

Und dann war da noch die Episode vor dem Rathaus, ein Erlebnis der besonderen Art. Auch jetzt, vom Schrecken halbwegs erholt, geisterte ihm die Szene noch im Kopf herum. Der Stadtschreiber auf allen vieren krabbelnd, an einen Müllkarren gekettet, bis auf die Bruche entblößt, das Gesicht mit einer Schweinemaske verhüllt, Fesselspuren an Armen und Beinen. Die Sinne verwirrt, zusammenhanglos vor sich hin brabbelnd. Opfer einer gezielten Demütigung, einer Tortur, wie sie Hilpert noch nicht untergekommen war.

In Gedanken immer noch vor Ort, stieß der Bibliothekarius einen gedämpften Schmerzenslaut aus. Wie ein Mensch, der sich als solchen bezeichnete, auf eine derart abstruse Idee kommen konnte, das überstieg seine Fantasie bei weitem. Um wen auch immer es sich bei den Tätern handelte, ihr Vorgehen wurde vom Verlangen nach Rache bestimmt. Einen Mitmenschen, und sei er einem auch noch so zuwider, einer derartigen Drangsal auszusetzen, das war kein Verbrechen, sondern Barbarei. Einerlei, wer die Verantwortung dafür trug, er oder sie hatten nichts unversucht gelassen, um ihr Opfer gezielt der Lächerlichkeit preiszugeben.

Aus welchem Grund, das galt es im Folgenden zu klären.

Summa summarum hatten sie es hier mit Tätern zu tun, die im Begriff standen, die Stadt in Angst und Schrecken zu versetzen. Einmal angenommen, die Verbrechensserie ginge weiter, dann würde Kammscherer zur Zielscheibe des Unmuts werden. Egal, von wessen Warte aus man das Malheur betrachtete, der Vorsteher des Magistrats hatte für Ordnung zu sorgen, ganz gleich, um wen es sich dabei handelte.

Das mittlerweile dritte Häppchen in der Hand, dachte Hilpert darüber nach, wie es weitergehen sollte. Dass der Vorfall bald in aller Munde sein würde, daran hegte er keinen Zweifel. Etwas Vergleichbares hatte es noch nie gegeben, und was passierte, wenn sich die Neuigkeit herumsprechen würde, das konnte man sich an den Fingern einer Hand abzählen. Und dass die Causa Fries zu einem Zwist mit dem Bischof führen würden, auch das lag in der Natur der Sache. Hatte Aleandrius doch keinen Zweifel daran gelassen, dass er nicht zögern würde, die Ermittlungen in die eigene Hand zu nehmen.

Kraft seines Amtes dazu ermächtigt, ohne die Erlaubnis des Bürgermeisters.

Mit einem Wort: düstere Aussichten.

»Jetzt guck nicht so verkniffen aus der Wäsche, noch ist nicht aller Tage Abend!«

Eins hatte er schon immer an seinem Freund bewundert, nämlich die Fähigkeit, sich durch nichts in Verlegenheit bringen zu lassen. War die Lage auch noch so vertrackt – um nicht zu sagen aussichtslos –, Berengar ließ den Kopf nicht hängen, durch kein noch so großes Fiasko war er aus der Ruhe zu bringen. »Das will ich hoffen«, erwiderte Bruder Hilpert gedehnt, den Blick auf den sichtlich geknickten

Hausherrn gerichtet, der mechanisch kauend auf seinem Scherenstuhl kauerte. »Einerlei, um den Fall zu lösen, werden wir alles in unserer Macht Stehende tun. Selbst wenn sie uns reihenweise Knüppel zwischen die Beine werfen, nachgeben kommt nicht infrage. Auf gar keinen Fall. Nicht mit uns, Herr Vikarius, so leicht, wie Ihr denkt, lassen wir drei uns nicht unterkriegen.«

»Ich weiß nicht so recht, Bruder.« Die Ellbogen auf die Tischkante gestützt, stierte Kammscherer wie ein geprügelter Hund ins Leere, im Vergleich zum Vortag nicht wiederzuerkennen. »Sieht so aus, als seien wir an einem toten Punkt angelangt.«

»Und wenn schon, zum Trübsalblasen besteht kein Anlass. Was denkt sich dieser Aleandrius überhaupt, der arrogante Schwarzkittel kann mich mal!«

»Mäßige dich, Berengar. Auf die Art kommen wir nicht weiter.«

»Warten wir's einfach ab, Bücherwurm. In ein paar Tagen sind wir schlauer.«

»Oder auch nicht.«

»Was soll denn das schon wieder heißen, du hast doch nicht etwa die Hosen voll?« Mit Diplomatie hatte Berengar nichts im Sinn, schon gar nicht, was den Umgang mit Kammscherer betraf. Ein Grund mehr, seinem Schwager die Leviten zu lesen. »Falls du es noch nicht bemerkt hast, Heribert: In dieser Stadt sind Kräfte am Werk, gegen die kommt man mit Nettigkeiten nicht an. Die sind gefährlicher, als du es dir vorstellen kannst, und wenn ich dran denke, was uns noch alles ins Haus steht, dann graut mir schon jetzt davor. Ich gebe Hilpert zwar ungern recht, aber eins steht für mich fest: Das war erst der Anfang, und wir können die Uhr danach stellen, bis das Morden weitergeht. Ich weiß zwar nicht, was die Strolche noch alles in petto haben, aber wenn wir uns nicht ranhalten, wird es eine Katastrophe geben, die sich gewaschen hat. Und jetzt rate mal, wer den Wind dann von vorn bekommt.«

»So weit war ich Gedanken auch schon, stell dir vor.«

»Na also, dann wären wir zwei Quertreiber uns ja einig. Ich weiß, es steht mir nicht zu, dir Ratschläge zu erteilen, aber wenn du schlau bist, dann lässt du dir das Folgende durch den Kopf gehen.« Im Begriff, sich um Kopf und Kragen zu reden, wischte Berengar seine Skrupel beiseite, ignorierte seinen Gefährten, so gut es eben ging, und griff nach der Karaffe, in der sich der unvermischte Rotwein befand. Spätburgunder vom Feinsten, wie geschaffen, seiner Rede den nötigen Schwung zu verleihen. »Wenn du zulässt, dass sich der Bischof in deine Belange einmischt, dann nimmt dich bald niemand mehr für voll. Mit anderen Worten, dir bleibt nichts anderes übrig, als die Flucht nach vorn anzutreten, ob es von Brunn in den Kram passt oder nicht. Das bedeutet: Entweder du entschließt dich, den Tagedieben auf dem Marienberg die Zähne zu zeigen, oder die machen sich einen Spaß daraus, dir auf dem Kopf rumzutanzen. Nichts für ungut, aber solltest du davor zurückschrecken, dich auf die Hinterfüße zu stellen, dann hat die Kamarilla ihr Ziel erreicht. Mensch, Heribert – du bist doch sonst nicht so. Ihr habt euch schon so oft gegen eure Bischöfe zur Wehr gesetzt, ihr habt ihnen eingeheizt, dass einem das Herz aufging. Warum dann diese Verzagtheit, ich erkenne dich fast nicht wieder!«

»Du verstehst nichts von Politik, genau darin liegt das Problem.«

»Dann hab die Güte und kläre mich auf – Schmuddelgeschichten laufen mir runter wie Met.«

»Jetzt ist aber Schluss, Berengar«, machte der Bibliothekarius dem sich anbahnenden Zerwürfnis ein Ende, reckte die müden Glieder und sagte: »Ihr habt das Wort, Bürgermeister – was sind Eure Pläne?«

»Ich habe keine.«

»Jetzt hör sich einer das mal an, hast du überhaupt keinen Mumm im ...«

»Ich sagte, es reicht, Berengar!«, fuhr Bruder Hilpert mit entschlossener Miene dazwischen. »Soll das heißen, die Ermittlungen werden eingestellt?«

»Natürlich nicht.«

»Sondern?«

Kammscherer seufzte bekümmert auf. »Denk doch mal ein bisschen nach, Schwager. Gesetzt den Fall, Fries hätte wirklich Dreck am Stecken, dann ...«

»Wäre es deine gottverdammte Pflicht, der Sache auf den Grund zu gehen, oder siehst du das etwa anders?«

»Durchaus nicht.«

»Und worin liegt dann Euer Problem?«

»Drücken wir es einmal so aus, Bruder: Der Magistrat hat es nicht gern, wenn man ihn oder seine Mitglieder infrage stellt.«

»Ich kann Euch nicht folgen, Bürgermeister.«

Kammscherer schnaubte gequält. »Was ich damit zum Ausdruck bringen möchte«, fuhr er in betulichem Tonfall fort, während er mit dem Zeigefinger über den Rand seines Trinkbechers fuhr, »ist Folgendes: Die Herren Räte werden es sich verbitten, Ihnen zu unterstellen, sie hätten sich von Fries hinters Licht führen lassen.«

»Tut mir leid, aber das verstehe ich nicht.«

Die Lippen fest aufeinandergepresst, ließ Kammscherer den Kopf vornüber sacken. »Einmal angenommen, Fries war in dubiose Geschäfte verwickelt, dann …« Er brach mitten im Satz einfach ab. »Ich meine, wenn wir nicht von selbst draufgekommen sind, dass er Dreck am Stecken hat, wie stehen wir denn da?«

»Mit reiner Weste, was hast du denn gedacht«, warf Berengar ironisch ein, tauschte einen Seitenblick mit seinem Freund und sagte: »Wer nichts verbrochen hat, der hat auch nichts zu befürchten, mach dir da mal keine Gedanken.«

»Du hast leicht reden, Schwager«, druckste Kammscherer betreten herum. »Der Fall wird hohe Wellen schlagen, mir wird ganz anders, wenn ich nur dran denke. Und was die Leute davon halten, wenn ruchbar wird, dass der Stadtschreiber … Herrje noch mal: Ich bin erst ein paar Monate im Amt, und wer auch immer darin verwickelt ist, einen Skandal kann ich jetzt nicht brauchen. Von Brunn und Konsorten werden sich die Hände reiben, wenn sie davon erfahren, die warten doch nur darauf.«

»Fragt sich also, was tun«, nahm Bruder Hilpert den roten Faden wieder auf, den Blick abwechselnd auf den Vogt und seinen Schwager gerichtet, der mit verdrossener Miene an die Wand stierte. »Habe ich das vorhin richtig verstanden: Ihr möchtet, dass die Ermittlungen fortgeführt werden?«

Kammscherer deutete ein Nicken an. »Aber im Geheimen, um kein unnötiges Aufsehen zu erregen.«

»Na schön, wenn das Euer erklärter Wille ist, daran soll es nicht scheitern. Verlieren wir also keine Zeit, der Worte sind genug gewechselt.«

»Und was hast du jetzt vor?«

»Ich schlage vor, wir operieren getrennt. Will heißen: Was euch beide betrifft, halte ich es für wichtig, dem Leichenbeschauer baldmöglichst einen Besuch abzustatten. Hochoffiziell, um einen Blick auf den dahingeschiedenen Vogt zu werfen. Vielleicht fällt euch ja etwas auf, das er übersehen hat, sechs Augen sehen schließlich mehr als zwei. Und wenn wir gerade von Spuren reden, dir macht es doch bestimmt nichts aus, dich an den Fundort des Leichnams zu begeben?«

Berengar willigte schweigend ein.

Der Bibliothekarius fuhr fort: »Ich bin mir zwar nicht sicher, ob das etwas bringt, aber wer weiß, vielleicht gewinnen wir neue Erkenntnisse.«

»Schon möglich. Und was ist mit dir, Bücherwurm?«

»Nun ja, falls vonseiten des Herrn Bürgermeisters nichts dagegenspricht, werde ich mir die Freiheit nehmen, die Gemahlin des Stadtschreibers aufzusuchen. Gut möglich, dass sie sich Sorgen um den Verbleib ihres Mannes macht. So sich die Kunde von seinem Martyrium noch nicht herumgesprochen hat.«

»Fragt sich, was die mit ihm anstellen«, murmelte Kammscherer wie im Selbstgespräch vor sich hin, unterbrochen vom Hereinplatzen seiner Frau, die sich mit sorgenvoller Miene an den Bibliothekarius wandte. »Drunten wartet jemand, der Euch sprechen möchte, Bruder. Er sagt, der Bischof schicke ihn.«

»In welcher Angelegenheit?«

»Um Euch zu bitten, Euch ohne Umschweife auf die Burg zu begeben. *Allein*. Er habe etwas mit Euch zu bereden, unter vier Augen, von Theologe zu Theologe!«

12

Burganlage auf dem Marienberg, kurz vor Ende der dritten Stunde
[09.10 Uhr]

»Ach, da seid Ihr ja, Bruder Hilpert«, tönte es ihm aus dem Inneren des dämmrigen Prunkgemachs entgegen, das den Eindruck eines halbseidenen Boudoirs vermittelte. Selbst jetzt, bei strahlend blauem Himmel, waren die Fensterläden fest verschlossen, und wohin der Blick auch schweifte, dem Mobiliar haftete das Fluidum des Verschwenderischen an. Angefangen bei den Teppichen aus dem Orient, die dem Serail eines Kalifen alle Ehre gemacht hätten, stellte der Raum ein Sammelsurium von Luxusartikeln dar, darunter ein Wandschirm mit Schnitzwerk aus Zedernholz, eine eisenbeschlagene Truhe samt Mehrfachschloss, Wandbehänge von erlesener Qualität, den Motiven nach zu urteilen aus Flandern, ein Beistelltisch mit intarsiertem Schachbrett, ausgestattet mit Figuren aus Elfenbein, und, sozusagen der Blickfang schlechthin, Statuetten von antiken Göttinnen, die das marmorne Kaminsims an der Stirnseite zierten, eine wahre Augenweide für den Betrachter, fein säuberlich nebeneinander aufgereiht. Einzig der Kandelaber, der in der Ecke neben dem weinroten Ruhesofa stand, spendete diffuses Licht, wie geschaffen, um die Tapisserien voll zur Geltung kommen zu lassen. Das Prunkstück, eine Darstellung des Gottes Zeus als Stier, war geeignet, den Odem von Sinnlichkeit auf die Spitze zu treiben, akzentuiert durch die dahingehauchte Europa, die dem Herrscher über den Olymp in die Falle ging. »Willkommen auf Unser Frauen Berg, es freut mich, Eure Bekanntschaft zu machen.«

Die Gestalt auf dem Lehnstuhl vor dem Kamin, trotz Kandelaber nur in Umrissen zu erkennen, ließ die Arme auf der mit Löwenköpfen verzierten Lehne ruhen, ein Bild wie aus einem Wachtraum, den der Bibliothekarius nur mit Mühe abzuschütteln vermochte. »Hier sind wir unter uns, darum fühlt Euch wie zu Hause.« Der Sprecher hüstelte dezent. »Aber tretet doch näher, dann können wir uns besser unterhalten.«

Bruder Hilpert kam der Aufforderung nach und durchquerte die in Rottönen gehaltene Kammer, in der es penetrant nach aromatischen Duftstoffen roch, darunter Moschus, Veilchen und Rosenblätter, gerade so, als verweile eine Kurtisane darin. »Euer Emissär sagte, Ihr wolltet mich sprechen?«, ließ der Bibliothekarius ebenso knapp wie bestimmt verlauten, darauf bedacht, die protokollarisch korrekte Anrede zu umgehen. »Nun denn, hier bin ich.«

»Ich habe schon viel von Euch gehört.«

»Das bringt meine Profession so mit sich«, erwiderte Bruder Hilpert knapp, holte tief Luft und vollendete: »Mir wurde mitgeteilt, Ihr wünschtet mich zu sprechen. Aber nicht, aus welchem Grund.«

»Und das ist auch gut so.«

In Reichweite des gepolsterten Lehnstuhls, auf dessen Kopfstütze der fränkische Rechen prangte, betrachtete Hilpert seinen Gesprächspartner näher. Johann von Brunn, seit knapp eineinhalb Dezennien Fürstbischof von Würzburg, haftete die Aura eines gewieften Krämers an. Eines Pfiffikus, der so tat, als könne er kein Wässerchen trüben.

Beileibe nicht bestimmend oder gar herrisch, war der Tonfall, mit dem er sprach, von ostentativer Jovialität geprägt. Ein Duktus, wie man ihn von einem Fürsten nicht erwarten würde. Mag sein, dies hing mit seiner bescheidenen Herkunft zusammen, die dem Gebaren einen zwanglosen Anstrich verlieh. Gut möglich aber auch, dass er es vorzog, mit seinem eigentlichen Ich hinterm Berg zu halten.

Für Bruder Hilpert, dessen Instinkt ihn nur selten im Stich ließ, die wahrscheinlichere Variante. Deutete doch der Ruf, den der Bischof genoss, auf einen mit allen Wassern gewaschenen Machtmenschen hin. Auf einen Despoten, der es gewohnt war, keine anderen Götter neben sich zu dulden. »Wie darf ich das verstehen?«

»Eins gleich vorweg, Bruder: Vom Inhalt unseres Gesprächs darf nichts nach außen dringen, haben wir uns verstanden?«

Das musste man seinem Gegenüber lassen: Für Überraschungen schien von Brunn immer gut zu sein. Ein Grund mehr, sich vor dem Rosstäuscher mit dem Brustkreuz in Acht zu nehmen. »Bei allem Respekt«, erwiderte Bruder Hilpert gedehnt, dem Sitzenden jetzt so nah, dass er dessen Züge eingehender betrachten konnte. »Aber findet Ihr nicht, es ist an der Zeit, mich über den Grund meines Hierseins in Kenntnis zu setzen?«

»Wie dumm von mir – ich vergaß.« Von Brunn lächelte maliziös. »Es gibt eben Tage, an denen geht es in Würzburg drunter und drüber. Ich nehme an, gerade Ihr könnt Euch in meine Lage hineinversetzen.«

»So wie gestern?«

Das Krämerlächeln des Bischofs gefror zu Eis. »So wie gestern«, echote er mit rauer Stimme, das längliche und vom Weinkonsum gerötete Gesicht mit Sorgenfurchen bedeckt.

»Ihr werdet verstehen, dass ich beginne, mir Sorgen über die chaotischen Zustände zu machen.«

»Falls Ihr die Vorfälle der letzten beiden Tage meint, darüber weiß ich bestimmt nicht mehr als Ihr.«

»Das wage ich zu bezweifeln, Bruder«, versetzte von Brunn in scharfem Ton, die Hände um die vorspringenden Löwenköpfe gepresst, als sei er dabei, sie mit bloßen Händen zu zermalmen. »Ihr weilt seit gestern Abend in der Stadt, liege ich da richtig? Nun kommt schon, gebt es zu, Ihr brecht Euch garantiert keinen Zacken aus der Krone.«

Nach außen hin betont kühl, hörte Bruder Hilpert über den Befehlston hinweg. »Das trifft zu.«

»Und was genau führt Euch hierher?«

»Das Priesterjubiläum meines ehemaligen Lehrers.«

»Der da heißt?«

»Pirmin von Ochsenfurt, Ordinarius an der Domschule.«

»Wie klein unsere Welt doch ist, da sieht man es mal wieder.« Augenscheinlich überrascht, setzte der Bischof eine zerstreute Miene auf, schielte zur Seite und tat so, als denke er über etwas nach. »Lasst mich überlegen: Er müsste doch schon weit über 70 sein, oder liege ich in dem Punkt daneben?«

»Keineswegs, Ihr erinnert Euch richtig.«

»Der gute alte Pirmin«, säuselte von Brunn in honigsüßem Ton, zu gekünstelt, um auch nur halbwegs glaubhaft zu klingen. »Höchste Zeit, sich in Ehren zurückzuziehen, verdient hätte er es allemal. Im Bürgerspital ist bestimmt noch Platz, nach Pfründnern wie ihm leckt man sich dort die Finger.«

»Dass Ihr ihn kennt, ist mir neu«, zwang sich Bruder Hilpert dazu, den gehässigen Tonfall zu ignorieren.

»Was heißt hier ›kennen‹«, erklärte der Bischof lapidar, nahm einen Zinkbecher mit dem eingravierten Familienwappen zur Hand, um ihn mit ein paar hastigen Schlucken zu leeren, und rutschte unbehaglich hin und her. »Länger unterhalten habe ich mich mit ihm noch nicht, ich kenne ihn eigentlich nur vom Sehen. Ein exzellenter Gelehrter und Theologe, so heißt es jedenfalls.«

»So, heißt es das.«

Der Mundwinkel des Bischofs zuckte nervös. »Nebenbei bemerkt: In dieser Stadt geschieht nichts, ohne dass ich davon erfahre. So es sich um Ereignisse von großer Tragweite handelt.«

Bruder Hilpert verzog keine Miene. »Das kann ich mir denken.«

»Wie Euren Besuch, von dem wir uns überaus geehrt fühlen.«

»Und wer hat Euch die frohe Kunde überbracht?«

»Ich, Bruder.«

Sichtlich verblüfft, drehte sich Bruder Hilpert auf dem Absatz um. Irgendwo hatte er die Stimme schon einmal gehört, und kaum war der Neuankömmling über die Schwelle getreten, stellte sich die Erinnerung an den Vorabend wieder ein. »Ach, Ihr seid das«, erwiderte er salopp, vom Auftauchen des Vikarius auf dem falschen Fuß erwischt. »So trifft man sich wieder, Herr von Ingelheim.«

»Ihr sagt es, Bruder: So trifft man sich wieder«, wiederholte der Eintretende harsch, verglichen mit dem Bischof, den er um Haupteslänge überragte, von einer geradezu mystischen Aura umflort. Bekleidet mit einem dunklen Umhang, unter dem die Spitzen der auf Hochglanz polierten Stiefel hervorragten, sah er wie ein dem Erdreich entstiegener Rachegott aus, die Wolfsaugen ständig in Bewegung, während das Gesicht einer reglosen Maske glich. Einzig der Blick, demjenigen eines Raubtiers zum Verwechseln ähnlich, deutete darauf hin, welche Gefahr von ihrem Besitzer auszugehen schien. »Was will man machen, die Welt ist eben klein – auch wenn man sich einbildet, anonym bleiben zu können.«

»Kommen wir zur Sache, Bruder.« Von plötzlicher Unruhe gepackt, steuerte von Brunn auf die Erkernische zu seiner Linken zu, durchquerte den portalförmigen Spitzbogen und machte Anstalten, das auf die Stadt hinausgehende Fenster zu öffnen. »Ich habe einen Auftrag für Euch«, fügte er nach getaner Arbeit hinzu, die Handkante an der zerfurchten Stirn, um die Augen gegen das Sonnenlicht abzuschirmen. »Aber das muss unter uns bleiben – beziehungsweise unter uns dreien.«

Bruder Hilpert konnte sich eines Fröstelns nicht erwehren. Irgendetwas war hier faul, und wenn er den Vikarius nur anschaute, konnte er die Verachtung, die sich in die nahezu reglosen Züge schlich, wie die Spitze einer Damaszenerklinge spüren. »Wie ich bereits sagte, ich weile aus privaten Gründen in der Stadt.«

»Heißt das, Ihr weigert Euch?«

»Kommt darauf an, worum es sich dreht, Herr von Ingelheim«, versetzte der Bibliothekarius verstimmt, während der Bischof es vorzog, aus dem Erkerfenster zu schauen. »Danach werden wir weitersehen.«

»Um einen Auftrag von großer Dringlichkeit.«

»Falls es um die Vorfälle der letzten zwei Tage geht, ich weiß nicht das Geringste darüber.«

»Sicher?«, lauerte der Bischof, mit dem Rücken immer noch zu den Anwesenden, die sich Auge in Auge gegenüberstanden. »Wo seid Ihr denn die Nacht über gewesen?«

»Bei Freunden.«

»Zu denen unter anderem auch der Bürgermeister zählt? Also, ich weiß nicht, wenn Kammscherer zu dem Thema nichts zu sagen hat, wer denn dann?«

Von Unruhe gepackt, spähte Bruder Hilpert über die linke Schulter. Spätestens jetzt wurde ihm klar, worauf er sich da eingelassen hatte, und er schalt sich einen Narren, weil er dem Bischof ins offene Messer gelaufen war. Wäre er imstande gewesen, seine Pläne zu durchschauen, dann hätte er den Ruf, den er genoss, verdient gehabt. Stattdessen war er blindlings in die Falle getappt, wie ein Anfänger, der nicht wusste, was Sache war.

»Spürhunde gibt es in Hülle und Fülle«, gab Bruder Hilpert zögerlich zurück, kurz davor, die Replik mit dem Nomen »Ohrenbläser« einzuleiten. »Warum also nicht jemanden auswählen, der sich mit Kriminalfällen besser auskennt als …«

»Alles, was recht ist, Herr Inquisitor«, zischte von Ingelheim erzürnt, die Wolfsaugen, die zwischen den wimpernlosen Lidern hervorlugten, nahezu vollständig geschlossen. »Aber wenn hier jemand prädestiniert ist, die Causa Fries schnellstmöglich aufzuklären, dann wäre es ja wohl Eure Wenigkeit, oder befinde ich mich da im Irrtum?«

»Und der Mord am Bettelvogt, wie steht es damit?«

Aleandrius lächelte schief. »Heißt das, Ihr vermutet, dass zwischen den Gewalttaten eine Verbindung besteht?«

»Wer hört denn hier die Flöhe husten, Ihr oder ich?«, war es um die Beherrschung von Bruder Hilpert geschehen, der sich nicht scheute, dem Vikarius Paroli zu bieten. »Aber davon abgesehen: Um einen Fall wie die Causa Fries zu lösen, braucht man Zeit. Bedeutet, das geht nicht von heute auf morgen, schlagt Euch das aus dem Kopf, Herr von Ingelheim.«

»Ich merke schon, hier spricht der Experte.«

»Errare humanum est.«

»Noch ein Wort, und ich werde Euch zeigen, wer von uns beiden hier das Sagen …«

»Aber meine Herren, das führt doch zu nichts«, fuhr der Bischof seinem Adlatus in die Parade, wandte sich um und trat zwischen die beiden Rivalen, die Handflächen gebieterisch von sich gestreckt. Dann richtete er das Wort an Bruder Hilpert: »Seid unbesorgt, Bruder: Um Euren Ermittlungen den nötigen Nachdruck zu verleihen, behalte ich mir vor, Euch mit allen nur erdenklichen Vollmachten auszustatten. Daraus folgt, alle Personen, mit denen Ihr es im Zuge Eurer Nachforschungen zu tun bekommt, sind verpflichtet, Euch eingehend Rede und Antwort zu stehen, und zwar ohne Wenn und Aber, nach bestem Wissen und Gewissen. Und ohne Rücksicht auf Rang und Namen, das sei der Klarheit halber hinzugefügt. Wer sich weigert, wird in Haft genommen, Insubordination auf das Strengste bestraft. Und noch etwas: Es versteht sich ja wohl von selbst, dass ich darauf bestehe, über den Fortgang der Ermittlungen auf dem Laufenden gehalten zu werden, besonders dann, wenn sich eine heiße Spur ergibt. Oder ein konkreter Verdacht, je nachdem. Um es abermals zu betonen: Was die Details der Ermittlungen betrifft, gehen sie nur uns drei etwas an – und niemanden sonst, haben wir uns verstanden?«

»Ihr braucht nicht zu schreien, ich höre gut.«

»Wie könnt Ihr es wagen, so mit mir zu …«, setzte von Brunn zu einer harschen Erwiderung an, hatte sich jedoch besser im Griff, als es zu erwarten gewesen wäre. »Noch Fragen, Bruder?«

»Jede Menge.«

»Lasst hören.«

Bruder Hilpert runzelte die Stirn. »Was ist eigentlich mit Fries? Ich meine, wenn es jemanden gibt, der imstande ist, Angaben zur Sache zu machen, dann ja wohl er selbst, oder befinde ich mich da im Irrtum?«

»Keineswegs.«

Hellhörig geworden, sah Hilpert den Bischof fragend an.

»Da wäre nur ein klitzekleines Problem.«

Bruder Hilpert hob fragend eine Braue, behielt die Frage, die ihm vom Bischof in den Mund gelegt wurde, jedoch für sich.

»Mit Eurem Interesse scheint es nicht weit her zu sein, wenn der Herr Inquisitor die Bemerkung gestattet.«

»Im Gegenteil«, beteuerte Bruder Hilpert in scheinheiligem Ton, von Brunn in puncto Gewieftheit um Längen voraus. Auf welchen Punkt die Unterredung zusteuerte, war ihm nur allzu deutlich bewusst, schienen sich doch die Befürchtungen, die er hegte, bewahrheitet zu haben. »Aber ich will nicht unhöflich sein, Ihr habt das Wort.«

»Wie mir vonseiten meines Stellvertreters berichtet wurde, wurde der Stadtschreiber heute Morgen tot aufgefunden«, ließ der Bischof mit tonloser Stimme verlauten, damit beschäftigt, die Figuren auf dem Schachbrett in Augenschein zu nehmen, wobei er der Dame besondere Aufmerksamkeit widmete. Die Statuette zwischen Daumen und Zeigefinger geklemmt, ließ von Brunn denn auch einen Moment verstreichen, blickte den Bibliothekarius lauernd an, um seine Reaktion zu testen, und fügte mit emphatischem Tonfall hinzu: »Erhängt. Möge sich der Herr seiner gequälten Seele erbarmen – und die Gnade besitzen, den Wirrkopf von seinen Sünden freizusprechen.«

13

Haus des Leichenbeschauers am Pleichacher Tor, zur gleichen Zeit

[09.10 Uhr]

»Wo bin ich denn da bloß hingeraten, den Gestank hält ja keiner aus«, murmelte Berengar angewidert vor sich hin, zerrte sein Schnäuztuch hervor und presste es schützend an die Nase. Kammscherer tat es ihm gleich, hatte es jedoch nicht eilig, einen Blick über den Rand der Müllgrube zu werfen. »Also, wenn es dir da nicht hochkommt, dann haut dich so schnell nichts um.«

»Nichts wie weg, hier können wir nichts mehr ausrichten«, erwiderte Kammscherer gepresst, während ihm der Schweiß wie ein Sturzbach an den Schläfen hinunterlief. Doch so oft sich der Bürgermeister auch umblickte, um nach Luft zu japsen, der pestilenzartige Geruch war überall. Von den Kehrichthaufen, die auf das Brachfeld unweit der Stadtmauer gekarrt worden waren, stiegen schmutziggraue Rauchfahnen zum Morgenhimmel auf, ein Anblick wie im Vorhof der Hölle, wo sich rußbedeckte Gestalten um Aschehaufen scharten. Der Geruch nach verbrannten Abfällen war überall, nicht lange, und eine Dunstglocke senkte sich auf das von Erdlöchern durchsiebte Niemandsland herab. Selbst die Sonne, nur mehr eine aschfahle Scheibe, deren Ränder mit den umherwabernden Giftwolken verschmolzen, spendete kaum noch Licht, inmitten der Einöde, in der die Müllkärrner wie gestaltlose Untote anmuteten, nur noch in Umrissen zu erkennen. »Du siehst es ja selbst, der Unrat wandert größtenteils ins Feuer. Spuren finden wir folglich keine mehr – eine Stecknadel im Heuhaufen zu entdecken wäre leichter.«

»Wir ermitteln in einem Mordfall, schon vergessen?«, versetzte Berengar gereizt, nahm eine Stange zur Hand, an deren Kopfende sich ein verrosteter Metallhaken befand, und trat bis auf ein paar Zoll an den Grubenrand heran. In etwa so tief, dass ein Mann mit seiner Statur darin Platz gefunden hätte, war die Grube mit verkohlten Abfällen übersät, darunter Pferdemist, Kuhdung und Fäkalien, die ohne viel Federlesens auf die Straße gekippt worden waren. Verglichen mit den Tierkadavern, von denen es auf den Kehrichthaufen nur so wimmelte, waren die Hausabfälle vergleichsweise rar, garniert mit allerlei Lumpen, die aus den Kleidertruhen der einstmaligen Besitzer stammten. Am infernalischen Gestank, der seine Sinne wie ein Gifttrunk durcheinanderwirbelte, änderte sich dadurch nichts. Wohin man seine Schritte auch lenkte, der Geruch nach Verbranntem war allgegenwärtig, vermischt mit dem Odem der Verwesung, der von den Kadavern aus dem Fundus der Abdecker stammte, darunter auch Hunderte von Ratten, die wie Trophäen an einem eigens dazu errichteten Bretterverhau baumelten.

Beileibe nicht zart besaitet, was die Belastbarkeit der eigenen Physis betraf, kam Berengar nicht umhin, nach Luft zu ringen. »Jetzt stell dich nicht so an, Heribert, so schlimm ist der Anblick nun auch wieder nicht.«

Der Bürgermeister kam nicht dazu, eine Erwiderung zu formulieren.

»Stets zu Diensten, Herr – hier bin ich.«

Die Stange in der Hand, um die Sickergrube nach verwertbaren Spuren zu durchwühlen, hielt Berengar schweißgebadet inne. Fast schien es, als habe es das Unwetter nicht gegeben, und obwohl der Vormittag erst zur Hälfte vorüber war, kam er sich wie in einem Backofen vor. »Du weißt, worum es sich dreht?«

»Gewiss doch, Herr«, beteuerte der behaarte Gnom, dessen Gesichtspartie derjenigen eines Waldkauzes glich, eine Handlänge kleiner als der Vogt, den er mit verängstigtem Augenaufschlag taxierte. »Einen Leichnam findet man nicht alle Tage, in einer Müllgrube schon gleich gar nicht.«

»Kanntest du den Mann?«

Der Müllkärrner schüttelte den Kopf.

»Dein Name?«

»Lambert«, fiepte der Gnom, eine Filzkappe in der rußbedeckten Pranke, unter deren Nägeln sich Schmutzreste und Erdkrumen angesammelt hatten. »Lambert Melzer.«

»Gebürtig aus?«

»Marktbreit.«

»Alter?«

»48.«

Das Gesicht in furchenartige Falten gelegt, warf Berengar die Stange auf den Boden, fuhr mit dem Handrücken über die Stirn und bedeutete dem Müllkärrner, ihm zu folgen. Am Rand des Areals angekommen, steuerte er auf das Vordach des Geräteschuppens zu, unter dem er Zuflucht vor den Rauchfahnen suchte, und wartete ab, bis Kammscherer zu ihm aufgeschlossen hatte. »So, und jetzt erzähl mal: Was hat sich gestern Morgen zugetragen?«

»Da habe ich ihn dort drüben gefunden«, antwortete der Gnom verschämt, die Filzkappe in der linken Hand, während er mit der Rechten auf den Rand der Müllgrube deutete, nur eine von einem Dutzend Vertiefungen, die in Sichtweite der Pleichach ins Erdreich getrieben worden waren. Unmittelbar dahinter mündete das Gewässer in den Main, auch jetzt, am Samstag vor Kiliani, von Lastkähnen, Flößen und Prähmen befahren. »Ich bin zwar einiges gewohnt, aber so etwas ... Kurzum: Ich konnte mir weiß Gott was Schöneres vorstellen.«

»Und dann?«

»Na ja, und dann habe ich erst mal den Adalwin gerufen.«

»Der Vorarbeiter, nehme ich an?«

Der Müllkärrner nickte devot. »Der hat sich das Ganze angeguckt und den Leichenbeschauer gerufen, genau nach Vorschrift.«

»Kommt also öfter vor, dass ihr Leichen findet?«

»Hin und wieder, Herr«, beeilte sich Melzer zu erwidern, fuhr sich mit der Pranke übers Gesicht, um den Ruß zu entfernen, und sah Kammscherer mit ehrfurchtsvollen Blicken an. »Ein halbes Dutzend Mal in 36 Jahren, wenn ich mich richtig erinnere. Die Regel besagt, wenn etwas Derartiges passiert, sind wir verpflichtet, den Vorabeiter zu rufen. Und der verständigt dann den Leichenbeschauer, so es sich um menschliche Überreste ... So es sich um einen zu Gott berufenen Christenmenschen handelt, wollte ich sagen. Und der Leichenbeschauer, nun ja, der guckt sich die Sache an und verständigt den Grafeneckart.«

»Als du den Leichnam gefunden hast, wie spät war es da?«

»Ich bin eine halbe Stunde nach Sonnenaufgang hier gewesen, so wie immer.«

»Verdächtige Personen, die sich auf dem Gelände rumgetrieben haben?«

»Nicht die Spur davon.« Eine verneinende Geste, gefolgt von ratlosem Zögern. »Niemand außer den Kollegen aus meiner Schicht.«

»Und was ist mit denen, irgendwelche Vorkommnisse von Belang?«

»Nein, Herr. Soweit ich weiß, ist niemandem etwas aufgefallen.« Der Gnom machte eine ausholende Bewegung mit der Hand. »Wie ihr seht, gibt es keine Umfriedung, von einem Zaun erst gar nicht zu reden. Hier kommt jeder rein, der will – vor allem nachts. Na ja, manchmal schauen ein paar unbehauste Nachtschwärmer vorbei, um im Abfall rumzuwühlen, man weiß ja nie, was die Leute so alles wegwerfen. Sehr oft kommt das allerdings nicht vor, und wenn wir sie erwischen, geben die Strolche Fersengeld.«

»Apropos: Wie viele Kärrner sind hier eigentlich zugange?«

»Drei, vier Dutzend, je nachdem. Die Männer kommen und gehen, genau kann das keiner sagen. Zehn Pfennige am Tag sind ja nicht die Welt, da greifst du nach jedem Strohhalm, wenn sich was Besseres ergibt.«

»Verstehe.« Die Stirn in Falten, deutete Berengar auf einen Müllkarren, der in Sichtweite des Geräteschuppens abgestellt worden war. »Von der Anzahl deiner Gefährten einmal abgesehen, wann genau und wie oft seid ihr zugange?«

»Von Sonnenaufgang bis kurz nach Sonnenuntergang. Grob gerechnet. Sieben Tage in der Woche, die Einteilung erfolgt nach Stadtvierteln, also in vier Gruppen, mit einem Vorabeiter an der Spitze.«

»Mit anderen Worten, die Abfälle werden zweimal am Tag hierhergekarrt, zu unterschiedlichen Zeiten, je nachdem, wie viel Zeit die Trupps benötigen.«

»Das ist korrekt, Herr.«

»Mit der Maßgabe, sie nach dem Eintreffen anzuzünden und im Anschluss an das Prozedere in die Gruben zu schaufeln, will heißen: sie schnellstmöglich vom Angesicht des Erdbodens zu tilgen. So sich keine Gegenstände von Wert unter dem Kehricht befinden.«

»Genau.«

Die Handflächen an den ledernen Schwertgürtel gelegt, stierte Berengar nachdenklich ins Leere. Eins musste man den Tätern lassen, um Einfälle waren sie nicht verlegen. Einen Müllkarren als Versteck für eine Leiche zu benutzen, auf die Idee musste man erst mal kommen. Dreister, um nicht zu sagen abgebrühter, ging es nicht. Und siehe da, der Erfolg schien den Tätern recht zu geben. Keine Indizien, wer dahintersteckte, keine Spuren am Fundort, kein einziger Hinweis, von einem Verdachtsfall erst gar nicht zu reden: So entmutigend es klang, die Ermittlungen steckten fest.

Blieb zu hoffen, dass die Täter einen Fehler begingen. Denn so durchdacht das Vorgehen auch sein mochte, frei von Risiken war es nicht. Nichts einfacher, als die Stadtknechte auf Patrouille zu schicken, und zwar rund um die Uhr, so viele wie nur irgend möglich. Und nichts naheliegender, als die Kontrollen an den Toren zu verstärken – und die Müllkarren nicht mehr ungehindert passieren zu lassen.

Das Glück der Halunken würde nicht ewig währen, dessen war er sich absolut sicher.

Und das Motiv, wie stand es damit?

Wer weiß, vielleicht reichte es den Betreffenden nicht aus, ihre Rivalen diskret aus dem Weg zu räumen. Ihnen heimlich aufzulauern oder sie in die Falle zu locken, so schwierig konnte das ja nicht sein. Aber vielleicht wollten die Täter ja auch Vergeltung üben, darauf bedacht, ihre Opfer leiden zu sehen. Es sollte ja Leute geben, denen so etwas gefiel, selbst dann, wenn es sich um wildfremde Menschen handelte. Gut möglich aber auch, dass Schwertfeger zu viel wusste – über wen oder was auch immer. Und dass er das Pech hatte, an den Falschen geraten zu sein.

Ergo: Wer krumme Geschäfte machte, und das schien bei Schwertfeger der Fall gewesen zu sein, der ging das Risiko ein, zwischen allen Stühlen zu sitzen. Und wenn es sich dann noch um jemanden wie den Bettelvogt handelte, mit dem halb Würzburg eine Rechnung offen zu haben schien, dann lag es nahe, einen Mord aus Rache in Betracht zu ziehen. Um wen auch immer es sich bei dem Mordgesindel handelte, die Indizien wiesen in die gleiche Richtung. Der Bettelvogt hatte sich Feinde gemacht, war auf einen Widersacher gestoßen, der darauf brannte, Gleiches mit Gleichem zu vergelten.

Auf einen Widersacher, der vor nichts zurückschreckte, in dessen Vokabular das Wort »Gnade« nicht aufzutauchen schien.

Denn sein war die Rache – so stand es geschrieben.

»Braucht Ihr mich noch, Herr? Wenn nicht, würde ich jetzt gern wieder an die Arbeit …«

»Aber natürlich, lass dich von uns nicht aufhalten«, kam der Vogt der Bitte des Müllkärrners nach, nickte Melzer auffordernd zu und folgte ihm mit seinen Blicken, bis er verschwand.

Ein Griff nach der Müllschaufel, und der Vorhof der Hölle hatte ihn wieder.

»Besuch von Toten hatte ich ja schon oft«, lästerte der säbelbeinige Hänfling, über dessen Marotten die absonderlichsten Gerüchte kursierten, wischte sich die Finger an seinem Hemdsaum ab und nahm eine bauchige Korbflasche aus dem Regal, um sich daran gütlich zu tun. Nach erfüllter Pflicht, zu der die Feststellung der Todesursache bei Gewaltdelikten gehörte, konnte ein Schluck Spätburgunder aus dem Fränkischen nicht schaden. Das hatte er stets so gehalten, auch wenn er im Ruf stand, ein wahrer Schluckspecht vor dem Herrn zu sein. Ein wunderlicher Kauz war er allemal, knapp sechs Fuß groß, flink wie ein Wiesel und eine Hakennase im schrundigen Gesicht. »Aber einer wie der da ist mir noch nicht untergekommen, in über 30 Jahren nicht.«

Der Graubart wusste, wovon er sprach. An den Anblick von Toten hatte er sich zwar gewöhnt, aber was das Aussehen des malträtierten Bettelvogtes betraf, konnte selbst er sich eines Schauders nicht erwehren. Die Korbflasche in der Hand, seufzte Leonhard schicksalsergeben auf. Blessuren, wohin man auch blickte, eine Delle auf der Stirn, auf der ein brutal eingeritztes Kürzel prangte, dazu Abdrücke, die auf Strangulation schließen ließen, sowohl am Handgelenk als auch am Knöchel, selbst aus der Entfernung noch gut zu erkennen.

Mit einem Wort, das Grauen hatte ein Gesicht bekommen.

Für einen Albtraum wie geschaffen.

Dabei hatte er gedacht, Leichen ließen ihn kalt. Ein Lebtag im Dienste der Gerechtigkeit, das härtete ab. Von wegen. Der Tod hatte viele Gesichter, je nachdem, wie den Sterbenden zumute gewesen war. Am schlimmsten fand er immer noch die Wasserleichen, erst neulich war mal wieder eine aus dem Main gezogen worden, die mittlerweile zwölfte während seiner Zeit als Leichenbeschauer. Verwest bis zur Unkenntlichkeit, aufgedunsen und ohne Augäpfel, von den Fischen und Krebsen aus den Höhlen gepickt. Auf den

Anblick, der Geruch stand hier nicht zur Debatte, konnte er getrost verzichten. Da lobte er sich doch die Körper der Erfrorenen, in der Mehrzahl unbehauste Bettler, die das Pech hatten, im Winter kein Dach über dem Kopf zu haben. Die rochen wenigstens nicht so streng, wenngleich der Zustand, in dem sie sich befanden, wahrhaftig nichts für schwache Nerven war.

Es sei denn, man hatte einen Trostspender zur Hand.

Aber zurück zu Schwertfeger, der Nummer eins im Sammelsurium des Grauens.

Um mit den Worten des Vogtes zu reden: Der Mann hatte eine bewegte Karriere hinter sich. Und was für eine. Davon zeugten nicht nur die Narben, die sich an allen nur erdenklichen Stellen befanden, sondern auch die Vielzahl an verheilten Wunden, in der Hauptsache älteren Datums, als der Tote noch voll im Saft gestanden war. Und dann erst der Kopf, unförmig und nahezu kahl, mit Pusteln und Ekzemen übersät, die Narbe am Hals mit eingeschlossen. Mit den Augen, die ihn anstierten, als lebe der Gemeuchelte noch, jedoch nicht annähernd zu vergleichen. Augen wie bei einer Muräne, kalt und unbeweglich, ohne eine Spur von Leben darin. Und das, obwohl der Tote gefoltert worden war, über mehrere Stunden, von Leuten, die ihr Handwerk verstanden.

Das Monogramm auf der Stirn, eingeritzt mit einer spitz zulaufenden Klinge, machte das Fluidum des Racheakts perfekt. ›DIA‹ – verdammt seist du auf ewig: Wer keine Skrupel besaß, seinen Widersacher wie ein Stück Vieh zu brandmarken, der kannte auch hier kein Pardon. »Und das ausgerechnet heute, am Tag vor dem Fest der Feste.«

»Ihr sprecht mir aus der Seele, Meister Leonhard«, setzte der Vogt zu einem Seitenhieb der Extraklasse an, am Fußende des abgenutzten Holztisches postiert, um den Toten von dort in Augenschein zu nehmen. Durch den Lichtschlitz in der Wand drang kaum Luft herein, wäre das Räucherbecken in der Ecke neben der Tür nicht gewesen, Berengar hätte für nichts garantieren können. Stand doch der Geruch, der das Kellergeschoss der baufälligen Remise durchwehte, den Giftwolken auf der Müllhalde in nichts nach. »Nicht einmal auf die Kriminellen ist heutzutage noch Verlass, die könnten auf so was doch Rücksicht nehmen.«

»Alles, was recht ist, Schwager – aber das Lachen ist mir mittlerweile vergangen«, mischte sich Kammscherer begütigend ein, damit beschäftigt, die ihm ausgehändigten Unterlagen zu durchforsten. Zusammenkünfte wie diese waren seine Sache nicht, eine Eigenart, die dem Vogt nicht verborgen geblieben war. »Fahrt fort, Meister Leonhard, je früher die Prozedur beendet ist, desto lieber wäre es mir. Es ist zwar erst Vormittag, aber lange halte ich das nicht mehr aus.«

»Wie Ihr wünscht, Bürgermeister«, ließ der Leichenbeschauer devot verlauten, lange genug im Dienst, um über die Marotten der Stadtoberen hinwegzusehen, fuhr sich mit den Fingern durch die verfilzten Haare und sprach: »Zur Sache, meine Herren, die Pflicht ruft.«

»Meine Rede.«

Bekleidet mit einem abgetragenen Rock, trug der Leichenbeschauer das Gehabe eines Akademikers zur Schau. Ein Eindruck, der durch die Sprechweise noch verstärkt wurde: »Also: Wie bei näherer Betrachtung ersichtlich, kommen als Todesursache zwei mögliche Varianten in Betracht. Ich will es mal so formulieren: Entweder der Dahingeschiedene wurde so lange gefoltert, bis er den Geist aufgab, wie ein Blick auf die Striemen an den Gelenken beweist, wobei …«

»Oder?«

In seiner Ehre gekränkt, blickte der Hänfling unwirsch auf, hütete sich jedoch davor, einfach weiterzusprechen. »Oder es war ganz einfach so, dass das Herz des Gemeuchelten den Dienst versagte. Angesichts der Köperfülle, über die er verfügte, die wahrscheinlichere der beiden Möglichkeiten.«

»Bei allem Respekt, Meister Leonhard: Spekulationen reichen mir nicht aus. Da wir es mit einem Mordfall zu tun haben, der, wie Ihr sagt, alles Dagewesene in den Schatten stellt, sind Beweise das A und O. Vor Gericht zählen nur die Fakten, mit Vermutungen ist uns nicht gedient.« Der Vogt atmete schicksalsergeben auf. »Aber lasst Euch von mir nicht unterbrechen, der Sendbote des Hades hat das Wort.«

»Soweit ich es von hier aus beurteilen kann, blieben die Knochen alle unversehrt, Muskulatur und Sehnen mit inbegriffen.«

»Verstehe.«

»Und das bedeutet, als Ursache für das Dahinscheiden käme ein Schwächeanfall in Betracht.« Am Kopfende postiert, von wo aus er die Anwesenden im Auge behielt, drückte Struck den schmerzenden Rücken durch. Und vollendete denkbar knapp: »Mit an Sicherheit grenzender Wahrscheinlichkeit.«

»Und warum schnippelt Ihr ihn dann nicht auf?«, ließ der Vogt mit Blick auf den Gemeuchelten nicht locker, presste den Handrücken auf die Nase, um sich vor dem Verwesungsgeruch zu schützen, und nickte Kammscherer begütigend zu. »Wie ich bereits sagte: Um die Täter und ihre Hintermänner festzunageln, ist es mit Mutmaßungen allein nicht getan. Was wir brauchen, ist ein wasserdichtes Gutachten, sonst stehen wir auf verlorenem Posten.«

»Ihr wisst genau, dass das nicht geht.«

»Und warum nicht?«

»Weil es sich nicht ziemt, Hand an ein von Gott geschaffenenes Geschöpf anzulegen – darum.«

»Sagt wer?«

»Jetzt ist es aber genug, Schwager«, kam Kammscherer dem Leichenbeschauer zu Hilfe, und sei es nur, um dem Gespräch die Schärfe zu nehmen. »Es ist nun einmal so, wie es ist – und damit Schluss. Alles hat seine Grenzen, Kriminalfall hin oder her. Roma locuta, causa finita, auch wenn es dem Herrn von Gamburg nicht behagt.«

Drauf und dran, seine Vorbehalte gegenüber dem Papsttum Luft zu machen, schluckte Berengar seinen Groll hinunter, deutete auf den Leichnam und sagte: »Ihr seid der Experte, Meister Leonhard. Ich gebe mich geschlagen.«

»Um mich zu wiederholen: Von einem Mord im Wortsinn kann nicht die Rede sein«, nahm Struck den roten Faden wieder auf, ein selbstsicheres Lächeln im Gesicht. »Die Folterspuren am Körper sind zwar nicht zu übersehen, aber was die Muskulatur und den Rest der Gliedmaßen betrifft, kann von Anomalien und dergleichen nicht die Rede sein.«

»Und das bedeutet?«

»Muskulatur intakt, keine Knochenbrüche, keine weiteren Verletzungen von Bedeutung.«

»Spuren von Gift?«

Leonhard schüttelte den Kopf.

»Da soll mal einer schlau daraus werden.« Das Gesicht an die verrußte Decke gerichtet, ließ Berengar die Hand über den Nacken gleiten. Auch ihm hatten die Ermittlungen zugesetzt, in einem Ausmaß, wie er es zuvor nicht für möglich gehalten hätte. Der Bettelvogt auf das Übelste zugerichtet, bevor er – wie soeben vernommen – an den Folgen einer Herzattacke verstarb, der Stadtschreiber buchstäblich in den Wahnsinn getrieben, auch er für immer gebrandmarkt, von den Folterspuren erst gar nicht zu reden: Mit einem Mord, wie er unter Kriminellen gang und gäbe war, hatte das nichts zu tun. Hier steckte mehr dahinter als ein Streit unter Konkurrenten, zumindest das hatte sich als wahrscheinlich erwiesen.

Ansonsten jedoch alles beim Alten.

Nach wie vor keine heiße Spur.

»War's das, Meister Leonhard?« Die Hände auf den Rand des Katafalks gestützt, ließ Berengar den Blick auf dem Getöteten ruhen. »Wenn ja, würden wir uns jetzt empfehlen.«

»Zumindest fast«, entgegnete der Angesprochene zerstreut, blickte sich um, als sei er nach etwas auf der Suche, und trat auf das Stehpult neben dem Kopfende zu, um dessen Schublade mit einem Ruck zu öffnen. »Ich weiß ja nicht, ob Ihr mit dem Ding da etwas anfangen könnt«, murmelte er mit fragendem Blick, eine Mantelspange aus getriebenem Silber in der Hand, in die ein Engel mit gespreizten Flügeln eingearbeitet war. »Ich weiß zwar nicht genau, warum, aber nachdem sie den Leichnam bei mir abgeliefert hatten, habe ich mir die Stelle, wo er gefunden wurde, noch mal angeschaut. Einfach so.«

»Und warum sagt Ihr mir das erst jetzt?«

»Kein Grund, sich zu erhitzen, Herr Vogt«, gab der Leichenbeschauer gereizt zurück, drückte Berengar das Fundstück in die Hand und machte Anstalten, mit der Säuberung des Leichnams fortzufahren. »Hier, nehmt. Schade um das schöne Stück. Ich hoffe, Ihr könnt was damit anfangen – und viel Glück bei der Suche nach dem Besitzer!«

14

Sander Vorstadt, kurz vor Ende der fünften Stunde
[10.30 Uhr]

»Ich weiss, es klingt herzlos, Bruder: Aber dass es mit ihm ein böses Ende nehmen würde, das habe ich schon lange kommen sehen.« Waltraudis Fries war eine ehrliche Haut. Dafür bekannt, aus ihrer Meinung keinen Hehl zu machen. Bei den Nachbarn hatte sie ihren Ruf als Zankteufel weg, doch das focht die 34-jährige Herrschernatur nicht an. »Schaut her«, fuhr sie nach kurzem Nachdenken fort, während sie gemeinsam mit Bruder Hilpert durch ihren Ziergarten wandelte, »ein Mann wie Bartholomäus, der war für die Ehe nicht geschaffen, es fruchtet nicht, wenn man drumherum redet, das war einfach so. Am Anfang habe ich noch gedacht, die Dinge würden sich zum Guten wenden, aber seit er mit diesem … Wie lautete der Name des Bettelvogtes doch gleich?«

»Gunthram Schwertfeger.«

»Bekannt wie ein bunter Hund, wenn ich das mal so sagen darf.« Die matronenhafte Xanthippe, weit jenseits der Blüte ihrer Jahre, lachte verächtlich auf. Dann stapfte sie entschlossen auf die Kräuterbeete zu, die sich an der rückwärtigen Mauer ihres Anwesens befanden, umschwirrt von Bienen und Insektengetier, deren Gesumme die morgenklare Luft durchdrang. »Wie dem auch sei, er hat gewusst, worauf er sich einlässt, den Vorwurf kann man ihm nicht ersparen.«

»Genau deswegen bin ich hier.«

Am ersten der zwölf Beete angelangt, wo sich die Stängel der Madonnenlilien dem Licht entgegenreckten, beugte die Kräuterkundlerin aus Leidenschaft das Knie, zurrte das luftige Hausgewand zurecht, das ihr Körpervolumen dezent verbarg, und kam nicht umhin, einen Seufzer auszustoßen. »Aber nicht, um mir ein schlechtes Gewissen zu machen, hoffe ich?«

»Darf ich offen reden, gute Frau?«

»Ich bitte darum.«

In den Anblick der Kräuterbeete vertieft, mit der Bepflanzung in seinem Klostergarten nahezu identisch, wiegte Bruder Hilpert das ergraute Haupt. »Eure Privatangelegenheiten gehen mich nichts an. Das nur vorab. So sehr ich das Ungemach, das auf Euch lastet, bedaure.«

»Mit Verlaub, Bruder: Da gibt es nichts zu bedauern«, ließ Waltraudis mit unerschütterlichem Timbre verlauten, richtete sich mühsam auf und setzte die Inspektion ihrer Kräuterbeete fort, einer Priorin im Habit zum Verwechseln ähnlich. Der Hortulus war nach einem exakten Plan angelegt, mit einem Schöpfbrunnen in der Mitte, auf dem sich eine Statue der Muttergottes erhob. Gleich nebenan dann weitere Beete, unter anderem mit Salbei und Johanniskraut bepflanzt, Letzteres dazu bestimmt, die Dämonen zu bannen. »Mein Mann und ich, wir beide waren wie Feuer und Wasser – oder wie Katz und Maus, der Vergleich trifft es vermutlich besser.«

»Wobei Ihr die Katze wart?«

»Könnte man so sagen, Bruder. Um es offen auszusprechen: Mein Mann war ein Polygamist, wie er im Buche stand, und wenn er brünstig wurde, dann gab es für ihn kein Halten mehr. Ein Weiberrock hat genügt, und der Verstand ging bei ihm flöten, so harsch das in Euren Ohren auch klingen mag.«

»Ich schlage vor, wir wechseln das Thema.« An pikanten Details nicht interessiert, nahm Bruder Hilpert den Gesprächsfaden wieder auf. »Die Beziehung Eures Mannes zu Gunthram Schwertfeger, wie würdet Ihr sie beschreiben?«

»Als verhängnisvoll«, erwiderte die Witwe, die nicht trauerte, mit scharfem Ton, während das Klackern ihrer Holzpantinen auf dem Kiesweg widerhallte. »Gelinde ausgedrückt, denn über Tote soll man ja nichts Böses sagen.«

»Und das bedeutet?«

»Um mit den Worten meines Mannes zu reden, die beiden hatten geschäftlich miteinander zu tun. Falls Ihr versteht, was ich damit andeuten möchte.«

»Leider nein«, mimte Bruder Hilpert den Ahnungslosen, seit jeher ein probates Mittel, um seine Gesprächspartner aus der Reserve zu locken. »Erklärt Euch näher, Ihr tätet mir einen großen Gefallen damit.«

»Ich mir selbst aber nicht, wenn Ihr die Bemerkung gestattet.«

Bruder Hilpert zuckte fragend mit den Achseln.

»Was ich damit zum Ausdruck bringen möchte, ist: Die Rumhurerei war eine Sache, aber bei weitem nicht so schlimm wie seine Mauscheleien.« Eine Gießkanne in der Hand, um ein Pflanzbeet mit purpurroten Mariendisteln zu besprenkeln, blickte Waltraudis unvermittelt auf. »Pietätvoll formuliert.«

»Und was hat man darunter zu verstehen?«

»Dass mein Mustergatte nicht davor zurückschreckte, mit Kriminellen gemeinsame Sache zu machen.«

»Inwiefern?«

»Indem er sich dazu hergab, Handlangerdienste zu leisten. Als Gegenleistung für die Handsalben seines Gönners, so viel zum Thema Geschäfte.«

»Die Handsalben, von denen Ihr spracht …«, setzte Bruder Hilpert zu einer Erwiderung an, wurde jedoch harsch unterbrochen.

»Halt, ich muss mich korrigieren: Es war nicht etwa so, dass Bartholomäus das Geld auf die Hand bekam. Die beiden hatten ein Arrangement, und zwar dahingehend, dass sich Schwertfeger dazu bereiterklärte, meinen Gatten als stillen Teilhaber einzusetzen. Im Klartext bedeutet das: An den Lizenzgebühren, die von den Bettlern per annum zu entrichten waren, war mein Mann im Verhältnis von eins zu drei beteiligt. Das bedeutet, pro Jahr hat er circa 100 Gulden eingesackt.«

»Als Gegenleistung wofür?«

»Er hat darüber hinweggesehen, dass doppelt so viele Bettler auf Beutezug waren als erlaubt – ohne Wissen und Billigung des Magistrats, versteht sich.«

»Die von Schwertfeger nach Kräften ausgebeutet wurden.«

»Ihr sagt es, Bruder.«

»100 Gulden jährlich, einfach so nebenher – kein schlechtes Zubrot.«

Am Brunnenrand postiert, um die Gießkanne nachzufüllen, stieß die Matrone einen vergrämten Seufzer aus. »Aber nicht genug, um seinen Bedarf zu decken. Und um seine Gespielinnen mit Preziosen zu verwöhnen. Kurzum, er hat die Gulden gleich beutelweise zum Fenster hinausgeworfen – und besaß die Dummheit, den Bettelvogt um einen Kredit anzugehen. Den Letzterer huldvoll bewilligt zu haben scheint.«

»Jedoch nicht ohne von Eurem Gatten eine Gegenleistung einzufordern – ich verstehe«, nahm Bruder Hilpert die Pointe seiner Gesprächspartnerin vorweg, schloss zu ihr auf und fragte: »Und woher wisst Ihr so gut Bescheid? Ich meine, Euer Gatte wird es Euch schwerlich gebeichtet haben.«

Waltraudis lachte ernüchtert auf. »Natürlich nicht, wo denkt Ihr hin. Tja, so ist das nun mal: Manchmal haben die Wände Ohren, vor allem in der eigenen Wohnstube.«

Bruder Hilpert stimmte schweigend zu.

»Kein Wunder, dass er keinen anderen Ausweg gesehen hat, als Hand an sich zu legen, bei dem Sündenregister wundert mich überhaupt nichts mehr.«

So es sich um einen Suizid gehandelt hat, dachte der Bibliothekarius bei sich, zog es jedoch vor, mit seinem Verdacht hinterm Berg zu halten. »Wenn Ihr gestattet, gute Frau: Eine Frage brennt mir noch auf der Zunge.«

»Nur eine?«

»Die Handlangerdienste, von denen schon verschiedentlich die Rede war, was genau wäre darunter zu verstehen?«

»Es gab Gerüchte.«

»Welchen Inhalts?«

Die angewinkelten Arme an die Hüften gepresst, wich die Matrone den Blicken des Bibliothekarius aus. Die Verbitterung war ihr ins Gesicht geschrieben, und wie es aussah, würde das auch so bleiben. »Über Dinge, die auf keinen Fall publik werden dürfen«, fügte die frühzeitig Gealterte hinzu, die Hand auf der Stirn, um den hämmernden Kopfschmerz zu vertreiben. »Weder im Kleinen noch im Großen.«

»Und Ihr wollt mir wirklich nicht sagen, worum es sich …«

»Doch, Bruder!«, brach es mit Macht aus der Stadtschreibersgattin heraus, deren Gesichtsfarbe derjenigen einer Greisin glich. »Die Wahrheit ist: Mein Mann war sich nicht zu schade, den Kuppler zu spielen – und zwar einen der besonderen Art.«

»Und was genau wäre darunter zu verstehen?«

Waltraudis lächelte schief. »Bei allem Respekt vor Eurer Person, aber könnt Ihr Euch das nicht denken?«

Bruder Hilpert erbleichte. »Soll das etwa heißen, Euer Gemahl war daran beteiligt, anstatt …«

»Anstatt von Dirnen, die gerade in letzter Zeit wie Heuschrecken über die Stadt hergefallen sind, sowohl Knaben als auch Maiden an den Mann zu bringen, ganz richtig«, versetzte die Matrone mit erstickter Stimme, kaum imstande, ihrem Gesprächspartner in die Augen zu schauen. »Da fehlen einem die Worte, hab ich recht?«

Der Bibliothekarius deutete ein Nicken an. »Ihr habt recht: Bei so etwas versagt einem die Sprache«, fügte er geraume Zeit später hinzu und kam nicht umhin, die Handflächen über das leichenblasse Gesicht gleiten zu lassen. »Und der Verstand gleich mit dazu, vor allem, wenn es darum geht, über das Warum nachzugrübeln.«

»Bitte verzeiht, wenn ich mich so unumwunden ausdrücke, aber wenn ich mir überlege, um was für Menschen es sich bei den Kunden meines Mannes gehandelt zu haben scheint, dann … dann …« Bleich wie der Tod, brach Waltraudis unversehens ab. »Dann bin ich mir sicher, dass es keine sind.«

Bruder Hilpert erhob keine Einwände, erschütterter denn je zuvor. »Ich frage mich, wer ist zu so etwas imstande«, sinnierte er mit belegter Stimme vor sich hin. Eine Frage, auf die es keine Antwort zu geben schien. Gewiss, bei Griechen und Römern gleichermaßen waren derlei Abscheulichkeiten an der Tagesordnung gewesen, aber naiv, wie er nun einmal war, hatte er geglaubt, ein Christenmensch sei dagegen gefeit. Ein Irrtum, wie er schwerwiegender nicht hätte sein können, und eine Illusion weniger, die er in Bezug auf seine Mitmenschen nährte. »Wer wäre bereit, seinen guten Ruf aufs Spiel zu setzen, um diesen widerwärtigen Lockungen des Fleisches zu frönen, das wüsste ich nur zu gern.«

»Ich kann Euch beruhigen, Bruder: Um an den Richtigen zu kommen, müsstet Ihr nur eine kurze Strecke Weges gehen. Um dort zu landen, wo die Notablen unter sich sind. Um so zu tun, als könnten sie kein Wässerchen trüben. Je weiter oben, desto verluderter, mehr kann und möchte ich dazu nicht sagen. Wisst Ihr, auch wenn ich nur wenig zu lachen hatte, hänge ich doch an meinem bisschen Leben – mit einem Dolch zwischen den Rippen zu enden käme mir höchst ungelegen.«

»Wäre es nicht besser, Ihr machtet reinen Tisch?«

Waltraudis Fries wehrte kategorisch ab, auf dem Rückweg zu ihrem Haus neben dem Reuerinnenkloster, in das sie sich in Kürze zurückziehen würde. »Dies ist nicht mehr meine Welt, Bruder. Gehabt Euch wohl – und viel Erfolg bei Eurer Suche!«

15

Mainviertel, zur gleichen Zeit
[10.30 Uhr]

»Jetzt hör mir mal gut zu, du halbe Portion«, herrschte Berengar den verlotterten Schankgehilfen an, packte ihn am Kragen und drückte ihn gewaltsam auf den Tresen, ohne Rücksicht auf den irdenen Weinkrug, dessen Inhalt auf den schmutzverkrusteten Estrich schwappte. »Entweder du packst jetzt aus, oder ich verpasse dir eine Abreibung, die du ein Lebtag nicht mehr vergisst.«

»Was … Was wollt Ihr eigentlich von mir?«, stieß der triefäugige Galgenvogel hervor, ein Vertrauter des ermordeten Vogtes, wie Berengar bei den Nachbarn in Erfahrung gebracht hatte. »Lasst mich los, verdammt noch mal, ich habe doch nichts verbrochen!«

»Da habe ich aber ganz andere Sachen gehört«, ließ sich der Recke durch das Gejaule nicht beirren, verstärkte seinen Griff und knurrte: »Und jetzt beantworte meine Frage, Afterballen mit Ohren, oder du lernst mich kennen. Trifft es zu, dass du Schwertfegers Mann fürs Grobe gewesen bist? Antworte, oder es gibt was auf die Kinnlade!«

»Ich weiß wirklich nicht, wovon Ihr …«

»Willst du, dass deine Zahnlücke noch größer wird, ja oder nein?« Kein Freund von zeitraubenden Dialogen, hielt Berengar dem Narbengesicht die Faust vor den Mund. »Ich zähle jetzt bis drei, und wenn du dann nicht gesprächiger wirst, kannst du dir schon mal einen Breilöffel besorgen.

Also: Dass du die rechte Hand von Schwertfeger warst, das pfeifen die Spatzen von den Dächern. Versuch also nicht, mir weiszumachen, an den Gerüchten sei nichts dran. Was der Hundsfott von einem Bettelvogt auf dem Kerbholz hatte – der Satan möge sich seiner erbarmen –, darüber bin ich längst im Bilde. Von Interesse ist für mich etwas anderes, und zwar die Beziehungen, die er zum hiesigen Stadtschreiber unterhielt. Der Name Fries ist dir doch sicherlich ein Begriff, oder?«

»Entfernt.«

»Im Angstloch sind noch Plätze frei. Aber das nur am Rande.« Berengars Blick verdüsterte sich. »Und jetzt sei ein braver Junge und erzähl dem fremden Onkel, was Sache ist. Was hatten die beiden miteinander zu schaffen, raus mit der Sprache!«

»Beim Anus von Satans Großmutter: Ich weiß es nicht«, würgte der verlotterte Spitzbube hervor, zappelnd wie ein Fisch auf dem Trockenen, für den es keine Chance zum Entrinnen gab. »Schlagt mir meinetwegen die Zähne ein, wenn Euch danach ist. Bei mir seid Ihr an der falschen Adresse.«

»Du lügst.«

Ein nicht enden wollendes Kopfschütteln, begleitet von wilden Zuckungen. »Was kann ich denn dafür, wenn Ihr mir nicht glaubt«, hechelte der Halbweltler gepresst, dessen Arme den Tentakeln einer Krake glichen. »Gunthram hatte keine Geheimnisse vor mir. Mag sein. Aber den Namen Fries, den höre ich zum ersten Mal. Wüsste ich Bescheid, was es mit ihm auf sich hat, dann hätte ich es Euch längst gesagt.« Der einschlägig bekannte Hehler, in dessen Ohrläppchen ein echter Goldring steckte, rollte flehentlich mit den Augen. »Ehrlich.«

»Nimm das als Warnung, du hinterhältiger Wurm«, stieß Berengar schwer atmend hervor, riss den wie ein Aal zappelnden Ganoven in die Höhe und konnte dem Drang, ihm eine schallende Backpfeife zu verpassen, am Ende nicht widerstehen. »Damit du nicht auf dumme Gedanken kommst. Die Maulschelle war überfällig, das siehst du hoffentlich ein. Wenn es dich nach mehr verlangt, du musst es mir nur sagen. Für jemanden wie dich tue ich alles, das weißt du doch, oder?« Die Hand an der Kehle seines Opfers, griente Berengar frohgemut in die Runde. »Hübsch hast du es hier, da könnte man ja glatt neidisch werden. Sieht so aus, als sei der Laden eine Goldgrube, oder befinde ich mich da im Irrtum?«

»Schade, dass er mir nicht gehört.«

»Keine Sorge. Was nicht ist, kann ja noch werden.«

Der Hehler schaute verdutzt. »Tut mir leid, aber …«, setzte er zögernd zu einer Antwort an, die Augen von einem wässrigen Film bedeckt. »Bedaure, aber momentan kann ich Euch nicht folgen.«

»Das wird sich geben, nur keine Bange«, retournierte Berengar entspannt, stieß den Halbweltler angewidert von sich und schlenderte entspannt zur Tür. »So, und jetzt sperr gefälligst deine Ohren auf. Ich gebe dir drei Stunden Zeit, um die nötigen Erkundigungen einzuholen. Thema: die Geschäftsbeziehung deines Komplizen zu Bartholomäus Fries, Schreiber in Diensten des Magistrats. Und versuch gar nicht erst, dich aus dem Staub zu machen, ein Halunke wie du fällt auf wie ein bunter Hund.«

»Und was, wenn …«

»Lass mich gefälligst ausreden, Narbengesicht!« An der Tür der Schänke angelangt, warf Berengar einen Blick nach draußen, wandte sich um und warf seinem Gesprächspartner einen Blick zu, der selbst hartgesottene Naturen zum Einlenken bewogen hätte. »Ich will es mal so ausdrücken, du tumber Tor: Entweder du tust, was ich dir sage, und ermannst dich, reinen Tisch zu machen, oder ich sorge dafür, dass du vor den Kadi kommst. Angeklagt wegen Mordes aus Habgier, na, wie hört sich das für dich an?«

»Aber ... aber das könnt Ihr doch nicht machen, Herr«, setzte sich der Ganove mit ungläubigem Blick zur Wehr, sichtlich unter Schock, die blutunterlaufenen Augen weit aufgerissen. »Warum glaubt mir denn keiner, verdammt noch mal! Mit Gunthrams Geschäften hatte ich nichts zu tun, das hat nur er zu verantworten, nicht ich.«

»Hatte.«

»Was kann ich denn dafür, wenn sie ihn zu Tode ge...«, platzte der Schlacks mit panischem Augenaufschlag heraus, brach die Replik jedoch unvermittelt ab.

Die Hand auf der Klinke, setzte Berengar ein hintergründiges Lächeln auf, sichtlich in seinem Element, wie der gekräuselte Mundwinkel bewies. »Siehst du, genau das ist der Punkt. Geht man nach dem cui-bono-Prinzip, dann erhebt sich ein schlimmer Verdacht. Frage an die Schöffen vor Gericht: Wäre es nicht denkbar, dass du es warst, der Schwertfeger über die Klinge springen ließ, um ihn als Schankwirt *Zum letzten Hemd* zu beerben? Denkbar auch, dass du den Mord an deinem Kumpanen in Auftrag gegeben hast, wäre ja nicht das erste Mal, dass sich Angehörige deiner Zunft an die Gurgel gehen. Wenn es um Geld geht, hört die Freundschaft auf, an dem Spruch ist wahrhaftig etwas dran. Und wer weiß, vielleicht wolltest du den Fettwanst auch beerben, alt genug bist du ja dazu. Und gewieft genug sicher auch. Also was ist: Packst du jetzt endlich aus, oder überlässt du es mir, dich zu deinem Glück zu zwingen? Damit du Bescheid weißt, an mir haben sich schon ganz andere die Zähne ausgebissen, und um ganz ehrlich zu sein: Lumpenkerle wie du sind meine Spezialität, mit denen werde ich im Handumdrehen fertig. Und was die Kniffe betrifft, mit denen man einen Richter für sich einnehmen kann, mit derlei Finten kenne ich mich aus, worauf du einen fahren lassen kannst.«

»Das … aber das … das kann doch nicht Euer Ernst …«

»Einen Augenblick, ich bin noch nicht fertig!« Berengar lächelte verschmitzt. »Glaub mir, um zu wissen, wie man die Verantwortlichen vor Gericht um den Finger wickelt, bin ich lange genug im Geschäft. Wem, denkst du, werden die Talarträger mehr glauben, dir oder mir? Im Klartext: Wenn du so weitermachst wie bisher und deine Spielchen mit mir treibst, dann wirst du deines Lebens nicht mehr froh – so man sich nicht entschließt, dich am Galgen baumeln zu lassen!«

16

Domschule, zwischen sechster und siebter Stunde
[11.20 Uhr]

»Aber Kilian, das kannst du doch nicht machen«, begehrte Radegundis energisch auf, wartete ab, bis eine vorbeihumpelnde Bettlerin außer Hörweite war, und umklammerte das Handgelenk des Domschülers, um ihn umzustimmen. Vom Kürschnerhof kommend drangen Choräle an ihr Ohr, unterbrochen vom Jubilieren der Pilger, die sich zu Hunderten auf der beengten Freifläche drängten. Doch dafür hatte Radegundis kein Ohr, gab es für sie doch Wichtigeres, als sich ausgerechnet jetzt unter die Schaulustigen zu mischen. »Sieh mal, wenn du jetzt hergehst und dich von deinen Kameraden lossagst, dann werden sie nicht einfach Ja und Amen dazu sagen. Du weißt doch, wozu sie fähig sind, oder willst du es am eigenen Leib erfahren?«

»Klar weiß ich das. Vor allem was unseren selbst ernannten Wortführer betrifft.« Kilian Schneidbrenner, aus einfachen Verhältnissen stammend, wiewohl drei Jahre in Folge Jahrgangsbester, wich dem Blick der 15-jährigen Wirtstochter aus, zurrte seinen dunklen Talar zurecht und zuckte entmutigt mit den Achseln. Dass man ihn als Judas beschimpfen und mit Schmähungen überhäufen würde, um ihn unter Druck zu setzen, darauf hatte er sich eingestellt. Was jedoch gerade der Meister dazu sagen würde, wenn er bei ihm vorsprach, um ihm seinen Entschluss mitzuteilen, das stand auf einem anderen Blatt. Sie hatten geschworen, nicht zu ruhen, bis die Schuldigen ihre gerechte Strafe bekämen. Und zwar alle miteinander, ohne Ausnahme, auf dass ihre Untaten gesühnt würden.

Es sei an der Zeit, so der Meister, die Höllenbrut vom Angesicht der Erde zu tilgen, nichts wichtiger, als das Recht in die eigenen Hände zu nehmen. Davon abgesehen dürfe man nicht den Fehler begehen, auf Hilfe seitens des Magistrats zu hoffen. Denn der werde einen Teufel tun, die Schuldigen zur Verantwortung zu ziehen. Manus manum lavat, so laute nun einmal die Devise, ein Tor derjenige, der sein Vertrauen in die Göttin Justitia setze.

Vertrauen, ein hehres Wort.

Der Zeit um einen halben Tag voraus, wurde dem Zögling der Domschule bang ums Herz, und wie er so vor sich hin sinnierte, wurde er vom Gift des Zweifels durchströmt. Was, wenn die Bemühungen, der Lüstlinge habhaft zu werden, im Sand verliefen? Weil er, Kilian Schneidmüller, ein gerütteltes Maß an Mitschuld trug? Und weil er Angst vor der eigenen Courage bekam? Ausgerechnet jetzt, kurz vor dem ersehnten Ziel?

Doch egal, was noch passierte, egal, aus wessen Blickwinkel man den Fall betrachtete, ab heute gehörte er nicht mehr dazu. An der Tatsache gab es nichts zu rütteln. Ab heute zählte er zu den Geächteten, gebrandmarkt als gewissenloser Verräter, der meistgehasste Eleve weit und breit. Fehlten nur noch die 30 Silberlinge, und der Sendbote des Leibhaftigen war perfekt.

Fazit: Das Unternehmen stand am Scheideweg. Gut möglich, dass es die eigene Fettleibigkeit gewesen war, die dem Bettelvogt am Ende zum Verhängnis wurde. Am Faktum, dass er zuvor verschleppt, an einen geheimen Ort gebracht und zwecks Preisgabe von Namen gefoltert worden war, änderte der Befund jedoch nicht viel. Um die Spinnweben zu entfernen, hinter denen sich die wahren Schuldigen verbargen, hatten die Rachedurstigen ein hochnotpeinliches Verhör durchgeführt und dabei Methoden angewandt, wie sie denjenigen der Inquisition in nichts nachstanden. Zugegeben, der Stadtschreiber hatte nicht gezögert, die Namen seiner betuchten Klienten preiszugeben, von denen sich noch ganze sechs in Sicherheit wähnten. Von Mord konnte also auch hier keine Rede sein, ein – wenngleich schwacher – Trost für ihn. Die Rache bis zur Neige auskosten, als sei nichts geschehen: ein Ding der Unmöglichkeit für ihn.

Fazit: Es war genug.

Mehr als genug sogar.

Von der Meinung würde er sich nicht abbringen lassen. Weder durch Worte noch durch Drohungen noch durch den Versuch, ihn zu erpressen.

Alea iacta est.

Der Würfel war gefallen.

Von nun an würde er eigene Wege gehen. Und das bedeutete, die Zeit an der Domschule war zu Ende. Einen Weg zurück würde es für ihn nicht geben, nur noch ein paar Stunden, und er hatte es geschafft.

Et ne nos inducas in tentationem, sed libera nos a malo.

Erlöse mich von dem Bösen.

Denn es ist überall, auch in mir, so sehr ich mich gegen den Gedanken sträube.

Tief in Gedanken, stieß Kilian einen lang gezogenen Seufzer aus. »Wie dem auch sei, mit offenen Armen werden sie mich nicht empfangen.«

»Sieht mir nicht danach aus.«

Der Domschüler blickte unvermittelt auf. Wie schön Radegundis doch war. Die Gesichtszüge wie von Meisterhand gemalt, das Haar am Hinterkopf zu einem Knoten zusammengesteckt, die Mandelaugen blassblau schimmernd, von fein geschwungenen Brauen überwölbt, der Schmollmund leicht geöffnet, Präludium des für sie typischen Lächelns, das dafür sorgte, dass er alles um sich herum vergaß. Kein Wunder, dass sich die Männer nach ihr umdrehten, auch wenn sie nur ein abgetragenes Wollkleid trug. Erst 15, und schon so anziehend – glücklich derjenige, den sie in ihr Herz geschlossen hatte. »Du meinst also, sie werden …?«

Und wehe demjenigen, der das Pech hatte, sie zum Feind zu haben.

»Was geschieht, wenn du dich in die Höhle des Löwen begibst, das will ich mir lieber nicht vorstellen«, erwiderte die Wirtstochter bedrückt, den Blick auf die Pforte der Domschule gerichtet, aus deren Zimmerfluchten kein Laut ins Freie drang. Fast schien es, als stehe das Gemäuer leer, umschwirrt von zahllosen Mauerseglern, die sich die Kragsteine an der Fassade als Ausguck erkoren. Hier und da waren noch jauchefarbene Regenpfützen zu sehen, eine Reminiszenz an das Unwetter vom Vortag, das die Gasse in eine schlammverkrustete Ödnis verwandelt hatte. »Überleg dir genau, was du tust, mehr kann ich dazu nicht sagen.«

»Ich fürchte, da gibt es nicht viel zu überlegen«, räumte der Domschüler achselzuckend ein, fuhr mit dem Zeigefinger über die Stirn des Mädchens, um eine rotblonde Haarsträhne beiseitezustreichen, und ließ das Kinn auf den breiten Brustkorb sinken. »Entweder ich mache reinen Tisch oder …«

»Oder du beschließt, dich an den Magistrat zu wenden, so schnell es irgend geht.«

»Auf keinen Fall«, wehrte der Jüngling das Ansinnen ab, die fein geschnittenen Züge von Sorgenfalten zerfurcht.

»Überleg doch mal, Radegundis: Wenn ich das mache – und sei es auch im Vertrauen –, dann riskiere ich, dass die Päderasten Wind davon bekommen. Du weißt doch, eine Krähe hackt der anderen kein Auge aus, und wie ich den Bürgermeister kenne, wird er Himmel und Hölle in Bewegung setzen, um die Zustände an der Schule unter den Teppich zu kehren.«

»Meinst du wirklich?«

»Was hast du denn gedacht! Glaubst du allen Ernstes, der traut sich an die Schweinehunde heran, dazu sind die doch viel zu mächtig. Denk nur mal an die Namen auf der Liste, einer bedeutsamer als der andere. Ich sage dir eins, die da oben halten zusammen wie Pech und Schwefel. Mach dir da mal keine Illusionen.«

»Und dein Vater, was ist mit dem?«

»Der ist weit weg«, versetzte Kilian bestimmt, einem Südländer zum Verwechseln ähnlich, wie die mediterrane Hautfarbe suggerierte. »Keine Ahnung, wie ich ihm das alles beibringen soll.«

»Du bist also fest entschlossen?«

Der Jüngling nickte entschieden mit dem Kopf.

Radegundis seufzte bekümmert auf, nahm den Kopf des Eleven zwischen die Hände und sah ihm lange und eindringlich ins Gesicht. Erst viel später, nach schier endlos währendem Schweigen, fasste sie sich ein Herz, küsste Kilian auf die Stirn und machte Anstalten, den Nachhauseweg anzutreten. »Jetzt muss ich aber wirklich gehen. Wenn mein Vater erfährt, wo ich mich rumgetrieben habe, dann prügelt er mich zur Stadt hinaus.«

»Das wird er nicht wagen. Oder er bekommt es mit mir zu tun.«

Radegundis lächelte matt, die Mundwinkel leicht nach

unten gebogen, wie in Vorahnung drohenden Ungemachs. »Du lässt also von dir hören, wie abgemacht?«

»Aber natürlich, du kannst dich darauf verlassen.« Auf dem Weg zur Pforte, die sich mit einem Knarren vor ihm auftat, drehte sich der Angesprochene auf dem Absatz um, eine Kopie des Lächelns von Radegundis im Gesicht, von der er mit einer Kusshand Abschied nahm. »Das heißt, wenn ich noch dazu komme«, ergänzte der Studiosus bedrückt, einen dicken Kloß im Hals, an dem er noch eine Weile herumlaborieren würde.

Dann drehte er sich um und ward nicht mehr gesehen.

»Schau mal, die zwei da vorn an der Ecke – sind sie nicht allerliebst?«, unterbrach Bruder Hilpert das Gespräch mit dem Vogt, unterwegs zu seiner ehemaligen Schule, um die Erinnerungen an vergangene Tage wachzurufen. Die Tatsache, dass die Anstalt über eine Sammlung kostbarer Handschriften verfügte, ließ sein Herz schon im Vorfeld höher schlagen, ging ihm die Arbeit an einem Buch doch über alles. Nichts schöner, als am Stehpult im heimatlichen Skriptorium zu verweilen, in Gesellschaft einer Vielzahl von Gleichgesinnten, die ihr Leben in den Dienst der Schreibkunst stellten, darunter Leute von hervorragendem Ruf, die als Kopisten, Rubrikatoren und Illustratoren tätig waren. Und nichts angenehmer, als in den Regalen einer Bibliothek herumzustöbern, auf der Suche nach neuen Erkenntnissen, zum Ruhm und der Ehre des Ordens. »Zwei Turteltauben, wie sie unschuldiger nicht sein könnten, dass es so etwas überhaupt noch gibt. Amor vincit omnia – da sieht man es mal wieder.«

»Jetzt krieg dich mal wieder ein, das sind ja noch halbe Kinder.« Der Vogt schüttelte unwillig den Kopf. »Von wegen Liebe, was wissen die denn schon darüber.«

»Eine ganze Menge, wie mir scheint«, gab Bruder Hilpert lächelnd zu bedenken. Das traute Bild rief eine Flut von Erinnerungen in ihm wach, und je länger er die Szene auf sich wirken ließ, desto mehr fühlte er sich in seine Schulzeit zurückversetzt. Und desto wehmütiger wurde ihm ums Herz, allen Versuchen, den Kopf wieder freizubekommen, zum Trotz. »Was ist denn auf einmal los mit dir, du bist doch nicht etwa unter die Moralisten gegangen?«

»Mitnichten.«

»Aber?«

»Wir sind hier, um einen Mordfall zu lösen, oder hast du das schon wieder vergessen?«, grummelte Berengar verdrossen vor sich hin, schwieg sich aus, bis die ansehnliche junge Maid an ihm vorübergeeilt war, um den Weg zum überfüllten Kürschnerhof einzuschlagen, und sah seinen Gefährten kopfschüttelnd an. »Sag mal, findest du es eigentlich in Ordnung, dass … Ich meine, sind die beiden nicht viel zu jung?«

»Darauf kommt es nicht an.«

»Merket auf, ihr frommen Pilger – der Experte in Sachen Minnedienst hat das Wort«, lästerte der Vogt in bewährter Manier drauflos, ein Spötter vor dem Herrn mit Seltenheitswert. »Und so was ist Mönch – ich bin entsetzt!«

»Du wirst lachen, ich auch«, bereitete der Bibliothekarius dem Spott ein Ende, wich einer Katze aus, die Jagd auf Ratten machte, und beschleunigte seinen Schritt. »Wenngleich aus anderen Gründen als du. Ziehen wir also Bilanz: Was wissen wir?«

»Zumindest mehr als gestern Abend, das wäre ja immerhin etwas.«

»Stimmt.«

»Fehlt nur noch eine heiße Spur, aber was nicht ist, kann ja noch werden. Zusammengefasst bedeutet dies: Wir sind nah dran, das habe ich im Gefühl.«

»Und was, wenn du dich irrst?«

Der Vogt setzte ein spitzbübisches Grinsen auf. »Jetzt sieh es doch endlich ein, Federfuchser: Koryphäen wie ich irren sich nie.«

»Schön wär's.«

»Um mit den Worten meines langjährigen Freundes zu reden: Jeder Halunke macht mal Fehler, der eine früher, der andere erst kurz vor der Enttarnung.«

»Du hast es von der Mantelspange, nehme ich an?«

»Exakt«, erwiderte der Vogt, griff in die Tasche, um das Corpus Delicti hervorzukramen, und drückte es Hilpert in die Hand. »Geht man davon aus, dass sie von einem der oder von dem Täter stammt, ist, wenn man das Schmuckstück betrachtet, von einem Schuft mit Geld wie Heu auszugehen. Sieh dir mal die Verzierungen an, ich bin mir sicher, die Spange hat ein Heidengeld gekostet. Wer sich so was leisten kann, dem purzeln die Gulden nur so aus dem A… äh … der muss zur gehobenen Gesellschaft gehören, wollte ich damit sagen. Und was den Engel mit den gespreizten Flügeln betrifft, mir scheint, daran hat sich ein Meister seines Fachs versucht. Ich verstehe zwar nicht viel davon, aber wenn ich mir die Preziose so anschaue, dann würde ich den Wert auf hundert Gulden schätzen. Oder sogar auf mehr, je nach Silbergehalt.«

Auf dem Vorplatz der Domschule angelangt, blickte sich der Vogt nach allen Seiten um. Gefahr schien jedoch nicht im Verzug zu sein, sah man von einem gebeugt gehenden Hausierer ab, der seinen Bettelnapf leerte, bevor er weiterzog. Davon abgesehen ließ sich niemand blicken, mit Ausnahme eines schlammbespritzten Ebers, der laut grunzend zwischen den Schmutzlachen hin und her trottete. Im Gegensatz zum Vortag war die Hitze abgeflacht, und das Gleiche galt für die Gerüche aus dem Rinnstein, von denen man nirgendwo verschont geblieben war. »Was hältst du davon, wenn wir uns an einen Goldschmied wenden? Gesetzt den Fall, die Spange stammt aus einer hiesigen Werkstatt, würde uns das sicherlich weiterhelfen.«

»Gute Idee.«

»Freut mich, dass wir einer Meinung sind«, stimmte Berengar lächelnd zu. Und karrte mit verschmitzter Miene nach: »Jetzt guck dir das mal an, sind die beiden nicht allerliebst?«

»Du schweifst ab, Berengar«, tadelte Bruder Hilpert seinen Freund, den Blick auf die davonpreschende Katze gerichtet, in deren Maul sich eine wild zappelnde Ratte befand. »Auf den Arm nehmen kann ich mich auch selbst, nur fehlt mir momentan die Lust dazu. Um auf die Spange zurückzukommen: Was deine Schlussfolgerung betrifft, schließe ich mich ihr an. Sieht so aus, als sei der Bettelvogt an den Falschen geraten – oder an *die* Falschen, was ich für weitaus wahrscheinlicher halte. Fazit: Nach Lage der Dinge ist davon auszugehen, dass es sich bei den zu Tode Gekommenen um enge Geschäftspartner handelt. Und zwar um solche der besonderen Art. Tatsache ist, der Stadtschreiber hat über seine Verhältnisse gelebt, und das, obwohl es ihm an Geld nicht gemangelt zu haben scheint. Zumindest zeitweilig, als er eine Dotation aus den Händen des Vogtes bezog. 100 Gulden per annum im Austausch für die Zusicherung, über die Mauscheleien von Schwertfeger hinwegzusehen. Wie viele Bettler daraufhin illegal in die Stadt gelangt sind und wie viel der Vogt an ihnen verdient hat, darüber kann man im Moment nur spekulieren. Fest steht indes, das Geschäft zu beiderseitigem Nutzen wurde nicht bemerkt, was kein gutes Licht auf den Magistrat und dessen Subalterne wirft. Dumm nur, dass Fries den Rachen nicht voll bekam, sprich, dass er die Gewohnheit besaß, mit Geld und Preziosen nur so um sich zu werfen. Was ihn dazu veranlasst hat, seinen Geschäftspartner um weitere Handsalben anzugehen, eine Bitte, die auf offene Ohren stieß. Freilich unter der Bedingung, der Stadtschreiber würde als eine Art Kuppler fungieren, und zwar nicht nur in der herkömmlichen Form, um es beschönigend auszudrücken. Denn schenkt man den Worten seiner Gattin Glauben, wogegen meiner Ansicht nach nichts einzuwenden ist, dann hatte Fries eine ganz spezielle Kundschaft im Visier, mit Vorlieben, über die es sich nicht zu reden ziemt.«

»Gemeinhin unter dem Begriff ›Päderasten‹ bekannt, sprich es ruhig aus, mich wirft ohnehin nichts mehr aus der Bahn.«

»Geht mir genauso, Federfuchser. Aber das löst nicht unser Problem.«

»Wohl gesprochen, mein Freund«, fuhr Hilpert gedankenverloren fort, überquerte den Bruderhof und steuerte auf die Pforte der Domschule zu, selbst jetzt, um die Mittagszeit, immer noch fest verschlossen. Die Grabesstille im Inneren machte seine Missstimmung perfekt, und wie um dies zu illustrieren, begann sein Atem deutlich rascher zu gehen. Die Reminiszenzen an seine Jugend waren verschwunden, und was blieb, war ein Gefühl der Leere, als habe es die Zeit, die er in dem festungsartigen Gemäuer verbracht hatte, nie gegeben. »Na dann wollen wir mal«, murmelte Hilpert wie im Selbstgespräch vor sich hin, begleitet vom Hämmern des Klopfrings, der wie ein Rammsporn auf die eisenbewehrte Pforte prallte. »Bin gespannt, was uns an Überraschungen erwartet!«

»Ich auch«, versetzte Berengar erwartungsvoll, die Hand auf seinem Schwertknauf, als rüste er zu einem Kampf. »Wir sind auf der richtigen Spur, das habe ich im Gefühl!«

17

Neumünster, eine Viertelstunde später
[11.35 Uhr]

MERKWÜRDIG, DASS AUSGERECHNET er es mit der Angst zu tun bekam. Stand er doch im Ruf, einer der abgefeimtesten Halunken in der Stadt zu sein.

Ein Schurke, der vor nichts zurückschreckte.

Nicht einmal davor, einen Mord auf Bestellung auszuführen.

Spitzbube hin oder her, als er die Kirche betrat, schnürte es ihm die Kehle zu. Ein Gefühl, wie er es bis dato nicht gekannt hatte. Von klein auf war er es gewohnt gewesen, seinen Willen durchzusetzen.

Und nun dies.

Das sollte mal einer begreifen.

Er hatte früh gelernt, sich zu behaupten. Die Halbwüchsigen in der Karmelitengasse, unter denen er Angst und Schrecken verbreitete, sie alle wussten ein Lied davon zu singen. Das Gleiche traf auf die älteren Geschwister zu, die er gelehrt hatte, was ihnen blühte, wenn man sich ihn zum Feind machte. Auch sein Erzeuger, jähzornig, trunksüchtig und Stammgast beim Frauenwirt im Graben, war nicht imstande gewesen, ihn Mores zu lehren. Einem versoffenen Tagelöhner mit Respekt zu begegnen, das wäre ihm niemals in den Sinn gekommen. Hatte es doch zeitlebens nur zwei Personen gegeben, die so respektheischend waren, dass er es vorzog, vor ihnen zu kuschen. Eine der beiden, für die er als eine Art Handlanger fungierte, hatte es seit vorgestern hinter sich, dem Vernehmen nach von Unbekannten zu Tode gequält. Ein Schicksal, das nicht gänzlich unerwartet kam, hatte der Bettelvogt doch keine Skrupel besessen, sich zum meistgefürchteten Kriminellen der Stadt aufzuschwingen.

Der Zweite im Bunde war aus demselben Holz geschnitzt, wenngleich ungleich gefährlicher und so furchteinflößend wie kaum ein anderer. Wenn es jemanden gab, vor dem er einen Heidenrespekt hatte, dann ihn. Wobei, Respekt war das falsche Wort dafür. Entschieden zu milde, wenn man es recht bedachte. Der Terminus Angst traf es da schon eher, doch im Grunde reichte auch er nicht aus.

Die Wahrheit war, er fürchtete den Mann wie den Teufel.

So es Letzterer nicht vorzog, in dessen Gewand zu schlüpfen. War der Leibhaftige doch um Winkelzüge nie verlegen, wie sich seine Mutter zu Lebzeiten auszudrücken geruhte.

Schwamm drüber, die vertrocknete Betschwester war schon lange tot. Verständlich, dass er keine Lust hatte, ihr

Gesellschaft zu leisten. Zeitlebens war ihm die alte Vettel auf den Nerven rumgetrampelt. Bis zu dem Tag, als sein Alter sie im Suff erschlug. Aus Notwehr, wie er vor Gericht beteuerte. Einerlei, für ihn alles nur Schnee von gestern. Was zählte, war das Hier und Jetzt. Und das bedeutete: Nimm, was dir gefällt, auch dann, wenn es dir nicht gehört. Und friss, bevor du gefressen wirst, oder kein Mensch nimmt dich mehr für voll.

Ob auf ehrliche Art verdient oder nicht, Geld hatte eine magische Wirkung auf ihn.

Je mehr davon, umso besser. Und wenn es aus finsteren Quellen stammte, wen kümmerte das schon.

Ihn jedenfalls nicht.

Auf Befehl seines Auftraggebers als Pilger verkleidet, reihte er sich in den Strom der Wallfahrer ein, die durch den Westchor ins Innere des Neumünsters strömten. Er persönlich hätte als Treffpunkt einen anderen Ort gewählt, und wäre er nicht so verdammt feige gewesen, Lutz hätte es dem Finsterling ins Gesicht gesagt. Ein konspiratives Treffen inmitten einer Schar von Pilgern, deren Zahl mittlerweile in die Hunderte ging, welch törichte Idee. Und dann erst der Aufzug, in dem er sich auf dessen Wunsch hierherbegeben hatte – einfach lächerlich, um nicht zu sagen absurd.

Aber nun gut, wenn der hohe Herr darauf bestand: Die Maskerade würde ihren Zweck erfüllen, auch wenn er nichts mehr hasste als mit breitkrempigem Hut, Umhang und Stab durch die Domstraße zu stolzieren. Die Jakobsmuschel nicht zu vergessen, die er auf der Mainbrücke für ein paar Pfennige gekauft hatte.

Und dann erst der Gestank nach Weihrauch, der wie eine Wolke unter den Deckenbalken des Kirchenschiffes hing. Die Gesänge, die Rezitationen, die um Almosen bittenden Pfaffen, die vor Habgier den Hals nicht voll bekamen, die ekstatischen Schreie, wenn eine der verhutzelten Frömmlerinnen hysterisch wurde, überhaupt der ganze verdammte Firlefanz, der nicht nur ihn an das Getriebe eines Jahrmarkts erinnerte.

Er hasste ihn wie die Pestilenz.

Ein Grund mehr, nach Beendigung des Treffens Fersengeld zu geben.

Vorausgesetzt, er weilte noch unter den Lebenden.

Vor dem Lettner angelangt, hinter dem sich das verwaiste Chorgestühl erhob, wandte er sich unauffällig nach rechts, umrundete einen Schragentisch, auf dem Votivkerzen zu Wucherpreisen feilgeboten wurden, und sah sich um, bevor er seinen Weg zum Treffpunkt fortsetzte. Eine Gewohnheit, die ihm in Fleisch und Blut übergegangen war – und die dazu beitrug, dass er noch am Leben war.

Einer wie er, der lebte gefährlich.

Denn Gefahren lauerten bekanntlich überall. Besonders dann, wenn man sich Feinde fürs Leben geschaffen hatte.

Wie er.

Noch ein paar Schritte, und es war geschafft. Fahles Dämmerlicht durchflutete den Raum, und ehe er es sich versah, begann die Hand, mit der er den Pilgerstab umklammert hielt, wie Espenlaub zu zittern.

Die Hosen voll bis zum Bauchnabel.

Das hatte er jetzt davon.

Zur Hölle damit, jetzt ging es aufs Ganze. Zu allem entschlossen, legte er den Stab samt Trinkflasche aus der Hand und trat auf die Mitte des Vorhangs zu, auf dem sich das Konterfei der Ortsheiligen befand. Nur wer bereit war, alles auf eine Karte zu setzen, dem winkte das große Geld. Die

Hände um den Saum des Vorhangs gelegt, atmete er kräftig durch.

Dann gab er sich einen Ruck und öffnete ihn.

In unmittelbarer Nähe des Chorgestühls gelegen, haftete dem Beichtwinkel die Aura des Geheimnisvollen an. Ringsum nichts als kahle Wände, eine Kerze in Augenhöhe, die in einer Wandnische stand, die Fliesen ausgetreten, etliche davon mit einem Kreuz versehen, um das Grab eines hohen Klerikers zu markieren. Dazu ein Geruch nach Moder, der ihm wie ein Pesthauch ins verlebte Antlitz wehte.

»Ihr, die ihr hier eintretet, lasst alle Hoffnung fahren.«

»Wie belieben?«

Zu Tode erschrocken, starrte er in die Richtung, aus der die messerscharfe Stimme kam. Mit ihrem Besitzer hatte er bereits mehrfach zu tun gehabt – und hatte gelernt, was es bedeutete, wenn man Todesangst bekam.

»Dante.«

Und wenn man begann, um sein armseliges bisschen Leben zu fürchten.

»Die *Göttliche Komödie*, dritter Gesang, Vers eins bis neun. Inschrift auf dem Tor zur Hölle.«

Die Gestalt, deren Profil mit dem Halbdunkel verschmolz, thronte auf einem Lehnstuhl aus Schnitzwerk, auf dem sich die Konturen des Neumünsters abzeichneten. Sie saß im rechten Winkel zu ihm, den Blick auf die südliche Seitenpforte gerichtet, von wo aus man unbemerkt ins Freie gelangte. Die Kapuze tief im totenblassen Gesicht, mutete sie wie eine granitene Sitzstatue an, bar jeglicher Regung, der fleischgewordene Götze der Verdammnis. Der Mann denkt aber auch an alles, dachte er bei sich, während ihm die Zunge wie ein Blutegel am Gaumen klebte. Zu mehr war er nicht imstande, nur mehr ein zitterndes Häuflein Elend, das versuchte, sich die Beklemmung nicht anmerken zu lassen.

»Tritt näher, oder hast du etwa Angst vor mir?« Das Gesicht vom seinigen abgewandt, deutete die Gestalt auf den abgenutzten Schemel, der sich an der Längsseite des übermannshohen Lehnstuhls befand. »Jetzt komm schon, knie nieder«, stieß der Finsterling mit unwirschem Tonfall hervor, vergleichbar mit den Zischlauten einer Giftnatter, die ihrem Opfer signalisiert, dass sie zum Biss ansetzt. »Reicher Lohn wird dir zuteil, also tu gefälligst, was ich dir sage.«

»Wie Ihr wünscht, Herr. Stets zu Diensten.«

»Na also, warum nicht gleich?«, höhnte das luziferische Geschöpf, dessen Schläfe von wurmartigen Geschwülsten überzogen war. »Ich schlage vor, wir verfahren wie abgemacht. Der Zufall will es, und ein Pilger platzt herein, was dann?«

Lutz willigte schweigend ein.

Was blieb ihm auch anderes übrig.

»Wohlan, was gibt zu berichten?«

Nur eine Armlänge von seinem Auftraggeber entfernt, schnappte er wie ein Fisch nach Luft. Na gut, wenn es unbedingt sein musste. Dann nahm er eben die vorgeschriebene Beichthaltung ein. Daran sollte es nicht scheitern. Tarnung war bekanntlich alles, umso mehr, wenn es um den schnöden Mammon ging. »Heute Morgen war ein gewisser Berengar bei mir. Ein Mann, mit dem wahrhaftig nicht zu spaßen ist.«

»Etwas präziser, wenn's beliebt.«

»Also, so was wie den, das habe ich noch nicht erlebt. Platzt herein wie das wilde Heer, packt mich am Schlafittchen und droht mir Prügel an, falls ich mich weigere, nach seiner Pfeife zu tanzen.«

»Und weiter?«

»Er hat sich nach dem Bettelvogt erkundigt. Wollte alles genauestens wissen, auf Teufel komm raus, von Alpha bis Omega. Hat nicht lockergelassen, vor allem, was die Kontakte zu Fries betraf.«

»Da haben wir ja noch mal Glück gehabt.«

Lutz kniff irritiert die Augen zusammen. »Bitte um Vergebung, Herr – aber leider kann ich Euch nicht folgen.«

Die Antwort ließ an Klarheit nichts zu wünschen übrig. »Ich fürchte, du bist nicht auf dem neuesten Stand. Darum wisse: Fries weilt nicht mehr unter den Lebenden. Eine Sorge weniger, würde ich sagen.«

Donnerwetter aber auch.

Die Nachricht musste er erst mal verdauen.

Die Kehle staubtrocken, richtete er den Blick nach oben, nur um ihn umgehend wieder zu senken. Der Schattenfürst auf dem Podest hatte nichts Menschliches an sich, die Raubtieraugen starr geradeaus gerichtet, wie ein Leitwolf in Habachtposition. »Eine gute Nachricht, Herr.«

»Finde ich auch. Und was gibt es sonst noch zu berichten?«

»Der Schlagetot war so dreist, mir ein Ultimatum zu stellen«, warf Lutz Büttner, Nummer zwei in der Rangfolge der Malefizbuben, mit gekünstelter Entrüstung ein, verzweifelt bemüht, sich die Gunst des Dominators zu erhalten. »Einer von der ruppigen Sorte, wenn ich das mal so sagen darf. Ich versichere Euch, wo der hinhaut, wächst kein Gras mehr. Drei Stunden Zeit, um mich zu besinnen, oder ich bekäme es mit ihm zu tun. Einen Teufel werde ich tun, das Großmaul von Burgvogt kann mich mal.«

Der schwarz Gewandete horchte auf. »Vogt?«

»Sein Name ist Berengar von Gamburg, wenn ich mich recht entsinne.«

»Seines Zeichens Vogt des Grafen von Wertheim?«

Der Galgenvogel beeilte sich, mit dem Kopf zu nicken. »Kennt Ihr ihn, Herr?«

»Drücken wir es mal so aus: Der Grobian ist mir ein Begriff. Persönlich bekannt ist er mir jedoch nicht. Leider. Aber was nicht ist, kann ja noch werden, Vorfreude ist bekanntlich die schönste Freude.« Der Finsterling ließ die angestaute Atemluft entweichen, dachte kurz nach und sagte: »Da hätten wir es ja mit zwei Gegnern von Format zu tun. Wie praktisch. Zwei Fliegen mit einer Klappe, welch Gaudium für mich.«

»Ich verstehe nicht, Herr.«

»Das erwarte ich auch nicht von dir«, erwiderte der Vikarius prompt, ließ vor dem Weitersprechen ein paar Augenblicke verstreichen und griff unter seinen Umhang, um ein Pergamentröllchen hervorzuholen. »Hier, das ist für dich. Jetzt guck nicht so töricht, greif zu!«

Büttner zögerte.

»Nun mach schon, du bist doch sonst nicht so«, beharrte der Mann auf dem Piedestal, verschärfte den Ton und verkündete mit markiger Stimme: »Um auf Nummer sicher zu gehen, habe ich mir erlaubt, meine Anweisungen an dich zu Papier zu bringen, nicht zuletzt, um Irritationen erst gar nicht aufkommen zu lassen. Wie du siehst, bin ich entschlossen, nichts dem Zufall zu überlassen, halbe Sachen sind mir zutiefst zuwider. Mein Rat ist: Präge dir die Instruktionen gut ein – und hüte dich davor, mich in Wallung zu bringen.«

»Das wird nicht geschehen, mein Wort darauf«, versicherte Büttner devot und griff nach dem verschnürten

Schriftstück, um dem Befehl des Finsterlings Folge zu leisten. Eher zufällig streifte er dabei dessen Hand, so kalt, dass er bis ins Mark erschauderte. »Auf mich ist Verlass, Ihr werdet schon sehen.«

»Ich nehme dich beim Wort, also sieh dich vor.« Die Gestalt auf dem Podest blinzelte amüsiert. »Ich nehme an, du bist des Lesens kundig?«

»Gewiss, Herr. Meine Mutter hat es mir beigebracht«, antwortete der Meuchelmörder in spe. Und fügte in Gedanken an: Dafür hasse ich das Schandweib heute noch, möge es auf ewig in der Hölle schmoren.

»Fertig?«

»Einen Moment noch, Herr. Ich bin gleich so weit.«

Am Ende seiner Lektüre angelangt, trat Büttner unruhig auf der Stelle. Dann fasste er sich ein Herz und stammelte: »Ist es erlaubt, wenn ich Euch … Ihr erlaubt, wenn ich Euch eine Frage stelle?«

»Schreib dir das Folgende hinter die Ohren, und zwar ein für alle Mal: Wenn hier jemand Fragen stellt, dann bin ich es, haben wir uns verstanden?«

»Voll und ganz, Herr. Aktuell bin ich zwar knapp bei Kasse, aber …«

»Ach, daher weht der Wind, wie dumm von mir.« Von Ingelheim schnaubte amüsiert. »Da, nimm«, fügte er mit angewidertem Gesichtsausdruck hinzu, griff in sein Wams, um einen Schnürbeutel hervorzuziehen, und ließ ihn mit angeekelter Gebärde fallen. »50 per centum Anzahlung, der Rest nach Erledigung meines Auftrags. Wie unter deinesgleichen üblich. Und nicht vergessen: Wenn deine Mission erfüllt ist – sprich, wenn der Knabenbegatter nicht mehr lebt –, dann stülpst du ihm die besagte Maske über, ist das klar? Du hast dir eingeprägt, wo du sie findest?«

»Gewiss, Herr. War das alles?«

»Fast.« Die Klaue wie einen Greifarm von sich gestreckt, wies der Vikarius mit dem Kinn auf die Notiz, die Büttner in den zitternden Händen hielt. »Und jetzt gib her, der Worte sind genug gewechselt.«

Der Adlatus des Todesgottes gehorchte. »Euer untertäniger Diener, stets zu Diensten, Herr, was auch immer Ihr befehlt, ich werde nicht zögern, Euch behilflich …«

»Genug davon, es ist alles gesagt.« Die Hand zu einer gebieterischen Geste erhoben, schnellte der Vikarius ruckartig in die Höhe, schritt die Stufen hinab und marschierte auf die blakende Kerze zu, die sich in einer Nische an der Schmalseite des Beichtwinkels befand. Von jenseits des Lettners drang Gesang an sein Ohr, übertönt vom Klirren seiner Sporen, das wie ein Menetekel von den Wänden des Beichtwinkels widerhallte. Kurz darauf flammte die Kerze auf, und ehe Büttner begriff, was gespielt wurde, war die Notiz ein Raub der Flammen geworden. »Bleibt mir nur, dir gutes Gelingen zu wünschen«, sparte der Vikarius nicht mit Hohn, nickte dem Adlatus zu und beeilte sich, die Kirche durch die Seitenpforte zu verlassen, um den Weg zum angrenzenden Friedhof einzuschlagen. Nicht lange, und der Sendbote des Todes war verschwunden, nur mehr ein Trugbild, zwischen den Grabmälern kaum noch auszumachen. »Möge der Leibhaftige mit dir sein, jetzt und immerdar!«

18

Domschule, zwischen siebter und achter Stunde
[12.40 Uhr]

»Also strengt euch an, dann werdet ihr es so weit bringen wie er«, schloss Vater Pirmin seine Laudatio ab, wies mit der Linken auf Bruder Hilpert und ließ den Blick durch die vollbesetzte Aula schweifen, wo die Domschüler auf ihren Bänken kauerten. »Was Baldur betrifft, bin ich mir zwar nicht ganz sicher, aber wie heißt es doch so schön: Die Hoffnung stirbt zuletzt. Per aspera ad astra, der Spruch hat immer noch Gültigkeit. Für saumselige Eleven allemal.«

Der tumbe Kraftprotz, dessen Schädel die Konturen eines Stierkopfs besaß, nahm die Spitze zähneknirschend hin, stupste seinen Nebensitzer mit dem Ellbogen und sah den Rektor gelangweilt an. »Ich werde tun, was in meiner Macht steht, Vater«, beteuerte Baldur mit scheeler Miene, in puncto Physis gegenüber den Mitschülern im Vorteil, was ihm den Ruf eines gefürchteten Drangsalierers bescherte. »Ihr wisst doch: Selig die Armen im Geiste, denn ihrer ist das Himmelreich.«

»Nun ja, um als einer der Ihren zu gelten, bist selbst du nicht unbedarft genug«, zahlte Vater Pirmin mit gleicher Münze heim, ließ es dabei bewenden und wandte sich dem renommierten Ex-Schüler zu. »Wie du siehst, hat sich hier kaum etwas verändert, dasselbe alte Gemäuer, das gleiche zugige Dormitorium, dasselbe illustre Publikum, wenn ich das mal so sagen darf.«

Darauf Baldur: »Ihr habt die Mahlzeiten vergessen, Vater. Ich bin mir sicher, auch die schmecken immer noch gleich. Nämlich fade.«

»Du musst es ja wissen, schlingst ja mit Abstand das meiste in dich hinein«, nahm Vater Pirmin genüsslich Revanche, zur Freude der versammelten Zöglinge, deren Schadenfreude keines Kommentars bedurfte. Baldur Gruber, Bergwerksbesitzersohn aus dem Thüringischen, focht das Gelächter jedoch nicht an. Stattdessen saß er einfach nur da, den stets gleichen desinteressierten Blick im Gesicht, mit dem er die Lehrer beinahe zur Weißglut brachte. »Du siehst also, Hilpert: Über einen Mangel an Beschäftigung können wir hier nicht klagen. Gleichwohl, wenn man sich unser Domizil so anschaut, dann kommt es einem schon ein wenig armselig vor. Von daher käme eine Renovierung wie gerufen, doch wenn es ums liebe Geld geht, dann stellen sich die Verantwortlichen taub.«

»Womit sie sich keinen guten Dienst erweisen.«

»Wohl wahr, mein Sohn. Und wenn man bedenkt, welche Unsummen in dubiose Kanäle fließen, dann kann man nur noch mit dem Kopf schütteln. Schau dir doch nur unseren Bischof an, schau dir das Domkapitel an, schau dir den Magistrat an, der sich rühmt, die Interessen der Bürgerschaft zu vertreten: Ihnen allen geht es doch nur um eins, nämlich um den Erwerb von Pfründen, je mehr sie abwerfen, desto stärker der Hang zur Völlerei. Gebt und euch wird gegeben werden, von wegen. Vor lauter Gier bekommen die Hedonisten den Rachen nicht voll, egal wo man hinschaut, überall das gleiche Bild.« Im Begriff, sich in Rage zu reden, wechselte Vater Pirmin das Thema. »Aber was rede ich und mische ich mich in Dinge ein, die mich nicht betreffen, im Moment habe ich ganz andere Sorgen.«

Bruder Hilpert horchte neugierig auf. »Wenn ich Euch behilflich sein kann, verfügt über mich.«

Vater Pirmin machte eine wegwerfende Gebärde. »Nicht weiter schlimm«, wiegelte er mit Blick auf seine Schüler ab, die sich gegenseitig verstohlene Blicke zuwarfen. »Reden wir über etwas anderes, solche Dinge gehören nicht hierher. Um auf unser Thema von vorhin zurückzukommen, der Komfort lässt erheblich zu wünschen übrig, aber darauf kommt es ja auch nicht an. Hauptsache, die Schüler sind gut aufgehoben, alles andere ist von untergeordneter Bedeutung.«

Der Bibliothekarius stimmte schweigend zu. Der Zustand, in dem sich das Auditorium befand, ließ in der Tat zu wünschen übrig, unter anderem was die verrußten Wände betraf. Von Komfort konnte wahrlich keine Rede sein, schon gar nicht in Bezug auf die Decke, gleich an mehreren Stellen von Rissen durchzogen, aus denen der Verputz auf die ausgetretenen Fliesen rieselte. Auch an den Bogenfenstern, ohne Rahmen und im Winter nur notdürftig abgedichtet, hatte die Witterung unübersehbare Spuren hinterlassen, für die Insassen ein veritables Ärgernis, da der Kamin nur an den Hochfesten in Betrieb genommen wurde. Einzig der Blick, den man vom Schulgebäude in den Kreuzganggarten neben dem Dom genoss, schien ein wenig Abwechslung vom tristen Allerlei zu bieten, dazu angetan, die Gedanken in die Ferne schweifen zu lassen. »Wohl gesprochen, Vater. Was nützt das schönste Gebäude, wenn die Schüler keinen Gefallen am Lernen finden. Wie dem auch sei, ich persönlich denke gern an meine Schulzeit zurück. Besonders an die Bibliothek, dort habe ich mich ja am liebsten aufgehalten.«

»Woran sich nicht viel geändert zu haben scheint«, spann

der Rektor den Gedanken fort, wandte sich an seine Zöglinge und sagte: »Discipuli conscripti et amici – wenn ihr noch Fragen habt, dann bitte ich um Handzeichen. Unser Gast ist bereit, sie zu beantworten – wofür wir ihm zu großem Dank verpflichtet sind. Sprich, Angelus: Was hast du auf dem Herzen?«

Der Angesprochene lächelte dünn. »Warum seid Ihr eigentlich hier, Bruder?«, kam der Knabe der Aufforderung nach, strich sich eine Strähne aus dem verkniffenen Gesicht und vergewisserte sich, ob aller Augen auch wirklich auf seine Person gerichtet waren. »Ich meine, seit damals ist doch so viel Zeit vergangen, warum also die Mühen der Reise auf sich nehmen?«

»Ganz einfach: um meinem Magister persönlich die Reverenz zu erweisen, der, wie wir alle wissen, auf den Tag genau vor 50 Jahren die Priesterweihe empfing. Also, wenn das kein Grund ist, sich von Maulbronn auf den Weg ins ferne Franken zu machen, welcher dann?«

»Per exemplum, um bei uns nach dem Rechten zu sehen«, gab der Zwölfjährige mit wohleinstudiertem Augenaufschlag zurück, geradezu ein Muster an Durchtriebenheit, wie der Bibliothekarius mit Befremden registrierte. »Schließlich wart Ihr einmal Inquisitor, das sagt ja wohl alles.«

»Gäbe es denn einen Grund dafür, junger Freund?«

Der Knabe zuckte gelangweilt mit den Achseln. »Den gibt es doch immer, oder?«

»Nicht unbedingt«, hielt der Bibliothekarius, im Fokus der Aufmerksamkeit des Auditoriums, mit ostentativer Gelassenheit dagegen, wechselte einen Blick mit Berengar, der mit verschränkten Armen am Türpfosten lehnte, und wandte sich dem selbsternannten Wortführer zu. »Um ganz ehrlich zu sein, junger Mann: Momentan gibt es für mich Wichtigeres zu tun, als mich mit der Privatsphäre anderer Menschen zu befassen, so bedeutsam sie im Einzelnen auch sein mögen.«

»Und das wäre?«

»Schluss damit, von Rackwitz: Du vergreifst dich im Ton.« Nahezu unbemerkt hatte sich Columbanus von seinem Platz erhoben, das Gesicht auf die hinterste Reihe gerichtet, wo Angelus jäh zusammenzuckte. »Unserem Gast eine derart impertinente Frage zu stellen, du solltest dich was schämen!«

Bleich wie der Tod, rang der Jüngling nach den richtigen Worten, schlug die Augen nieder und stammelte: »Es tut mir leid, Bruder Columbanus, das alles ist mir furchtbar pein... Es war nicht meine Absicht, unseren Gast zu kränken, das kann ich beschwören.«

»Dann entschuldige dich bei ihm, aber ein bisschen plötzlich!« Gegenüber dem Vorabend kaum wiederzuerkennen, wies der Dominikanermönch an die Stirnseite des Saales, wo der Bibliothekarius an die Seite seines Lehrmeisters getreten war. »Na, wird's bald, oder legst du Wert darauf, die Nacht im Karzer zu verbringen?«

Angelus gehorchte.

»Wir sprechen uns noch, darauf kannst du dich verlassen.« Wie aus der Schockstarre erwacht, trat Vater Pirmin an die Sitzenden heran, die Hand auf den Knauf seines Gehstocks gestützt, dessen Spitze weithin hörbar auf den Fliesen widerhallte. »Um es erneut und vor aller Ohren zu betonen, bei Bruder Hilpert handelt es sich um eine Zierde unserer Anstalt, und da dem so ist, halte ich es für angezeigt, einem Mann wie ihm mit Respekt zu begegnen. Noch Fragen, oder habe ich mich klar genug ausgedrückt?«

»Es gehört zwar nicht unbedingt hierher, Vater«, meldete sich der Bibliothekarius zu Wort, sichtlich bemüht, die hochgehenden Wogen zu glätten. Die Atmosphäre war zum Zerreißen gespannt, ein Blick in die Gesichter der Eleven, und man konnte die Nervosität mit Händen greifen. »Aber wie viele junge Menschen gehen hier auf die Schule?«

»Achtunddreißig.«

Bruder Hilpert schürzte die Lippen, im Blickkontakt mit seinem streitbaren Freund, der die Jünglinge der Reihe nach zu mustern begann. »Achtunddreißig, sagtet Ihr? Dann habe ich mich verzählt, wie dumm von mir!«

»Hast du nicht, es hat alles seine Richtigkeit«, knurrte der Ordinarius mit frostiger Miene, die Hand um den Knauf des Gehstocks gekrallt. »Momentan befinden sich 37 Schüler im Raum – und einer im Infirmarium. Eine fiebrige Erkältung, nichts weiter.«

»Ja, wenn das so ist, will ich nichts gesagt haben«, gab Bruder Hilpert mit lässigem Gestus zurück, bedeutete Berengar, sich ihm anzuschließen, und rauschte auf das Portal des Auditoriums zu, ohne Blick für Vater Pirmin und seinen Adlatus, die wie festgewurzelt auf dem Podium verharrten. Dort angelangt, wandte er sich auf dem Absatz um, die Mantelspange griffbereit unter dem Habit, um sie den Schülern mit gereckter Hand zu präsentieren. »Bevor ich es vergesse, befindet sich vielleicht jemand im Raum, der diese Mantelspange vermisst? Falls ja, wir würden gern ein paar Takte mit ihm reden – privatim, versteht sich, Diskretion geht nun einmal vor!«

19

Greiffenclauer Hof, eine Viertelstunde später
[13.00 Uhr]

»So, da wären wir«, fraß sich die durchdringende Stimme in sein Ohr, scharf wie die Klinge eines Stiletts, das bis tief ins Innere des Körpers dringt. Leise ächzend bäumte er sich auf, mehr tot als lebendig, die Hände vor dem zerschundenen Gesicht. »Was ist denn auf einmal los mit dir? Du hast doch nicht etwa die Sprache verloren?«

Gleich würde es wieder Prügel setzen. Von wem, blieb der Willkür seiner Peiniger überlassen. Keine Stelle an seinem Körper, die nicht schmerzte, kein Quadratzoll Haut, auf dem das berserkerhafte Wüten ohne Folgen geblieben war. Und das alles nur, weil er es gewagt hatte, seine Meinung zu sagen. Weil er die Zeit für gekommen hielt, einen Schlussstrich zu ziehen.

Auch er hatte darauf gepocht, Vergeltung zu üben. Der Stadtschreiber hatte es nicht anders verdient, und was den Bettelvogt betraf – um den Strolch war es gewiss nicht schade gewesen.

Obwohl, hätte es die erzwungenen Geständnisse nicht gegeben, die Aktion wäre jäh ins Stocken geraten. So aber, im Besitz einer Liste mit Verdächtigen, auf der die illustren Namen überwogen, war es ihnen gelungen, die Mauer des Schweigens zu durchbrechen. Die dabei angewandten Methoden hatten ihm zwar nicht behagt, aber da der

Zweck die Mittel zu heiligen schien, war er dafür gewesen, die Täter unter Druck zu setzen.

Um ihnen zu zeigen, dass es kein Entrinnen für sie gab.

»Und jetzt hör mir mal gut zu, Ischariot: Entweder du gehst jetzt da rein und stichst den Knabenschänder ab, oder ich sorge dafür, dass dein Püppchen von der Bildfläche verschwindet – und zwar für immer, haben wir uns verstanden?«

Ein mechanisches Nicken, zu mehr war er nicht imstande. In seinem Kopf rumorte und brodelte es wie wild, und es schien, als drohe sein Gehirn zu explodieren. Die Orientierung war ihm komplett abhandengekommen, hätte man ihn gefragt, wo er sich gerade aufhielt, er wäre um die Antwort verlegen gewesen.

»Sag mal, hörst du mir überhaupt zu?«

Aber gewiss doch. Was blieb ihm in seiner Situation auch weiter übrig. Die Hände voller Schrammen, die Arme so taub, dass er sie nur mit Mühe bewegen konnte, eine Platzwunde an der Schläfe, die sich anfühlte, als sei er vom Henker gebrandmarkt worden, die Gedanken ein wüstes Durcheinander, nur hier und da von jähen Lichtblitzen erhellt, die, kaum entstanden, in der nachtschwarzen Finsternis verglommen.

Mit einem Wort, er war am Ende.

Hätte er auf Radegundis gehört, die Marter wäre ihm erspart geblieben. So aber blieb ihm nichts anderes übrig, als sich dem Willen seiner Peiniger zu unterwerfen.

Es sei denn, es geschah ein Wunder.

»Mach den Mund auf, oder du bekommst es mit mir zu tun.«

Leichter gesagt als getan. Die Spuren der Schläge waren allgegenwärtig, und was seine aufgeplatzten Lippen betraf, aus denen sich ein dunkelrotes Rinnsal ergoss, sie zu bewegen war ein Ding der Unmöglichkeit. Die Ohren schmerzten, ebenso die Augenlider und die gebrochene Nase. Einfach alles an seinem Körper fühlte sich zerschunden an, zu Brei geschlagen von einer enthemmten Rotte, die auf ihn eingeprügelt hatte, bis er das Bewusstsein verlor.

Von wegen Kameradschaft, für seine Peiniger schien das Wort nicht von Belang zu sein.

Ein Pfeifen im Ohr, das ihn an den Rand des Wahnsinns trieb, drehte er sich in die Richtung, aus der die Stimme kam. »Was … was habt ihr mit mir vor?«, stammelte er mit gequälter Miene, darum bemüht, die Gedanken in geordnete Bahnen zu lenken. Pech gehabt, Kilian Schneidmüller, dachte er bei sich, im Geist bei der Szene, als er des Verrats bezichtigt wurde. Sie hatten ihn nicht mal ausreden lassen, hatten ihn mit Schmähungen überhäuft, um ihn einzuschüchtern, hatten auf ihn eingeprügelt, bis er nicht mehr konnte. Um im Anschluss zu beschließen, ihn in den Keller zu verfrachten, wo er einem Verhör unterzogen wurde, das es in sich hatte. Gefolgt von weiteren Schlägen, sodass er das Gefühl für Zeit und Raum verlor.

Einerlei, er war noch am Leben.

Und nur das zählte momentan für ihn. Um zu erreichen, dass Radegundis nichts zustieß, würde er durch die Hölle gehen, allen Schwierigkeiten, die sich vor ihm auftaten, zum Trotz.

Töten, um nicht getötet zu werden.

Darauf lief das Kräftemessen hinaus.

»Und was, wenn der Dompfaffe den Plan durchschaut?«

Wieder bei Stimme, wenigstens das. Den Mund voller Blut, unternahm er den Versuch, die Augen zu öffnen. Und siehe da, es klappte, obschon seine Lider stark geschwollen waren.

»Du bist sein Abgott, schon vergessen? Wenn jemand an ihn rankommt, dann du. Der alte Lüstling ist verrückt nach dir, das weiß doch jeder.«

»Und was, wenn ich mich weigere?«, nahm er all seinen Mut zusammen, die Hand auf dem schmiedeeisernen Türgriff, der den Torflügel des weitläufigen Herrenhofes zierte, nur ein paar Steinwürfe vom Ostchor des Doms entfernt, dessen Turmspitzen das gleißende Licht reflektierten. Über dem Portal ragte das Wappen derer von Greiffenclau hervor, umrahmt von einer verwitterten Inschrift, die dem Andenken eines fernen Ahnherrn gewidmet war. Der Schriftzug indes war kaum noch zu entziffern, und was die vormals prunkvolle Fassade betraf, hatten Wind und Wetter ihre Spuren hinterlassen.

Von Efeuranken flankiert, drang kein Laut zwischen den engen Lichtschlitzen hervor, ein Grund mehr, vor den Bewohnern auf der Hut zu sein. »Glaub mir, daraus erwächst nichts Gutes!«

»Zum Mitschreiben, Judas«, zischelte Angelus gereizt, die Stimme eine Ausgeburt der Niedertracht, auch unter Tausenden auf Anhieb zu erkennen. »Entweder du tust, was ich dir sage, oder meine Getreuen werden die Wirtstochter das Fürchten lehren. Und zwar nicht nur mit Worten, darauf kannst du wetten. Du willst sie doch wohlbehalten wiedersehen, oder befinde ich mich da im Irrtum?«

»Dafür werdet ihr mir büßen, so wahr mein Name …«

»Da bin ich aber gespannt«, spottete der Jüngling mit hohntriefender Stimme, sah sich um, ob jemand in der Nähe war, und bedeutete den Mitverschworenen, sich zurückzuziehen. Dann zog er einen Dolch mit Perlmuttgriff hervor, drückte ihn seinem Nebenmann in die Hand und flüsterte: »Immer hübsch brav sein, Ritter Hasenfuß – oder du siehst deine Konkubine nicht wieder!«

Irrlichterndes Gelächter, das weithin hörbar durch die enge Gasse drang.

Dann war der Todesengel verschwunden.

Er musste es tun.

Ihm blieb keine Wahl.

Den Handrücken auf die aufgeplatzten Lippen gepresst, rührte sich Kilian nicht vom Fleck. Der Blick verschwamm ihm vor den Augen, und da die Beine ihren Dienst zu versagen drohten, hielt er sich krampfhaft am Türbalken fest.

Wieder einigermaßen bei Kräften, sah er sich unsicher blinzelnd um.

Die Gasse hinter dem Dom wie leergefegt. Kein Mensch unterwegs, so weit das Auge reichte.

Die Luft war rein. So hatte es zumindest den Anschein.

Egal, wie man das Dilemma betrachtete, ein Zurück würde es nicht mehr geben. Der Würfel war gefallen. Unwiderruflich. Höchste Zeit, um zur blutigen Tat zu schreiten.

Die Schnur in der Hand, die mit einer Türglocke verbunden war, pumpte Kilian den verbrauchten Atem aus den Lungen, schloss die Augen und zog Bilanz. Zwecklos, sich etwas vorzumachen. Die Tatsachen sprachen für sich. Mit dem Entschluss, einen Schlussstrich zu ziehen, hatte er einen Erdrutsch in Gang gesetzt. Eine Lawine, die im Begriff stand, ihn unter sich zu begraben.

Hätte er auf Radegundis gehört, nie und nimmer wäre er in diese Lage geraten. Ein Wink von ihm, und all jene, deren

Rachedurst noch immer nicht gestillt war, wären hinter Schloss und Riegel gekommen. Der Preis dafür wäre jedoch hoch gewesen. Hätte es doch bedeutet, dass die Schuldigen ungeschoren davongekommen wären.

Schepperndes Geläute, irgendwo da drinnen.

Ansonsten Stille.

Die Ruhe vor dem Sturm.

Die Handflächen feucht vom Schweiß, nahm Kilian den Erker im Obergeschoss ins Visier, wo sich die Gemächer des ruchlosen Domkapitulars befanden. Doch auch von dort droben drangen keine Geräusche an sein Ohr, und was für die vor ihm aufragende Stadtresidenz galt, das traf auch auf die angrenzenden Herrenhöfe zu, jeder für sich ein Feudalsitz im Kleinen, im dem die Domherren in überbordendem Luxus schwelgten. Die Welt, in der die Standesherren lebten, es war eine Welt für sich, hinter hohen Mauern und unter der Bewachung von Reisigen, die nicht zögerten, aus nichtigem Anlass zum Schwert zu greifen. Nicht einmal der Bischof hätte es gewagt, sich mit den Herren von Geblüt auf Händel einzulassen, egal, worum es sich drehte. Mit dem Domkapitel, wo von Greiffenclau in der Rangfolge weit vorn rangierte, verhielt es sich nahezu gleich. Der Adel war die tonangebende Schicht, und wer sich vornahm, etwas zu erreichen, der fand sich mit den Gegebenheiten ab.

Mit der Moral, so die Gerüchte hinter vorgehaltener Hand, hatte von Greiffenclau beileibe nichts am Hut, nur einer von Tausenden, die es verschmähten, sich an ihr Keuschheitsgelübde zu halten. Die Gebote zu brechen und sich mit Frauenzimmern von zweifelhaftem Ruf einzulassen war jedoch nur eine Seite der Medaille. Die rückwärtige zeigte dagegen ein Bild, das nicht nur Kilian mit abgrundtiefem Ekel erfüllte. Was es bedeutete, einem Scheusal wie ihm in die Hände zu fallen, das hatte Kilian – unumwunden ausgedrückt – am eigenen Leib erfahren. Zum hilflosen Opfer degradiert zu werden, für ihn war das der reinste Albtraum gewesen. Eine Erfahrung, die ihn zeit seines Lebens verfolgen würde, die dazu beitrug, dass er am Rand des Abgrunds stand.

Springen oder nicht, so lautete die bange Frage.

Jede Nacht die gleichen Bilder, stets wiederkehrend und nur unter Aufbietung sämtlicher Kräfte zu ertragen. Jede Nacht – und zuweilen auch tagsüber – die Angst, der Albtraum kehre zurück. Und an jedem Tag, mitunter fast stündlich, die Reminiszenzen an eine Demütigung, die, hätte er die Möglichkeit besessen, für immer aus seinem Gedächtnis getilgt worden wäre.

Er hatte keine Wahl.

Er musste es tun.

Und siehe da, die Pforte stand einen Spaltbreit offen. Ein erneuter Rundblick, der Vorsicht halber, sicher war nun einmal sicher. Begleitet vom Gebell eines Straßenköters, der um ein Haar unter die Räder eines Fuhrwerks geriet. Dann griff er behutsam nach der Klinke, sodass die Pforte laut knirschend über das Pflaster schrammte – und unternahm eine paar Schritte, um die Lage zu sondieren.

Ein Herrenhof wie jeder andere, zumindest auf den ersten Blick. Ein Sammelsurium verschiedenster Gebäude, darunter Stallungen, Vorratsspeicher und Werkstätten, des Weiteren eine Vogtei, wo Buch über die fälligen Zehnten geführt wurde, Unterkünfte für das Personal sowie Räumlichkeiten für Gäste und dergleichen mehr. In der Regel fehlte es an nichts, damit die Besitzer ein standesgemäßes Dasein führen konnten. Dies freilich auf Kosten ihrer Hintersassen, denen es oblag, der gottgegebenen Herrschaft zu Diensten zu sein.

Im nordwestlichen Teil des Feudalsitzes gelegen, war das Wohngebäude durch eine Freitreppe mit dem Innenhof verbunden. Vom Portal aus, wo Kilian mit klopfendem Herzen verharrte, binnen weniger Augenblicke zu erreichen.

Momente, die ihm wie eine halbe Ewigkeit erschienen.

Merkwürdig, dass sich selbst jetzt, wo er sich die Freitreppe hinaufstahl, auch nicht ein einziger Bewaffneter auf Posten blicken ließ. Weder auf dem Hof noch irgendwo sonst. Auch vom Gesinde war nichts zu sehen, aus welchem Grund auch immer. Gut möglich, dass die Mägde durch die Stadt flanierten, käme doch die Möglichkeit, sich unter die Pilger aus aller Herren Länder zu mischen, so schnell nicht wieder. Von der Chance, sich einen Bräutigam zu angeln, einmal abgesehen.

Solange es also keine Tatzeugen gab, hatte er leichtes Spiel.

Umso besser für ihn.

Und darum ans Werk. Ein Moment wie dieser käme so schnell nicht wieder.

Erschrocken über die eigene Ruchlosigkeit, schloss Kilian behutsam die Tür, hielt sich die Hand hinters Ohr, um besser hören zu können, und lauschte nach menschlichen Geräuschen. Doch auch hier, wo sich der Korridor mit den Amtsstuben der Vogtei erstreckte, hatte sich eine beklemmende Stille breitgemacht.

Blieb also nur, die Stiege ins mondäne Obergeschoss zu erklimmen, vorbei an den Porträts der Ahnen, von denen etliche dem Hausherrn wie aus dem Gesicht geschnitten waren. Die Butzenscheiben trugen das Ihre dazu bei, die Treppenflucht in trübes Dämmerlicht zu tauchen, gerade so, als neige sich der Tag bereits dem Ende zu.

Auf dem Treppenabsatz angelangt, wandte sich Kilian auf Zehenspitzen nach links, wo sich der Eingang zu den Gemächern des Domkapitulars befand. In der Tat merkwürdig, dass ein Fremder nach Belieben durch das Gebäude spazieren konnte, würde das Knarzen der Dielenbretter doch selbst Tote lebendig machen.

Noch merkwürdiger allerdings, dass sich die Pforte mühelos öffnen ließ. Umso mehr, da der Hausherr als menschenscheu galt.

War ja auch kein Wunder, wenn man es aus der Sicht der Betroffenen betrachtete.

Wie dem auch sei, sein Gedächtnis ließ ihn nicht im Stich. Er war zwar nur einmal vor Ort gewesen, aber dieses eine Mal hatte vollauf genügt, um seine Welt in den Vorhof der Hölle zu verwandeln. Gerade mal eine Woche war das alles erst her, und doch hatte es den Anschein, als seien bereits Monate, wenn nicht gar Jahre ins Land gegangen.

Der Vorwand, um ihn hierherzulocken, war durchaus simpel, wenn nicht gar plump gewesen. Es war seine Stimme, die dazu beigetragen hatte, ihn ins Verderben zu stürzen, gepaart mit der Fähigkeit, Gedichte so lebensnah vorzutragen, dass seine Aura die Zuhörer zu Tränen rührte. Der Grund, weshalb er die Preise in Rhetorik einheimste wie ein Fischer auf dem Main die Flussbarben. Bei seinen Mitschülern hatte das reihum für Kopfschütteln gesorgt, war doch bekannt, dass die Mehrzahl kein Interesse dafür besaß. Er aber fand Gefallen daran – und der Domkapitular an ihm, wenngleich auf sinistre Art und Weise.

Allein, am Mittwoch vor einer Woche hatte die Welt noch anders ausgesehen. Auf die Frage, ob er bereit sei, dem Hausherrn als Vorleser zur Verfügung zu stehen, hatte er mit einem klaren Ja geantwortet. War an dem Ansinnen doch nichts Indezentes gewesen, zumal dergleichen recht häufig in Anspruch genommen wurde, und zwar nicht nur von hochstehenden Klerikern, sondern überdies auch von Personen, die nicht lesen konnten. Dass etliche davon dem Patriziat angehörten, hatte der Freude der Jünglinge keinen Abbruch getan. Den Vorlesern, wie die Knaben verharmlosend genannt wurden, winkte reicher Lohn, und nur darauf kam es der Mehrzahl an.

Und eine Pein, wie man sie sich widerwärtiger nicht vorstellen konnte.

Er musste es tun, koste es, was es wolle.

An der Tat führte kein Weg vorbei.

Wäre er davor zurückgeschreckt, er hätte es nicht fertiggebracht, in den Spiegel zu schauen.

Darum vorwärts, die Zeit drängte.

Irritiert durch das dumpfe Geräusch, als die Pforte zur Vorhölle ins Schloss fiel, duckte sich Kilian hinter einen Sockel, auf dem sich eine Statuette der Venus befand.

Die Liebesgöttin.

Ausgerechnet.

Und überhaupt, wenn man sich hier so umschaute, wähnte man sich in einer anderen Welt. Teppiche aus dem Orient, welche die Schritte der Besucher verschluckten, das Mobiliar aus edlen Hölzern, wobei allein die Stühle vor dem Audienzzimmer ein Vermögen verschlungen hatten, eine Kassettendecke aus Palisander, die eines Medici durchaus würdig gewesen wäre, die Fenster zum Hof mit venezianischem Buntglas ausstaffiert, mit Motiven aus aller Herren Länder, darunter etliche mit nackten Gottheiten, die den Mythen der alten Griechen entsprangen. Und über allem der Geruch von Duftwässern, der den Korridor mit dem Odem der Verruchtheit füllte.

Allein, nachdem er sich aus seinem Versteck hervorgewagt und dem Audienzzimmer bis auf wenige Schritte genähert hatte, wurden die Duftschwaden durch einen weiteren, ungleich durchdringenderen Geruch überdeckt.

Durch einen Mief, bei dem einem das veritable Kotzen kam, um es mit Volkes Stimme auszudrücken.

Böses ahnend, blieb Kilian vor dem Audienzzimmer stehen.

Die Tür halb offen.

Bei den Bocksbeinen des Leibhaftigen, das durfte doch einfach nicht wahr sein.

Auch jetzt, da sich der Anblick in ein Szenario des Grauens verwandelte, wäre noch Zeit gewesen, dem Gemach den Rücken zuzukehren. Doch auf einmal war da wieder dieses Gefühl, dieser unwiderstehliche Drang, dem sich anbahnenden Ungemach ins Auge zu sehen. Ein Impuls, dem Kilian nicht zu widerstehen vermochte.

Die Hand auf der Türklinke, nahm der Domschüler seine ganze Kraft zusammen, hin- und hergerissen zwischen Angst und Neugier, die ihn dazu zwang, den Blick nach vorn zu richten.

Wie angesichts der Indizien nicht anders zu erwarten, bot sich ihm ein Bild des Grauens.

Der Domkapitular – respektive das, was von ihm übriggeblieben war, lag mit dem Kopf nach oben auf dem Parkett, die Hände vor der Gesichtsmaske, als wolle er sich vor seinem Mörder schützen. Letzteres indes, an das sich Kilian noch gut erinnern konnte, war hinter der Maske, welche die Züge eines Ebers trug, nahezu vollständig verborgen. Bis auf einen Lendenschurz, an dem die Spuren vergossenen Urins klebten, nackt wie ein neugeborenes Kind, waren an den Gliedmaßen Spuren einer Strangulation zu erkennen, in der Hauptsache an den schwammigen Gelenken, wo die Oberfläche der Haut in Fetzen hing. In der Halsgegend, wo sich die Einkerbung bläulich verfärbt hatte, nahezu das gleiche Bild: Blutergüsse zuhauf, so weit das Auge des Betrachters reichte.

Und Kotspritzer in rauen Mengen, die den Leichnam wie ein Grabgebinde umgaben.

Kilian war wie erstarrt, konnte nicht glauben, was er da gerade vor sich sah. Genugtuung keimte in ihm auf, verschwand jedoch so schnell, wie sie emporgebrandet war. Was blieb, war die Angst vor der Entdeckung, und so wandte er sich eilig zur Flucht, den Dolch mit dem Perlmuttgriff unter dem Talar.

Allein, dem Vorhaben war kein Erfolg beschieden. Kaum in Bewegung, stieß er mit einem gebeugt gehenden Greis im grauen Rock zusammen, allem Anschein nach der Pförtner, der ihm mit ausgestreckten Armen Einhalt gebot. »Was … was in aller Welt ist denn hier geschehen«, näselte der Eintretende konsterniert, den Blick abwechselnd auf Kilian und den entstellten Leichnam gerichtet. »Du … du hast ihn doch nicht etwa ermordet?«

20

Kernstadt, zwischen achter und neunter Stunde
[14.00 Uhr]

»Und Ihr seid Euch da auch ganz sicher, Meister Diepholz?«, ließ Bruder Hilpert gegenüber dem Goldschmied nicht locker, der die Mantelspange prüfend in Händen hielt. Doch der ließ sich von seiner Meinung nicht abbringen, fuhr mit dem Zeigefinger über das Beweisstück und legte es auf den Tresen zurück. Das Ladengeschäft, eine Mischung aus Werkstatt und Verkaufsraum, befand sich nur einen Steinwurf vom Kiliansdom entfernt, eine Anlaufstelle für betuchte Kunden, die genug Geld hatten, um ein Schmuckstück von Wert zu erwerben. Die weniger Betuchten, also die Mehrheit der ortsansässigen Kundschaft, begnügte sich mit billigem Krimskrams, der aus dem Fundus der fliegenden Händler stammte. Namentlich mit Letzteren, die keine Skrupel besaßen, ihre Kunden übers Ohr zu hauen, war Diepholz schon häufig aneinandergeraten. Der »Silberfuchs«, wie er von den Zunftbrüdern hinter vorgehaltener Hand genannt wurde, legte Wert auf gediegene Arbeit, mochten seine Preise auch mit zu den höchsten zählen. »Ihr müsst wissen, von Eurem Urteil hängt einiges ab.«

»Ihr könnt beruhigt sein, Bruder«, gab der Goldschmied mit unerschütterlicher Gewissheit zurück, seit über drei Jahrzehnten Mitglied in der Zunft, die zu den angesehensten Korporationen Würzburgs zählte. »Es ist zwar schon eine Weile her, seit ich den Auftrag erhielt, diese Spange anzufertigen, aber was mein Gedächtnis betrifft, besteht für mich kein Grund zur Sorge.«

»Und der Wert des Artefakts, wie steht es damit?«, hakte Berengar mit hochgezogener Braue nach und ließ den Blick zwischen der Spange und Diepholz hin und her pendeln. »Also, ich verstehe zwar nicht viel davon, aber wenn ich mir das Kleinod so anschaue, unter 100 Gulden wäre da nichts zu machen, oder?«

»Mitnichten, Herr Vogt, so leid es mir für den Käufer tut.« Deutlich älter als die beiden Ermittler, nahm Diepholz seine gerahmten Augengläser zur Hand, setzte sie auf und ließ den Blick auf dem Corpus Delicti ruhen, das Kinn auf die verschränkten Hände gestützt. »Wenn ich mir überlege, wie viel Zeit ich damit verbracht habe, den Engel zu modellieren, dann ist der Preis bestimmt nicht zu hoch angesetzt.«

»Der sich auf wie viele Gulden belief?«

»Einhundertzwanzig, Bruder. Eine recht niedrige Summe, im Vergleich zu den Produkten der Konkurrenz.« Die Hand auf dem schmerzenden Rücken, stemmte sich der hagere Mittfünfziger in die Höhe, setzte die Brille ab und rieb sich die rot umränderten Augen. In seinem Gesicht hatte das Alter deutliche Spuren hinterlassen, und wenn man ihn näher betrachtete, kam einem der Goldschmied wesentlich älter vor. »Kommt drauf an, an wen Ihr geratet, aber wenn Ihr Pech habt, müsstet Ihr das Doppelte berappen.«

»Da sei Gott vor, Meister Diepholz, nach Schmuckstücken steht mir nicht der Sinn«, erwiderte Bruder Hilpert bestimmt. »Und den Stadtoberen ja wohl auch nicht, oder?«

Diepholz lachte hüstelnd auf. »Im Vertrauen, Bruder: Die Witzfiguren nimmt doch niemand ernst. Da erlassen sie ein Gesetz nach dem andern, um die Zurschaustellung von Luxus einzudämmen, von wegen Hoffart und so weiter und so fort, und was passiert?«

»Nichts.«

»Ihr sagt es, Herr Vogt. Wenn ich die wäre, ich würde bei mir selbst den Anfang machen, dann hätte ich wenigstens was zu tun. Die sollen sich mal an die eigene Nase fassen, wer weiß, vielleicht käme ja was Gescheites dabei raus, man soll ja die Hoffnung nicht aufgeben.« Der Atem des Goldschmieds beschleunigte sich. »Ich will ja nichts sagen, aber wenn ich mir die Sippschaft so anschaue, dann bekomme ich eine Riesenwut. Sie selbst werfen das Geld zum Fenster raus, aber den anderen wollen sie vorschreiben, wie sie sich zu kleiden haben. Und wie viele Schmuckstücke sie tragen dürfen – wenn überhaupt. Also, wenn das in Ordnung ist, dann will ich nicht mehr Gideon Diepholz heißen. Aber anderer Leute Steuern verprassen, so haben wir's gern.« Hochrot im faltenreichen Gesicht, ließ Diepholz den angestauten Atem entweichen. Von draußen drangen Hammerschläge und Sägegeräusche durch die Tür, so laut, dass man ein markantes Organ benötigte, um den Baulärm auf dem Kürschnerhof zu übertönen. Wie von den Ausrufern bereits am Vormittag verkündet, würde das Mysterienspiel bei Einbruch der Dunkelheit beginnen, aus Anlass des morgigen Jubelfestes, um Sankt Kilian und seinen Gefährten die Reverenz zu erweisen. »Zum Henker mit dem vermaledeiten Mysterienspiel, der Krach hat mir gerade noch gefehlt! Also, ich weiß nicht, Bruder: Aber um ein Stück über eine blutige Schlacht aufzuführen, bei der die Würzburger von den Pfaffenknechten zu Paaren getrieben wurden, da gehört schon eine gehörige Portion Borniertheit dazu – oder angeborener Hochmut, je nachdem. Ich persönlich traue den Kuttenträgern zwar alles zu, aber dass sie so dumm sind, ein derartiges Wagnis einzugehen, damit habe ich nicht im Traum gerechnet. Die sollten sich was schämen, kann ich da nur sagen – möge sich der Herrgott ihrer erbarmen, denn sie wissen nicht, was sie tun!«

»Das lasst aber mal lieber nicht den Bischof hören, sonst steht Euch allerhand Ungemach ins Haus.«

»Wisst Ihr, Bruder, in meinem Alter kann einen nichts mehr erschüttern«, parierte Diepholz mit verdrießlicher Miene, umrundete den Tresen, um die Tür zu schließen, und rückte die rohgezimmerten Schaukästen zurecht, in denen er die zum Verkauf bestimmten Waren aufbewahrte, darunter Schmuck, Ringe und Trinkbecher aus geriffeltem Silber, etliche davon ein kleines Vermögen wert – und für das Stadtvolk nahezu unerschwinglich. »Aber bleiben wir lieber beim Thema, Ihr seid ja nicht gekommen, um meiner Lamentatio zu lauschen.«

»Sondern um einen Mordfall aufzuklären – allen Widrigkeiten zum Trotz.«

»Widrigkeiten?«

»Nun ja«, lenkte Bruder Hilpert ein und nahm die Mantelspange zur Hand, um den Engel einmal mehr aus der Nähe zu betrachten. Da war etwas an dem Artefakt, das eine geradezu magische Wirkung auszustrahlen schien, sowohl optisch als auch im übertragenen Sinn. »Um ganz ehrlich zu sein, ich hätte mir den Kasus wesentlich einfacher vorgestellt. Aber wenigstens haben wir eine heiße Spur, auch wenn wir nicht wissen, in wessen Besitz sich die Mantelspange befand.« Der Bibliothekarius hielt nachdenklich inne. »Um auf den jungen Mann zurückzukommen, der die Preziose vor ein paar Wochen gekauft hat: Wärt Ihr so gut, ihn uns beiden zu beschreiben?«

»Von einem jungen Mann würde ich nicht sprechen, das Knäblein war ja noch ein halbes Kind.«

»Wie alt würdet Ihr ihn schätzen?«

»Auf 14, wenn es hoch kommt. Keine Ahnung, vielleicht war er auch jünger.«

»Ich nehme an, er hat seinen Namen genannt?«

»Eben nicht«, widersprach der Goldschmied vehement, wieder zurück hinter dem Tresen, der sich in der Mitte des gemauerten Kaufraums befand. Direkt hinter ihm befanden sich zwei Regale, das linke mit wertvollem Zinngeschirr bestückt, das rechte mit erlesenen Trinkbechern, auf Wunsch mit einer geschnörkelten Namensgravur versehen. Unmittelbar daneben dann eine schmale Tür, von wo aus man in die dahinterliegende Werkstatt gelangte. »Das ist ja, was mich so ärgert. Hätte ich darauf bestanden, wäre es ein Leichtes, ihn ausfindig zu machen. Zumal er mir noch 40 Gulden schuldig ist.«

»Habe ich Euch gerade richtig verstanden, er hat nur zwei Drittel des Kaufpreises bezahlt?«

Der Goldschmiedemeister nickte verstimmt.

»Ist das üblich?«

»Natürlich nicht, wo denkt Ihr hin, Bruder«, machte Diepholz aus seiner Verärgerung keinen Hehl, kratzte sich an der Schläfe und wich dem Blick der beiden Ermittler aus. »Keine Ahnung, welcher Teufel mich an dem Tag geritten hat, ich kann es mir einfach nicht erklären. Wer weiß, vielleicht lag es auch daran, dass er …«

Nachdenklich geworden, suchte Diepholz nach einer passenden Erklärung.

Dann fuhr er fort: »Also, dieser Blick … Ich weiß nicht, aber damit konnte einem der Bengel Angst einjagen.«

»Angst vor einem halben Kind, das meint Ihr doch nicht ernst, oder?«

»Doch, Herr Vogt«, bekräftigte Diepholz ohne Zögern,

sah seine Gesprächspartner eindringlich an und sagte: »Ob Ihr mir nun glaubt oder nicht, der Blondschopf hatte etwas an sich, das … Ich will es mal so beschreiben: Er hatte den bösen Blick.« Sichtlich mitgenommen, ließ Diepholz die Handballen über die Schläfen gleiten. Dann fuhr er fort: »Ich weiß, was Ihr jetzt denkt, Bruder. Aber je länger ich über die Begegnung nachdenke, desto mehr bin ich davon überzeugt, dass er des Teufels ist.« Ein gequältes Aufatmen, wie nach dem Absetzen einer schweren Last. Gefolgt von den Worten: »Ob jung oder alt, es gibt eben Leute, die sind zu allem fähig, jemandem wie Euch muss ich das nicht sagen. Wisst Ihr, was? Soll er die 40 Gulden doch behalten, ich bin nicht erpicht darauf, ihn wiederzusehen.«

»War das so weit alles oder fällt Euch in puncto Personenbeschreibung noch etwas …«

»Aber natürlich, das ist es, wie töricht von mir!«, brach es mit Urgewalten aus dem Goldschmied hervor, auf einmal wie ausgewechselt, die Augen sprühend vor Vitalität. »Ich hoffe, die Herren sind mir nicht gram.«

»Dazu besteht kein Grund, Meister Diepholz«, wirkte Bruder Hilpert beruhigend auf den Goldschmied ein, warf einen Blick zur Tür, um gegen Überraschungen gefeit zu sein, und versicherte: »Ihr habt uns sehr geholfen, egal was noch passiert. Aber lasst Euch von mir nicht ablenken, was wolltet Ihr noch hinzufügen?«

»Dass er einen Talar trug«, bekundete Diepholz mit stolzgeschwellter Brust, reckte den Kopf über den Tresen und vollendete: »Den Talar eines Domschülers, so es sich nicht um einen Mummenschanz gehandelt hat.«

»Ein Knäblein, das an einem Mord beteiligt ist, das soll mal einer verstehen«, schimpfte Berengar nach dem Verlassen des Verkaufsraums vor sich hin, gefolgt von Bruder Hilpert, dessen Miene sich merklich verdüstert hatte. »Den kaufen wir uns, und wenn ich die ganze Stadt auf den Kopf stellen muss.«

»Du stellst dir das alles sehr einfach vor, mein Freund.«

»Jetzt mach aber mal einen Punkt, Federfuchser«, steigerte sich Berengar in einen veritablen Wutanfall hinein, wirbelte herum und sah Hilpert an, als zweifle er an dessen Verstand. »Wenn wir uns den Bengel jetzt nicht schnappen, dann können wir ja gleich die Segel streichen. Oder willst du, dass er weiter frei herumläuft? Ich sag dir eins, wenn wir die Chance jetzt nicht beim Schopf packen, dann wird es ein böses Erwachen geben. Du glaubst doch nicht ernsthaft, die werden mit dem Morden aufhören, und falls doch, wer garantiert uns, dass er es sich nicht irgendwann anders überlegt? In Halunken wie den kann man nicht reingucken, jemandem wie dir muss ich das nicht sagen.«

»Stimmt.«

»Dann lass uns Nägel mit Köpfen machen«, drängte Berengar mit entschlossener Miene, wich einer Arbeitskolonne aus, die im Begriff war, eine Holzbühne zu errichten, und zwängte sich zwischen den dicht gedrängten Pilgern hindurch, gefolgt von Bruder Hilpert, dessen Gedanken um den Käufer der Mantelspange kreisten. Die Vorbereitungen für das Stück liefen auf Hochtouren, und als reiche die Bühne vor dem Dom nicht aus, wurde das Podium von Sitzplätzen für die Ehrengäste flankiert. Schon jetzt, viereinhalb Stunden vor Beginn des Spektakels, hatten sich Hunderte von Schaulustigen eingefunden, die einen aus Neugier, die anderen, um sich in die Warteschlange vor dem

Portal einzureihen. »Periculum in mora – oder siehst du das etwa anders?«

»Keineswegs«, stieß Bruder Hilpert missgelaunt hervor, zupfte Berengar am Wams, um ihn zum Innehalten zu bewegen, und atmete weithin hörbar aus. »Das Problem ist, wie wollen wir es ihm beweisen. Das Knäblein ist mit allen Wassern gewaschen, das hast du ja selbst gesehen.«

»Jetzt mach dir doch nicht gleich ins Habit, Federfuchser«, fuhr Berengar seinen Gefährten an, unterbrochen von den Hauruckrufen der Zimmerleute, die eine Diele auf die Vorderseite der Bühne hievten. »A wie Angelus – der Schluss liegt ja wohl auf der Hand, oder? Und was die Beschreibung des milchbärtigen Satansbratens betrifft, die passt wie die Faust aufs Auge. Den Talar nicht zu vergessen, das Beweismittel par excellence.« Bevor er weitersprach, warf der Vogt einen Blick über die Schulter. Dann raunte er seinem Gefährten zu: »Ein Rat unter Freunden: Schon mal was von Gegenüberstellung gehört? Also, wenn das nicht reicht, um ihn vor den Kadi zu bringen, was denn dann!«

»Und was, wenn er es nicht war? Ich meine, wer garantiert uns, dass es sich bei dem Früchtchen um den Mörder handelt? Zugegeben: Die Indizien weisen in eine bestimmte Richtung, aber was uns fehlt, das sind wasserdichte Beweise. Und wenn wir uns auf den Kopf stellen, ohne sie haben wir nichts gegen ihn in der Hand.«

»Und selbst wenn es sich nur um einen Mitläufer handelt, du kennst ja den Spruch: mitgegangen, mitgefangen, mitgehangen.«

»Ist dir eigentlich klar, was du da sagst? Einmal angenommen, das Bürschchen stünde als Täter fest, was, denkst du, würde dann passieren?«

»Na, was denn wohl – es bekäme eine saftige Kerkerstrafe aufgebrummt. Aber nur, wenn es Glück hat. Wenn nicht, wäre Matthäi am Letzten.«

»Er ist erst 14, schon vergessen?«

Der Vogt lachte verächtlich auf. »Jugend schützt vor Strafe nicht, mehr fällt mir dazu nicht ein.«

»Aber mir«, gab Bruder Hilpert stirnrunzelnd zurück, bedeutete Berengar, näher an ihn heranzurücken, und senkte die Stimme bis zum Flüsterton herab. »Denk doch mal nach, alter Freund: Auch wenn es sich bei dem Delinquenten um einen Kriminellen handelt, er unterliegt der hiesigen Domimmunität. Will heißen: Um ihn vor ein ordentliches Gericht zu ziehen – in Würzburg nennt man es Brückengericht –, fehlt uns die juristische Handhabe. Du kennst dich ja damit aus: Nur ein Schöffengericht unter dem Vorsitz des Schultheißen ist befugt, über schwere Straftaten zu befinden, als da wären: Raub, Brandstiftung und sogenannte ›peinliche Handlungen‹, also Köperverletzung und dergleichen mehr. Alles Delikte, die mit dem Tod durch Ertränken bestraft werden – oder anderweitig, je nach Schwere des Vergehens.«

»Also, wenn du mich fragst, ich wäre dazu bereit, das Urteil zu vollstrecken. Und zwar eigenhändig.«

»Im Ernst?«

Der Vogt nickte entschieden mit dem Kopf. »Mir geht es dabei ums Prinzip, denn wenn ich an den Bettelvogt und diesen Stadtschreiber denke, dann geht mein Mitgefühl gegen null.«

»Auch bei einem 14-Jährigen?«

»Das ist ja mal wieder typisch«, platzte Berengar missgelaunt heraus. »Da kann einer noch so viel auf dem Kerbholz haben, mein Freund Hilpert nimmt ihn in Schutz. Und jetzt frage ich dich: Wenn dieser hinterfotzige Intrigant unter die Domimmunität fällt, wozu regen wir uns dann überhaupt noch auf? Wenn's drauf ankommt, halten die Pfaffen zusammen wie Pech und Schwefel, darauf kannst du wetten. Wenn wir gerade dabei sind, hast du eine Ahnung, wer seine Eltern sind?«

Bruder Hilpert schüttelte den Kopf. »Was seine Herkunft betrifft, muss ich passen. Gut möglich, dass es sich um einen Spross aus gutem Hause handelt, aber wer weiß, vielleicht tut er ja auch nur so. Wie dem auch sei, ich rate dazu, den Heimtücker zu beschatten, und zwar rund um die Uhr, um zu verhindern, dass es noch mehr Opfer gibt.«

»Und was, wenn er davon Wind bekommt?«

»Dann haben wir ein Problem, und was für eins«, versetzte Bruder Hilpert kühl, zog seinen Trinkbehälter hervor, um den Durst zu stillen, und dachte eine Weile nach. Die Schaulustigen ringsum wurden immer zahlreicher, darunter auch eine Gruppe Vaganten, die sich nicht scheute, mit Verve draufloszumusizieren. »Wie dem auch sei, wir müssen verhindern, dass es zu weiteren Mordanschlägen kommt.«

Berengar stimmte schweigend zu.

»Daher schlage ich vor, wir ruhen uns ein wenig aus, wer weiß, was heute Abend noch alles ...«

Den Satz zu vollenden blieb Hilpert verwehrt.

»Dem Himmel sei Dank, Bruder – da seid Ihr ja!«, hallte die Stimme von Waltraudis über die Umstehenden hinweg, so laut, dass der Bibliothekarius zusammenfuhr. »Auf ein Wort – aber allein, wenn es konveniert.«

»Nicht nötig«, erwiderte Hilpert gedehnt, deutete auf Berengar und schraubte das Behältnis wieder zu. »Darf ich vorstellen: Berengar von Gamburg, mein langjähriger

Gefährte und Freund. Sagt, was Ihr auf dem Herzen habt – wir beide haben keine Geheimnisse voreinander.«

»Na schön, wie Ihr wünscht.« Die Augen auf die beiden Ermittler gerichtet, kramte Waltraudis ein in Hirschleder gebundenes Brevier aus ihrer Umhängetasche hervor, warf einen Blick über die rechte Schulter und machte einen Schritt nach vorn, um es Hilpert auszuhändigen. »Beim Aufräumen bin ich auf sein Diarium gestoßen, nur notdürftig versteckt, aber darauf kommt es nicht an.«

»Sondern?«

»Ich will es mal so formulieren, Bruder: Ein Blick genügt, und man weiß Bescheid.«

»Ist es gestattet?«

»Aber natürlich, Bruder – deswegen bin ich ja hier.«

»Na, dann wollen wir mal«, murmelte Bruder Hilpert beim Überfliegen des Tagebuchs vor sich hin, nur um die Lektüre jäh zu unterbrechen. »Bei allen Heiligen, das darf ja wohl nicht wahr sein!«, hatte er Mühe, seine Bestürzung im Zaum zu halten, wandte sich an Berengar und sagte: »Sei bitte so gut und verständige den Bürgermeister, er soll sofort kommen, es sei wichtig!«

»Darf man erfahren, worum es sich dreht?«

»Jetzt nicht – und vor allem nicht hier«, zischte Bruder Hilpert gedämpft, verwahrte das Brevier unter seinem Habit und drängte: »Richte deinem Schwager aus, er soll sich beeilen – jeder Augenblick zählt!«

21

Kernstadt, eine Viertelstunde später
[14.20 Uhr]

»Du hältst jetzt die Klappe, ist das klar?«, stieß der Dickwanst mit dem Stierschädel hervor, umklammerte ihren Hals und drückte ihn wie einen morschen Ast zusammen. Dann zückte er einen Dolch, hielt ihr die Spitze unters Kinn und drohte: »Noch ein Wort, und ich verpasse dir ein paar hübsche Narben im Gesicht. Danach kannst du dich nirgends mehr blicken lassen, das heißt, wenn du dann überhaupt noch lebst.«

Der Druck der Pranke verstärkte sich, drückte ihr die Luft ab, katapultierte sie an den Rand der Bewusstlosigkeit. Radegundis wollte schreien, brachte jedoch nur ein ersticktes Röcheln hervor.

Der Grobian meinte es ernst.

Und seine Spießgesellen, die einen Halbkreis um ihn gebildet hatten, nicht minder.

»Na, was ist – hast du es dir überlegt?«

Zu überlegen gab es hier nicht viel. Entweder sie tat, was man von ihr verlangte, oder der Fettwanst mit den Fischaugen machte Ernst.

Sieben gegen eine.

Und dann auch noch lauter Männer, einer grimmiger als der andere.

Auf Zeit spielen, etwas anderes blieb ihr nicht übrig.

»Mach dein Maul auf, ich hab dich was gefragt«, wiederholte der schmerbäuchige Koloss, ließ die Dolchspitze genüsslich über ihr Kinn gleiten und blies ihr seinen übelriechenden Atem ins Gesicht. »Tu, was ich dir sage, oder du lernst mich kennen!«

Radegundis blinzelte bejahend mit den Lidern.

»Na also, warum nicht gleich«, erging sich der Grobian in beißendem Spott, blickte beifallheischend in die Runde und genoss es, im Mittelpunkt der Aufmerksamkeit zu stehen. Vom Zisterzienserhof kommend trottete ein Schwein hinter ihm vorbei, gefolgt von einem Hütejungen mit dem Stock in der Hand. Anders als von ihr erhofft rührte er jedoch keinen Finger, hielt den Blick gesenkt und gab Fersengeld. »Die Sache ist nämlich die: Wir werden jetzt einen kleinen Spaziergang mit dir machen. Aus Spaß an der Freude, denn wann bekommt man schon mal die Gelegenheit dazu. Wohin, wirst du schon noch sehen. Eins aber gleich vorweg: Solltest du in Erwägung ziehen, das Weite zu suchen, versuch es gar nicht erst. Mit dir werden wir spielend fertig, je früher du das einsiehst, umso besser.« Der Fettwanst griente täppisch in die Runde. »Tu einfach, was man dir sagt – dann kriegst du auch keine Scherereien mit mir. Du guckst ja so verängstigt, irgendwas nicht in Ordnung mit dir?«

Radegundis würgte einen unartikulierten Laut hervor, nach wie vor im Würgegriff der Pranke, die ihr kaum Luft zum Atemholen ließ.

»Ich versteh kein Wort, etwas lauter, wenn's der Dame beliebt«, hielt sie der Grobian genüsslich zum Besten, drückte die 15-Jährige an die Hauswand, bis sie ihr Rückgrat nicht mehr spürte, und versetzte ihr einen heftigen Schlag ins Gesicht. »Gib jetzt endlich Antwort, oder gelüstet Ihre Hoheit nach mehr?«

Radegundis schoss das Blut ins Gesicht. Grelle Lichtblitze leuchteten vor ihr auf, und mit jedem Moment, wo sie benommen vor sich hin blinzelte, drang das Summen in ihrem Kopf bis zur Schmerzgrenze vor. Ihre Hand schnellte reflexartig in die Höhe, unkontrolliert zitternd, wie bei einer alten Frau. Allein, ihr Peiniger war schneller, griff zu und riss sie mit einem Ruck herunter. Die ganze Mundhöhle roch nach Blut, und ihr Kleid fühlte sich wie ein Spüllappen an. Das Schlimmste war jedoch das Gefühl des Ausgeliefertseins, eine Empfindung, gegen die kein Kraut gewachsen schien. »Gib endlich Antwort, Metze, oder du erlebst dein …«

Metze.

Niemand durfte so mit ihr reden.

Der aufgeblasene Prahlhans schon gar nicht.

»… blaues Wunder.«

Der Satz war noch nicht zu Ende, da hatte Radegundis dem Dickwanst auch schon einen Kniestoß versetzt. Die Wirkung war geradezu verblüffend, sackte der Zweizentnerbrocken doch jäh zusammen, die Hände wie im Starrkrampf an den Schritt gepresst. Und stammelte halblaut vor sich hin: »Na warte, du Satansdirne – dafür … dafür wirst du mir büßen!«

Den Oberkörper vornübergebeugt, rang Radegundis nach Luft, immer noch wie benommen, in Erwartung dessen, was da käme.

Gleich würden die Feiglinge über sie herfallen, würden ihr den Mut, den sie an den Tag gelegt hatte, aus dem Leib prügeln.

Würden ihr eine Lektion erteilen, die sich gewaschen hatte.

So es denn dabei blieb.

Anders als erwartet rührte sich jedoch keiner von der Stelle. Radegundis richtete sich langsam auf, hob den Blick, um ihre Gegenspieler ins Visier zu nehmen. Einen nach dem andern, wie in Trance.

Merkwürdig.

Nicht einer, der es wagte, die Hand gegen sie zu erheben. Der sich an sie herantraute, um den ersten Schritt zu machen. Erleichterung keimte in ihr auf, Triumphgefühle, die sie glauben machten, das Martyrium sei vorüber.

Weit gefehlt.

Das Schlimmste würde nämlich noch kommen.

»Überlasst sie mir.« Drei Worte, die es in sich hatten, die dazu führten, dass ihr Mut wie eine Luftblase zerstob. Die dafür sorgten, dass sich alles in ihr zusammenkrampfte.

Die Finger, die Gliedmaßen, die Muskeln in ihrem Körper – einfach alles.

»Mumm hast du ja, das muss dir der Neid lassen.« Die Gestalt, die sich aus dem Schatten der gegenüberliegenden Toreinfahrt löste, war allenfalls mittelgroß, mit dem Schwergewicht, das sich mit zusammengekauertem Körper auf dem Boden wälzte, nicht im mindesten zu vergleichen. Fast schien es, als habe sie es mit einem Kind zu tun, erheblich kleiner als Radegundis, die sich bemühte, eine gelassene Miene aufzusetzen. »Damit du weißt, was dir bevorsteht: Dein Beschäler hat es in der Hand, dich vor dem Tod zu bewahren. Kurz und gut, entweder er reißt sich zusammen, führt seinen Auftrag zu meiner Zufriedenheit aus und kehrt in den Schoß unserer Bruderschaft zurück, oder du siehst den Verräter nicht wieder.« Von allen Seiten beinahe ehrfurchtsvoll beäugt, bemächtigte sich der Knabe des Dolches, der seinem Komplizen vor Schreck aus der Hand geglitten war, schlenderte auf sie zu und zischte: »Jeglicher Widerstand ist zwecklos, und wenn du schlau bist, machst du keine Zicken.«

»Und was, wenn ich mich dir widersetze?«

»So dumm wirst selbst du nicht sein, da bin ich mir

sicher«, säuselte der Blondschopf mit laszivem Ton, fuhr mit der Dolchspitze über ihr Mieder und genoss es, dass ihr vor Scham die Stimme versagte. »Immer hübsch brav sein, dann passiert dir auch nichts.«

»Lasst sie in Ruhe, oder ich gerbe euch das Fell!« Nur ein paar Steinwürfe entfernt waren zwei Männer aufgetaucht, der eine hochgewachsen und kräftig, das gezückte Schwert in der rechten Hand, der andere mit einer reich verzierten Amtskette um den Hals, deutlich kleiner als der furchterregende Hüne – und ungleich beleibter obendrein.

Kaum hatte der Hüne den Warnruf ausgestoßen, stob die Rotte in wilder Flucht davon.

22

Grafeneckart, eine halbe Stunde später
[15.00 Uhr]

»Du hast das Wort, junge Dame – sprich dich aus.«

Im Amtszimmer des Bürgermeisters war kein Laut zu hören. Selbst jetzt, in Sicherheit vor Unbill aller Art, saß Radegundis der Schreck noch in den Knochen. Bedroht, erniedrigt und mit Schmähungen überhäuft, noch dazu am helllichten Tag, nur einen Steinwurf von ihrem Elternhaus entfernt: Nicht einmal im Traum hätte sie damit gerechnet.

Allein gegen eine Rotte von Jünglingen, die vor nichts zurückschreckten. Die keine Skrupel besaßen, sie zu attackieren. Die darauf aus waren, sie in ihre Gewalt zu bringen.

Nicht auszudenken, was passiert wäre, hätte es ihre Retter nicht gegeben.

»Nur keine Scheu, weder Bruder Hilpert noch ich oder mein Schwager wollen dir etwas Böses.« Die Hände um den Knauf seines Lehnstuhls geschlungen, kehrte Kammscherer den jovialen Stadtoberen heraus, brachte seine Amtskette in die gewünschte Position und sprach: »Und Frau Waltraudis schon gar nicht, aber das muss ich dir ja nicht sagen.«

»Nein, Herr. Dazu besteht kein Grund.« Binnen Stunden zur jungen Frau herangereift, reckte Radegundis den schlanken Hals, fuhr mit der Hand über die Schläfen, um ihre Haare glattzustreichen, und musterte den Recken, dem sie ihr Leben verdankte. Wäre Berengar ihr nicht zu Hilfe geeilt, wer weiß, ob sie die Tortur überstanden hätte. Viel hätte jedenfalls nicht gefehlt, und Radegundis wäre auf Nimmerwiedersehen verschwunden. Mit Folgen, die sie sich jetzt, in Sicherheit vor gedungenen Häschern, nicht einmal ansatzweise vorzustellen wagte. Skrupellos, wie sie nun einmal waren, hätten die Halunken nicht gezögert, sie als Faustpfand zu benutzen. Der bloße Gedanke daran, und Radegundis wurde von Ekel übermannt. »Habt Dank, Ihr Herren – wärt Ihr nicht rechtzeitig zur Stelle gewesen, wer weiß, was mit mir ge…«

»Alles halb so wild, junges Fräulein«, fiel Berengar seinem Schützling ins Wort, machte eine besänftigende Handbewegung und erklärte: »Dich aus den Fängen dieser Strolche zu befreien, das war ja wohl selbstverständlich. Schade nur, dass wir sie nicht geschnappt haben, sonst wäre eine Tracht Prügel fällig gewesen. Aber was nicht ist, kann ja noch werden. Im Leben trifft man sich immer zweimal, und dann können sich die Lumpen auf was gefasst machen!«

»So es denn dazu kommt, mein Freund«, schaltete sich Hilpert begütigend ein, Seite an Seite mit Waltraudis Fries, deren Miene sich merklich zu entspannen begann. Waren ihre Informationen doch von großem Wert gewesen, vor allem, was die Machenschaften des Stadtschreibers betraf. Hätte es dessen Kontobuch nicht gegeben, die Beweise wären dünn gesät gewesen. So aber, im Besitz des aufschlussreichen Konvoluts, würde es gelingen, den Strippenziehern im Halbdunkel auf die Spur zu kommen. Wiesen die Spuren doch in eine ganz bestimmte Richtung, wenngleich es verfrüht war, den Fall als abgeschlossen zu betrachten. Das Mosaik wies noch etliche Lücken auf, und was das Tatmotiv betraf, tappten Berengar und er noch im Dunkeln. Umso wichtiger, Radegundis zu einer Aussage zu bewegen, denn ohne sie, darin waren sich die beiden Ermittler einig, würde die Anklage auf tönernen Füßen stehen. »Wie dem auch sei, jetzt ist die Jugend an der Reihe. Nur zu, Radegundis, wir sind ganz Ohr.«

Die Wirtstochter seufzte auf. Der Schrecken über die Geschehnisse saß tief, gepaart mit der Sorge, was mit Kilian geschehen war. Einfach so mir nichts, dir nichts zu verschwinden, das sah ihm überhaupt nicht ähnlich. Gut möglich, dass ihm etwas zugestoßen war, für Radegundis schier unerträglich, wie der flackernde Augenaufschlag verriet.

»Sei unbesorgt, meine Tochter, das wird schon wieder.«

»Und was macht Euch so sicher, Bruder?«, gab die Wirtstochter zaudernd zurück, sah die Anwesenden der Reihe nach an und fuhr damit fort, ihre Gedanken zu ordnen.

Dass Kilian etwas zugestoßen war, das stand für sie außer Frage, und je mehr Zeit verstrich, ohne dass es ein Lebenszeichen von ihm gab, desto stärker wurde sie von nagender Ungewissheit gepackt. »Diesen Tagedieben traue ich alles zu, oder seht Ihr das etwa anders als ich?«

Bruder Hilpert deutete ein Kopfschütteln an. »Am besten, wir beginnen von vorn, so schwer dir das momentan auch fallen mag.«

»Wie Ihr wünscht, Bruder.«

»Der Vorfall, um den es hier geht: Wie lange liegt er zurück?«

»Zehn Tage.«

»Wann und wie hast du davon erfahren?«

»Erst heute Morgen – aus Kilians Mund.« Die Hände krampfartig in ihrem Schoß verschränkt, rang die feingliedrige Person nach Worten. »Dass es etwas gibt, an dem er zu kauen hat, das habe ich natürlich gemerkt, aber …«

»Aber?«

»Er sagte, er habe sich vor mir geschämt.«

»Verständlich.« Von dumpfen Vorahnungen erfasst, stand Bruder Hilpert auf, um sich die Beine zu vertreten. Der Tag war bereits weit vorangeschritten, und wie sich bei einem Blick aus dem Erkerfenster herausstellte, gab es auf der Domstraße fast kein Durchkommen mehr. Die Stadt schien aus allen Nähten zu platzen, nichts als Pilger, fliegende Händler und Vaganten, so weit das Auge des Betrachters reichte. »Ich muss schon sagen, etwas Derartiges ist mir bislang nicht untergekommen.«

»Mir auch nicht«, pflichtete Berengar seinem Gefährten bei, wandte sich an Radegundis und sagte: »Ich kann mir vorstellen, wie schwer es dir fällt, über diese Abscheulichkeit zu …«

»Schon gut, Herr Vogt. Was sein muss, muss nun einmal sein. Bringen wir es hinter uns, je eher, desto besser für uns alle.«

Bruder Hilpert nickte matt. Auch an ihm war der Fall nicht spurlos vorübergegangen, ein Blick auf die rautenförmigen Butzenscheiben, wo sich das Spiegelbild seines übernächtigten Konterfeis abzeichnete, und er erschrak beinahe zu Tode. Das Gesicht wie von Auszehrung befallen, hervorstehende Wangenknochen, die Augen von dunklen Rändern gesäumt, die ihm das Aussehen eines Greises im Siechtum verliehen, kurzum: ein veritables Bild des Jammers.

Allein, das Aussehen kam nicht von ungefähr. Wozu Menschen fähig waren, wenn sie die Kontrolle über sich verloren, das hatte er zur Genüge erfahren – respektive erfahren müssen. Dass es jedoch hochrangige Kleriker gab, die keine Hemmungen besaßen, wenn es um die Befriedigung ihrer Begierden ging, das brachte ihn schier um den Verstand. »Wohl gesprochen, junges Fräulein. Fahre fort.«

Radegundis atmete stoßweise aus. Die Rötung in ihrem Gesicht vertiefte sich, und es fiel ihr schwer, den Gesprächsfaden wieder aufzunehmen. »Wie gesagt, am Mittwoch vor einer Woche war es dann so weit. Der Herr Domkapitular war so gnädig, Kilian zu sich bitten, doch was er im Schilde führte, darauf wäre er nie gekommen.« Die Miene der Wirtstochter verdüsterte sich. »Vorleser gibt es schließlich zur Genüge, wozu sich also unnötig Sorgen machen.«

»Ein leibhaftiger Domkapitular, wer hätte das gedacht.«

Radegundis nickte zustimmend, ohne Bruder Hilpert auch nur einen Moment aus den Augen zu lassen. »Wisst Ihr, als Tochter eines Schankwirts bin ich zwar einiges gewohnt, aber das da …« Die Augen randvoll mit Tränen, brach Radegundis in leises Schluchzen aus. »Also das … All das war mir dermaßen widerwärtig, dass ich das Gefühl bekam, einen Blick ins Innere der Hölle zu erhaschen. Unter uns, Bruder: Zuerst konnte ich es nicht glauben – und wollte es auch nicht. Aber dann, je mehr ich über die Schändung erfuhr, desto deutlicher wurde mir bewusst, was geschehen war.«

»Du bist dir also sicher: Kilian musste dem Domkapitular zu Willen sein?«

Ein bekräftigendes Nicken, begleitet von einem Schwall von Tränen. »Absolut.«

»Ich schlage vor, wir ersparen uns die Details.« Laut aufseufzend durchmaß Hilpert den Raum, umgeben von den Konterfeis der Stadtoberen, die an den Wänden der getäfelten Amtsstube prangten. Vollgestopft mit Schriftrollen aus Pergament, quollen die Regale an der Stirnseite fast über, darunter auch die Gründungsurkunde der Stadt, die in einem versiegelten Behältnis aus Schweinsleder steckte. »Und wie ging es weiter, weißt du Näheres darüber?«

»Um mit seinen eigenen Worten zu reden: Kilian war am Boden zerstört, hätte am liebsten Hand an sich gelegt.«

Im Begriff, einen Einwand vorzubringen, behielt Bruder Hilpert seine Meinung für sich.

Radegundis fuhr fort: »Wie es in ihm ausgesehen hat, das wage ich mir nicht vorzustellen. Ich wiederhole, dass es etwas gab, womit er haderte, das konnte man ihm vom Gesicht ablesen. Er war ein anderer Mensch geworden, vom einen auf den anderen Tag. Grüblerisch, reizbar und verschlossen. Um ganz ehrlich zu sein, ich erkannte ihn kaum wieder, so verändert kam er mir auf einmal vor. Und nicht nur mir, sondern auch seinem Lieblingslehrer.«

Bruder Hilpert horchte schlagartig auf. »Der Lieblingslehrer, von dem gerade die Rede war: Hat Kilian dir dessen Namen genannt?«

Radegundis rang nach Worten, verlagerte das Gewicht bald auf den rechten, bald auf den linken der schmalen Füße. »So leid es mir tut, im Moment komme nicht drauf. Ich weiß nur, dass er blind ist, auf beiden Augen. Und dass er dem Konvent der Dominikaner angehört.«

»Columbanus, hab ich's mir doch gedacht«, platzte Bruder Hilpert wider Willen heraus, gerade so, als führe er ein Selbstgespräch.

»Genau, jetzt erinnere ich mich wieder! Bruder Columbanus, der Name ist mir seit längerem ein Begriff. Für Kilian schien er so etwas wie ein Bruder gewesen zu sein – und ein Vorbild, um ihn wortwörtlich zu zitieren.«

»Fragt sich nur, was man darunter versteht.«

»Wie dem auch sei, vor drei Tagen kam die Sache dann in Gang.«

»Bedeutet, da es sich bei Columbanus um einen beliebten, wenn nicht gar den beliebtesten Lehrer an der Domschule handelt, war es ihm ein Leichtes, eine Schar von Getreuen um sich zu versammeln, um ...« Die Stirn in Falten, brach Bruder Hilpert unvermittelt ab.

»Um es von Greiffenclau kräftig heimzuzahlen, was denn sonst?«, mischte sich Berengar unversehens ein, wechselte einen Blick mit seinem Schwager und ergänzte: »Etwas anderes käme wohl kaum infrage, oder was meint der ehemalige Inquisitor dazu?«

»Das Gleiche.«

»Und worin liegt dann dein Problem?«

»Mein Problem, alter Freund, hängt mit der Frage zusammen, warum der Bettelvogt sterben musste. Ich meine, wäre es nicht logisch gewesen, sich anstelle von Schwertfeger den

Päderasten im Habit des Klerikers vorzuknöpfen? Schließlich handelte es sich bei ihm um den Hauptschuldigen, um eine Person, die keine Skrupel besaß, sich an einem Schutzbefohlenen zu vergehen. Pietätlos formuliert: Wäre ich an der Stelle der Täter gewesen, ich hätte mir von Greiffenclau als Opfer auserkoren.«

»Auch wieder wahr.«

»Da fällt mir gerade ein: War Kilian an der Aktion beteiligt?« Immer noch stehend, nahm Bruder Hilpert die Zeugin in Augenschein. »Ich muss dich das fragen, je genauer wir Bescheid wissen, desto besser.«

Radegundis verneinte stumm. »Es sei besser, ihn außen vor zu lassen. Um nicht unnötig Verdacht zu erregen.«

»Sagte wer?«

»Ich gäbe etwas dafür, wenn ich es wüsste. Kilian zufolge wurde er von einem Mitschüler aufgesucht, der ihn anwies – ich zitiere: ›sich aus allem rauszuhalten‹.«

»Der da hieß?«

»Mir gegenüber hat Kilian keine Namen genannt, Bruder Columbanus und den Widerling ausgenommen.«

»Die Instruktion, sich aus allem herauszuhalten, wann genau ist sie erfolgt?«

»Vor zwei Tagen, nach dem Morgengebet.«

»Ein Mord mit dem Segen des Allerhöchsten – wie passend!«

»Dein Humor in allen Ehren, Herr Vogt, aber momentan ist mir nicht nach Scherzen zumute. Ein andermal vielleicht, wenn es mir bis dahin nicht schon längst vergangen ist.« Am Kopfende des massiven Eichentischs postiert, von wo aus der Bürgermeister ins Leere starrte, nahm Hilpert den Gefährten ins Visier. Die Arme vor der Brust verschränkt, hielt Berengar den Blicken stand, kaum imstande, seinen

Unmut im Zaun zu halten. »Worauf warten wir eigentlich noch, kann mir das mal jemand sagen? Auf sie mit Gebrüll, die haben es nicht anders verdient!«

»Schlag dir das aus dem Kopf, Schwager. Daraus wird nichts.« Wie aus dem Nichts zum Leben erwacht, machte Kammscherer eine ablehnende Handbewegung, erhob sich, um seinen Worten den gewünschten Nachdruck zu verleihen, und verkündete in pastoralem Stil: »Ich denke, wir alle – also auch du, werter Schwager – sind uns der Konsequenzen eines Zugriffs bewusst. Will heißen: Wenn wir unüberlegt handeln, dann stellen wir uns selbst ein Bein. Bedenkt bitte: Juristisch betrachtet genießen die Angehörigen der Domschule Immunität, und zwar nicht nur das Lehrpersonal, sondern auch die Schülerschaft, ungeachtet des Alters oder ihrer Herkunft. Daraus folgt, würde es uns tatsächlich gelingen, sie des Mordes oder der Beihilfe dazu zu überführen, dann …«

»Gingen die Chancen, die Schufte vor ein ziviles Gericht zu bringen, gegen null.«

»Du sagst es, Schwager. Darüber hinaus gebe ich zu bedenken, dass ein Großteil der Schüler …«

»Aus wohlhabenden Familien stammt – ich weiß.«

»Mit anderen Worten: Für deren Väter wäre es ein Leichtes, um juristischen Beistand nachzusuchen. Was ich damit andeuten möchte, ist: Jeder Anwalt, einer mit Rang und Namen allzumal, würde sich die Finger danach lecken, die Verteidigung der Missetäter zu übernehmen, egal vor welchem Gericht, egal wie die Anklagepunkte lauten. Ergo: Die Chancen, dass es zu einem Freispruch käme, stünden zehn zu eins – wenn nicht gar besser. Seien wir doch mal ehrlich: Was den Mordfall Schwertfeger betrifft, tun wir uns mit der Analyse schwer. Das beginnt mit der Frage nach der Todesursache – und hört damit auf, wen die Hauptschuld trifft. Und wenn es hart auf hart kommt – Bruder Hilpert und mein Schwager wissen das aus Erfahrung –, werden die Angeklagten versuchen, den Kopf aus der Schlinge zu ziehen, indem sie sich gegenseitig die Schuld in die Schuhe schieben. Im Klartext bedeutet dies, damit die Domschule nicht in Verruf gerät, werden die Verantwortlichen alles tun, um die Angelegenheit zu vertuschen. Wer weiß, vielleicht picken sie sich auch einen Sündenbock heraus, wäre nicht das erste Mal, dass es dazu kommt.« Die Karikatur eines Patriarchen, setzte Kammscherer noch eins drauf, reckte das Kinn und blickte überheblich in die Runde: »Ich will Euch ja nicht zu nahe treten, Bruder: Aber habt Ihr überhaupt eine Vorstellung, was passiert, wenn die Einzelheiten des Skandals an die Öffentlichkeit dringen? Oder wenn wir uns dazu verleiten lassen, mit dem Kopf durch die Wand zu wollen? Meine Autorität wäre dahin, von der Tatsache, dass das Ansehen der Stadt schweren Schaden nehmen würde, ganz zu schweigen. Nehmen wir einmal an, die Interna des Mordfalls sprächen sich herum: Was, glaubt Ihr, würde dann geschehen? Profitieren würde davon nur einer, und zwar der Bischof. Wie ich ihn einschätze, würde sich von Brunn vor Freude die Hände reiben – und nicht zögern, den Skandal zu seinen Gunsten auszuschlachten. Wer also glaubt, er müsse mit eisernem Besen kehren, der weiß nicht, wovon er spricht. Daher schlage ich vor, von weiteren Schritten Abstand zu nehmen, zumindest so lange, bis die Beweislage …«

»Geklärt ist?«

»Du hast es erfasst, werter Schwager. Nimm bitte zur Kenntnis: Politik ist nun mal ein kompliziertes Geschäft, und nicht jeder, der große Reden schwingt, hat auch wirklich Ahnung davon.«

»Wie darf ich das verstehen?« Entgegen seinen Gewohnheiten war Berengar die Ruhe selbst, stand auf und schlenderte gemächlich auf seinen Schwager zu, der ihn mit Herrscherattitüde musterte. »Nimm bitte zur Kenntnis, du Hasenfuß«, ahmte er den Tonfall des Bürgermeisters nach, schnitt eine frohgemute Grimasse und raunte Kammscherer ins rechte Ohr: »Wenn du so weitermachst, nimmt dich bald niemand mehr für voll, das garantiere ich dir. Dann ziehen dich die Pfaffen über den Tisch, dass es nur so kracht, allen voran der Bischof, der dich wie eine Laus zerquetschen wird. Ein Rat unter Verwandten, den ich dir nicht in Rechnung stellen werde: Wenn du nicht imstande bist, zwischen Freund und Feind zu unterscheiden, dann kann man die Uhr danach stellen, bis du Schiffbruch erleidest, schreib dir das hinter die abstehenden …«

»Wirst du wohl still sein, Berengar – jetzt ist es aber genug!«, fuhr Hilpert seinem Freund in die Parade, packte ihn am Ärmel und zog ihn zu seinem Stuhl, wo er ihn zwang, sich zu den anderen an den Tisch zu setzen. »Ziehen wir also Bilanz: Was wissen wir?«

»Dass es zwei Tote gab, deren Ruf zu wünschen übrig lässt.«

»Wohl gesprochen, Bürgermeister«, gab Bruder Hilpert mit einem Maximum an Selbstbeherrschung zurück, trat ans Fußende des Tisches und rekapitulierte: »Laut den Angaben von Radegundis wird Kilian Opfer einer Schandtat, die wir uns weder vorstellen können noch wollen. Verantwortlich dafür ist Melchior von Greiffenclau, Kapitular am hiesigen Kiliansdom. Um seiner gequälten Seele Luft zu verschaffen, fasst der Domschüler den Beschluss, sich seinem allseits verehrten Magister anzuvertrauen, bei dem es sich um Bruder Columbanus vom Orden der Dominikaner handelt. Acht Tage später, also am fünften Tag im Juli, wird der Geschändete dann von einem Mitschüler aufgesucht, der ihn anweist – ich zitiere: ›sich aus allem rauszuhalten‹. Worum es sich im Einzelnen dreht, darüber bleibt Kilian im Ungewissen. Einen Tag später, am gestrigen Freitag, wird der Leichnam von Gunthram Schwertfeger aufgefunden, seines Zeichens Bettelvogt und für seine zwielichtigen Geschäfte über die Grenzen der Stadt hinaus bekannt. Der Leichnam weist Spuren von Folterungen auf, die laut Gutachten des Leichenbeschauers jedoch nicht ausschlaggebend für dessen Ableben sind. Tags darauf, am heutigen Vormittag, erreicht mich dann die Nachricht, dass Bartholomäus Fries, Stadtschreiber von Beruf und zu seinem Schutz auf die Burg des Bischofs verbracht, Suizid begangen habe. Über die näheren Umstände, dies sei in aller Deutlichkeit vermerkt, liegen mir noch keine genauen Angaben vor. Falls Ihr, verehrte Anwesende, versteht, was ich damit andeuten möchte.«

»Mit anderen Worten, er wurde aus dem Weg geräumt.« Waltraudis Fries, beherrscht wie ehedem, rührte sich keinen Zoll weit von der Stelle, bekleidet mit einem dunklen Gewand, das ihr das Aussehen einer antiken Tragödiendarstellerin verlieh. »Fragt sich nur, warum.«

»Nun, um die Frage vollständig zu beantworten, bedarf es noch weiterer Nachforschungen, aber wie das Kontobuch des aus dem Leben Geschiedenen beweist, scheint er im Sold des bischöflichen Vikarius gestanden zu sein.« Das Konvolut griffbereit zur Hand, schlug Bruder Hilpert den hirschledernen Einband auf, blätterte ein paar Seiten weiter und deutete auf die linke Spalte, in der die Einkünfte des Stadtschreibers aufgelistet waren. »Ein großes A, ein kleines V und ein mit Schnörkeln versehenes großes I – das Monogramm spricht meiner Ansicht nach für sich.«

»Und steht für Aleandrius von Ingelheim?«

»Ich denke schon«, stieß Bruder Hilpert schwer aufatmend hervor, nickte Berengar anerkennend zu und ließ den Finger am Seitenrand nach unten gleiten. »Allein in diesem Jahr, so steht es in dem Konvolut geschrieben, schlugen die Handsalben mit 1.500 Gulden zu Buche. Bedeutet: Für seine Dienste – worum auch immer es sich dabei gehandelt haben mag – wurde Fries ein wahrhaft fürstlicher Lohn zuteil, in Höhe von 250 Gulden pro Monat.«

»Hol's der Teu... Heilige Muttergottes, das wird ja immer toller!«

»So gern ich es täte, ich kann meinem Gefährten nicht widersprechen. 3.000 Gulden pro Jahr: Wie mir scheint, hat sich der Bischof die geleisteten Dienste etwas kosten lassen.«

»Die Frage ist, für welche Zwecke.«

»Für keine wohltätigen, fürchte ich.« Laut aufseufzend klappte Hilpert das Kontobuch wieder zu, legte es auf den Tisch und nippte an einem Becher mit verdünntem Wein, um die vom Reden ausgedörrte Kehle zu befeuchten. »Wie dem auch sei, in der Wahl seiner Mittel scheint der Stadtschreiber nicht wählerisch gewesen zu sein, Frau Waltraudis möge mir die Wortwahl verzeihen. Hat er es doch verstanden, aus mehreren Quellen gleichzeitig zu schöpfen, und sei es nur, um seinen Hang zum Wohlleben zu finanzieren.«

»Mit einem Wort, kriminell bis zur Halskrause. Kein Wunder, dass er in der Gosse gelandet ist. Suizid oder nicht, die Schweinsmaske hat er sich redlich verdient!«

»Ich muss doch sehr bitten, Berengar, du vergreifst dich

im Ton.« Ein entschuldigender Blick, der Waltraudis galt, und Bruder Hilpert fuhr mit seinen Ausführungen fort: »Abschließend bliebe zu bemerken, dass Fries über vielfältige Beziehungen verfügte, und zwar nicht nur zum Bettelvogt und zum Vikarius des Bischofs, sondern auch zu einer Vielzahl von angesehenen Bürgern, denen er zu Diensten war, wenn ihnen der Sinn nach den Freuden der Minne stand. Oder nach Freuden der ganz speziellen Art.«

»Das hast du aber schön gesagt, Federfuchser.«

»Ach, und noch etwas: Wie ich aus dem Munde von Frau Waltraudis erfuhr, handelt es sich bei Melchior von Greiffenclau um den Halbbruder von Bartholomäus Fries, das sei der Vollständigkeit halber erwähnt. Da fällt mir gerade ein, Radegundis, wann genau hast du Kilian zum letzten Mal gesehen?«

»Heute Vormittag, so um die siebte Stunde herum.«

»Stimmt, ich erinnere mich. Als ihr beiden vor der Domschule voneinander Abschied genommen habt. Was hatte dein Auserwählter vor?«

Radegundis errötete leicht. »Er hatte vor, sich von seinen Gefährten loszusagen. Er meinte, sie seien zu weit gegangen.«

»Das sind sie in der Tat«, sinnierte der Bibliothekarius vor sich hin, darüber nachgrübelnd, was dem Verschollenen zugestoßen sein könnte.

»Und darum, liebe Freunde, auf sie mit Ge…« Vom Gepolter herannahender Schritte unterbrochen, brach Berengar die militante Aufforderung ab.

Kurz darauf klopfte es heftig an der Tür.

»Was ist denn jetzt schon wieder los«, brummte der Bürgermeister verstimmt und wuchtete sich ächzend in die Höhe. »Herein!«

Völlig außer Atem, verharrte der in Ehren ergraute Amtsdiener auf der Stelle, sah die Anwesenden reihum an und richtete das Wort an Kammscherer, der ihn mit hochgezogen Brauen musterte. »Ich … ich bringe schlimme Kunde, Herr«, stieß er mit unüberhörbarem Lispeln hervor, den Kopf devot gesenkt, wie es seiner Rolle als Unglücksbote entsprach. »Etwas Furchtbares ist geschehen, ich weiß gar nicht, wie ich es Euch beibringen soll.«

»Raus mit der Sprache, was ist los?«

»Ein Mord im Greiffenclauer Hof, am … am Domkapitular«, wimmerte der Amtsdiener mit zitternder Stimme, kaum imstande, seinen Kurzbericht fortzusetzen. »Der Täter wurde gefasst, bitte kommt schnell, Ihr werdet gebraucht!«

23

Greiffenclauer Hof, zu Beginn der zehnten Stunde
[16.20 Uhr]

»Ein Leichnam, der sich in Luft auflöst«, erging sich Bruder Hilpert in Ironie, schüttelte ungläubig den Kopf und warf dem Pförtner einen Blick zu, der keines Kommentars bedurfte. »Öfter mal was Neues, oder was sagt der Herr Vogt dazu?«

»Lieber nichts, sonst platzt mir am Ende noch der Kragen.«

Bruder Hilpert nickte beifällig in die Runde. Der Luxus, mit dem sich von Greiffenclau umgab – oder umgeben hatte, wenn man den Worten des Pförtners Glauben schenkte –, übertraf seine Befürchtungen bei weitem. Hätte er nicht gewusst, dass es sich um das Domizil eines Domgeistlichen handelte, er wäre auf die kuriosesten Ideen verfallen. Die Kemenate einer römischen Kurtisane war nichts dagegen, stachen die Vorlieben des Bewohners doch klar ins Auge. Im Panorama des Absonderlichen mochte das Triclinium ja noch angehen, aber was die Motive auf den Tapisserien betraf, versagte selbst ihm die Sprache. Gott Bacchus mit einem Weinschlauch an den Lippen, dem Vollrausch nah, ein bocksbeiniger Satyr, der eine Nymphe umgarnte, zwei Knaben im trauten Zwiegespräch, die Köpfe sacht aneinander gelehnt, Gott Amor auf den Fersen eines Jünglings, der Gejagte nackt bis auf die Haut: Deutlicher, um nicht zu sagen anstößiger, hätten die Motive auf dem Wandschmuck nicht ausfallen können.

Wohin der Blick auf schweifte, allerorten das gleiche Bild. Vorhänge aus besticktem Brokat, Truhen und Schatullen aus Sandelholz sowie Preziosen in Hülle und Fülle, darunter eine Wasserpfeife aus dem Morgenland, Karaffen aus getriebenem Silber, Teppiche aus Kleinasien, dekoriert mit Fabelwesen aus Tausendundeiner Nacht, und vieles mehr. Allein der Geruch, der das abgedunkelte Gemach durchwehte, raubte einem fast den Atem, sinnlich wie im Serail eines Paschas, der im Beisein seiner Konkubinen dem Wohlleben frönte.

Mit einem Wort, von Greiffenclau konnte aus dem Vollen schöpfen, so er denn überhaupt noch am Leben war. »Dann eben noch mal von vorn«, machte Bruder Hilpert aus seiner Gereiztheit keinen Hehl, versenkte den Blick in denjenigen des Pförtners und versuchte, in dessen Gesicht zu lesen. Der Mann, der behauptete, Kilian auf frischer Tat ertappt zu haben, er hatte die Mitte des Lebens bereits überschritten, trug eine Livree mit dem Wappen derer zu Greiffenclau, auf dem sich eine vergoldete Lilienhaspel befand, und erweckte den Anschein, dass er Wein gegenüber nicht abgeneigt war. Die Trinkernase, umgeben von tiefrot verfärbten Wangen, die in eine erschlaffte Mundpartie mündeten, sprach diesbezüglich für sich, und was die lallende Sprechweise betraf, erübrigten sich die letzten Zweifel. »Wann genau hast du das Gemach betreten?«

»Um die Mittagszeit herum.«

»Geht's noch ein bisschen präziser?«

»Wie ich bereits sagte, Herr Vogt: Wie spät es war, weiß ich nicht mehr genau, ich gucke ja nicht andauernd auf die Sonnenuhr.«

»Aber ins Glas, wenn mich mein Geruchssinn nicht täuscht.«

»Lass gut sein, Berengar – das führt doch zu nichts.« Neben dem Triclinium postiert, das sich an der Schmalseite des Tempels der Sinnesfreuden befand, hob Bruder Hilpert begütigend die Hände. »Als du den Raum betratest, was hast du da gesehen?«

»Aber das habe ich Euch doch schon alles ge…«, quengelte der Pförtner mit Nasalstimme drauflos und rubbelte verdrossen an seinem Riechkolben herum, nur um von Berengar abrupt unterbrochen zu werden.

»Was du gesehen hast, wollen wir wissen, gib Antwort!«

»Den da«, lautete die frostige Replik, während der Pförtner ergrimmt auf Kilian deutete, dessen Hände von seinen Bewachern auf den Rücken gefesselt worden waren. Beide, der ältere der herbeigerufenen Stadtknechte links und sein Begleiter rechts vom Tatverdächtigen postiert, wichen dem Domschüler nicht von der Seite. »Den da habe ich gesehen, mit einem Dolch in der Hand.«

»Der als Tatwerkzeug nicht infrage zu kommen scheint«, ergänzte Bruder Hilpert spitz, zog den Dolch aus der Scheide und zeigte ihn herum. »Keinerlei Spuren zu erkennen, weder an der Klinge noch an dem Behältnis.«

Dann legte er die Waffe beiseite.

Der Pförtner ließ sich jedoch nicht beirren. »Da drüber ist er gelegen«, salbaderte er wie im Delirium drauflos, trippelte zu der Wandnische, die sich auf der Straßenseite befand, und stimmte ein veritables Klagelied an, unterbrochen vom Gebell eines Hundes, das von weither durch die abgedunkelten Fenster drang. »Mit dem Kopf zur Decke, das Gesicht hinter einer Schweinsmaske, einen Lendenschurz über dem Gemächte.«

»Noch etwas von Bedeutung?«

»Blutergüsse in rauen Mengen. Die Einkerbungen an den Gelenken nicht zu vergessen.« Der Pförtner stockte. »Und … äh … und …«

»Und was?«

»Er hatte sich vollgeschissen, Herr Vogt – und wie.«

»Kommt in den besten Familien vor, würde ich sagen.«

»Berengar – bitte!« Um Konzentration bemüht, blickte sich Hilpert suchend um, kniete sich auf den Boden, um die Dielenbretter zu begutachten, und setzte seine neuen Augengläser auf, ein Geschenk eines Mitbruders in Maulbronn, dem er dabei geholfen hatte, sich ans Klosterleben zu gewöhnen. »So kommen wir nicht weiter, das sagt dir doch der Verstand.«

Der Vogt murmelte etwas vor sich hin, das sein Gefährte nicht verstand – und schloss sich der Spurensuche am Tatort an.

Jedoch ohne Erfolg.

Eine Tatsache, die den Bibliothekarius bedenklich stimmte. »Keinerlei Spuren, wie du siehst«, richtete er das Wort an den Pförtner, der seinen Blick geflissentlich mied. »Weder solche, die auf einen Kampf hindeuten, noch diejenigen, welche den Geruchssinn betreffen.«

»Und was wollt Ihr damit sagen, Bruder?«, warf Kammscherer aus dem Hintergrund ein, merklich verstimmt, wie der bissige Ton bezeugte. »Warum sollte der Mann lügen, er handelt sich dadurch nur Schwierigkeiten ein.«

»Genau das frage ich mich auch«, murmelte der Bibliothekarius zerstreut vor sich hin, erhob sich und setzte die Augengläser wieder ab. Dann wandte er sich erneut dem Pförtner zu. »Von daher gleich die nächste Frage: Der junge Mann behauptet, außer dir niemandem über den Weg gelaufen zu sein. Wie ist das zu erklären?«

»Mir wurde befohlen, dem Gesinde freizugeben. Der Zerstreuung wegen – Ihr versteht. Spektakel müssen nun einmal sein, am Tag vor Kiliani allzumal.«

»Wie großzügig.«

Der Pförtner setzte sich über die Replik hinweg. »Der Herr wollte allein sein, ist das etwa verboten?«

»Natürlich nicht. Ein Mann wie er hat ein Recht dazu, die Verantwortung wollte ich nicht übernehmen.« Bruder Hilpert lächelte hintergründig in die Runde. »Um die Kirche vor Schaden zu bewahren, meine ich.«

Der Pförtner stutzte, sagte jedoch nichts.

»Die Finten des Weltenverderbers sind unerforschlich, findest du nicht auch?«

»Nichts für ungut, Bruder: Aber worauf wollt Ihr eigentlich hinaus?«

»Das will ich dir sagen, wenngleich ich mich schwertue, die Contenance zu bewahren.« Das Kinn auf die aneinandergelegten Fingerkuppen gestützt, blieb der Bibliothekarius in der Raummitte stehen, dachte kurz nach und fuhr fort: »Uns liegen Informationen darüber vor, dass es mit dem Lebenswandel deines Herrn nicht zum Besten steht respektive stand, je nach Sicht der Dinge.«

»Wie meint Ihr das?«

»Jemand wie du weiß das nur zu gut, aber lassen wir das. Von Interesse ist für mich etwas anderes, nämlich die Frage, ob der Herr des Hauses Feinde hatte.«

»Die hat doch jeder, oder?«

»Beantworte meine Frage, mehr verlange ich nicht von dir.«

»Nicht dass ich wüsste.«

»Und warum dann der angebliche Mord?«

»Woher soll ich das denn wissen, ich bin doch kein Hellseher.«

»Nächste Frage: Vom Gesinde einmal abgesehen, mit wem hatte dein Herr Kontakt?«

Der Türhüter schniefte indigniert, die Trinkernase in flammendes Rot getaucht. »Er erteilte die Order, niemanden vorzulassen, das habe ich doch gesagt!«

»Und war es auch so?«

»Wollt Ihr etwa damit sagen, ich lüge Euch etwas …«

»Was mein Freund und Gefährte damit sagen will, ist: Hat es jemanden gegeben, der um eine Unterredung bat? Ich meine, bei einem Amtsträger wie deinem Herrn sind

Bittsteller doch alltäglich – oder eben Leute, die Geschäftliches zu erledigen haben. Ein Domkapitular ist schließlich nicht irgendwer, ein Mann wie er hat eine Menge zu tun, bis der Tag vorüber ist, oder gehe ich da fehl in der Annahme?«

»Keineswegs, Herr Vogt.«

»Wenn wir gerade dabei sind, der von dir des Mordes bezichtigte junge Mann hat ausgesagt, die Pforte des Anwesens sei offen gewesen. Trifft dies zu?«

»Das kann ich mir nicht vorstellen, Bruder. Und wenn doch, wäre es nicht meine Schuld.«

»Sondern diejenige von wem?«

»Wenn Ihr versucht, mir die Verantwortung am Tod meines Herrn in die Schuhe zu schieben, dann …«

»Wir versuchen, die Wahrheit herauszufinden, und sonst gar nichts«, fuhr Berengar den sichtlich geknickten Türsteher an, wechselte einen Blick mit Kilian, der das Geschehen mit banger Miene verfolgte, und vollendete: »Von daher nochmals: Gibt oder gab es Personen, die dir im Verlauf des Vormittags besonders aufgefallen …«

»Da war ein Hausierer, der versucht hat, mich um Geld anzubetteln. Ziemlich unverschämter Bursche, habe ihn hochkant vor die Tür gesetzt.«

»Wann war das?«

»Um die Mittagszeit herum«, gab der Pförtner kleinlaut zu Protokoll, massierte die geäderten Nasenflügel und trippelte nervös auf der Stelle. »Oder kurz davor.«

»Und wie sah er aus?«

»Wie ein Habenichts eben so aussieht, Herr«, druckste der verkaterte Bacchusjünger herum, breitete ratlos die Handflächen aus und überlegte. »Ziemlich verlottert eben, verfilzte Haare, vernarbtes Gesicht, zerschlissenes Wams mit Löchern drin. Die reinste Vogelscheuche, möchte nicht wissen, was der Lump auf dem Kerbholz hat. Und Triefaugen hatte er auch – und einen Goldring im linken Ohr.«

»Er hatte *was?* Wiederhol das noch mal!«

Wie vom Donner gerührt, stierte der Pförtner dem Vogt ins Gesicht. »Einen Goldring im linken Ohr, der ziemlich echt aussah.«

»Heureka, den kauf ich mir!«, rief Berengar zur Verwunderung der Anwesenden aus, wechselte ein paar Worte mit Bruder Hilpert und stürmte davon, als sei der Leibhaftige hinter ihm her. »Bis später, Federfuchser, ich hoffe, du kommst auch ohne mich zurecht!«

»Und jetzt zu dir, junger Mann«, forderte Hilpert den vermeintlichen Täter auf, scheel beäugt von seinen Bewachern, denen das Misstrauen in die kantigen Gesichter geschrieben stand. »Was hast du zu den Vorwürfen zu sagen?«

Sichtlich mitgenommen, seufzte Kilian Schneidmüller auf. Die Spuren der Fausthiebe, mit denen er seitens der Mitschüler traktiert worden war, verunzierten das wohlgeformte Gesicht, und während er sprach, geriet er wiederholt ins Stocken. »Dass sie nicht zutreffen, Bruder, ich selbst kann mir das nicht erklären.«

»Ich schlage vor, wir gehen in medias res«, hielt sich der Bibliothekar nicht lange mit Vorreden auf, deutete auf die Mauernische am Fenster und fragte: »Die Beschreibung des Toten, die wir aus dem Mund des Pförtners vernahmen, kannst du sie uns gegenüber bestätigen?«

»Voll und ganz, Bruder.«

»Mit anderen Worten, du bestreitest, den Mord begangen zu haben.«

Kilian bejahte vehement. »Ganz entschieden, ich habe nichts damit zu tun.«

»Wenn dem so ist, halte ich es für das Beste, dass du uns den Hergang des Geschehens schilderst. Und zwar in allen Einzelheiten, damit ich mir ein Bild von der Lage machen kann.« Die Arme unter dem Skapulier verschränkt, wanderte Hilpert ruhelos auf und ab. »Du und Radegundis, ihr beide seid doch miteinander befreundet, oder?«

Der Domschüler errötete tief. Dann nickte er kaum merklich mit dem Kopf. »Geht es ihr gut?«

»Den Umständen entsprechend, doch darüber später mehr. Sie hat dich bei sich versteckt, trifft das zu?«

Die Rötung im Gesicht nahm zu. »Ja, Bruder, aber ich versichere Euch, dass wir nichts Unerlaubtes ...«

»Das gehört nicht hierher, mein Sohn. Eins gleich vorweg: Radegundis hat mich in alles eingeweiht, du kannst also offen mit mir sprechen. Über alles. Und ich mit dir – einverstanden?«

Kilian bejahte stumm.

»Frage: Nachdem du dich von deinen Mitschülern losgesagt hattest, was genau ist im Anschluss daran geschehen?«

»Sie sind über mich hergefallen, haben mich eingesperrt und mit Schlägen traktiert, bis ich am Boden lag.«

»Und dann?«

»Dann haben sie mir einen Trank eingeflößt, um mich willenlos zu machen.«

»Mit Erfolg?«

»Durchaus, Bruder. Ich war wie benommen, konnte mich an nichts mehr erinnern, was geschehen war. Irgendwann hat die Wirkung dann nachgelassen, aber da war es bereits zu spät.«

»Wie ist das zu verstehen?«

»Angelus und die andern, sie haben mir gedroht, Radegundis etwas anzutun.«

»Falls du was nicht tätest?«

»Ich solle den Domkapitular umbringen, wurde mir gesagt. Um zu beweisen, dass ich kein Verräter bin. Entweder ich sei bereit, den Auftrag ohne Wenn und Aber zu erfüllen, oder ich würde Radegundis nicht wiedersehen.«

»Deine Mitschüler wollten Rache nehmen, weil er sich an dir vergangen hat, stimmst du mir darin zu?«

Auch jetzt noch, zehn Tage nach dem verhängnisvollen Geschehen, brachte die Erinnerung den Domschüler zum Verstummen. Zwischen Ekel und Wut hin und her gerissen, senkte Kilian beschämt den Kopf, rang nach Worten, um seinen Gefühlen Ausdruck zu verleihen, und schnappte wie ein Erstickender nach Luft. Schier endlos die Zeit, bis er die Sprache wiederfand, doch dann, nachdem er sich wieder gefangen hatte, schien Kilian Schneidmüller wie ausgewechselt zu sein. »Hört zu, Bruder: Wenn Ihr denkt, ich sei damit einverstanden gewesen, dann befindet Ihr Euch im …«

»Wie ich bereits sagte, junger Mann. Ich weiß über alles Bescheid.« Nur eine Armlänge von ihm entfernt, hielt Bruder Hilpert im Gehen inne, wechselte einen Blick mit dem Bürgermeister und sagte: »Den jungen Mann auf freien Fuß zu setzen, spräche aus Eurer Sicht etwas dagegen? Wenn ja, bin ich bereit, die Verantwortung zu übernehmen, auf die Gefahr, es mir mit Euren Standesgenossen zu verderben!«

24

Mainkai, kurz nach Beginn der zehnten Stunde
[17.30 Uhr]

»Na, wen haben wir denn da, wenn das keine Überraschung ist!«, rief Berengar dem verlotterten Beutelschneider zu, schnitt ihm den Weg ab und hinderte ihn daran, an Bord zu gehen. Das mit Weinfässern beladene Schiff war zur Abfahrt bereit, allem Anschein nach auf dem Weg flussabwärts, wo die Fracht bereits sehnlich erwartet wurde. Im Begriff, die Taue zu lösen, wartete der Schiffsjunge auf ein Zeichen des Kapitäns, irritiert über das Auftauchen des Vogtes, der ihm mit unmissverständlicher Geste Einhalt gebot. »Und wohin soll die Reise gehen, Hochwohlgeboren? Und dann auch noch in diesem Aufzug, dir ist doch nicht etwa das Geld ausgegangen?«

»Und selbst wenn, ich wüsste nicht, was Euch das angeht«, erwiderte das Narbengesicht gepresst, rieb an dem Ring, der sich an seinem Ohr befand, und machte Anstalten, die Laufplanke des Einmasters zu betreten. »So, und jetzt gebt gefälligst den Weg frei, wir beide haben uns nichts mehr zu sagen.«

»Ich hatte dir drei Stunden Zeit gegeben, du erinnerst dich?«

Narben-Heiner, in der Halbwelt als Mann fürs Grobe bekannt, ließ der Frage eine abfällige Geste folgen. »Und wenn schon, in Würzburg habt Ihr nichts zu melden. Spielt Euch nicht so auf, bei mir beißt Ihr damit auf Granit. Vogt des Grafen von Wertheim – na und? Da könnte ja jeder kommen.« Der Ganove bleckte die verfaulten Zähne. »So, und jetzt schert euch gefälligst zum Teufel, oder …«

»Du willst mir doch nicht etwa drohen?«

»Denkt meinetwegen, was Ihr wollt!«, geiferte Narben-Heiner zurück, tastete nach dem Stilett, von dem er sich auch nachts nicht trennte, und machte Anstalten, den Vogt beiseitezudrängen. »Herr von Adel oder nicht, ich bin Euch keine Rechenschaft schuldig, schreibt Euch das gefälligst hinter die Ohren.«

»Jetzt hör mir mal gut zu, du Ratte«, zahlte Berengar mit gleicher Münze heim, packte das Klappergestell am Kragen, entwand ihm den Dolch und schüttelte es durch, bis ihm die Luft wegblieb. »Mit meiner Geduld ist es bald vorbei, und wenn du nicht auspackst, sorge ich dafür, dass du aufs Rad geflochten wirst. Gründe dafür gibt es reichlich, allen voran die Causa Greiffenclau.«

»Greiffenclau? Nie gehört.«

»Lüg mich nicht an, dadurch machst du es nur schlimmer.«

»Und wer soll das sein, etwa einer von Euren Saufkumpanen?«

Der Handgriff, mit dem Berengar den Schankgehilfen in die Knie zwang, hatte es in sich. »He, was soll das?«, zappelte Heiner wie ein Aal herum, heulte vor Schmerzen auf und versuchte, sich dem Schraubstock zu entziehen. Pech für ihn, dass er an den Falschen geriet, war ihm Fortuna bei seinen Gaunereien doch stets hold geblieben. »Verschont mich damit, mit den Pfaffen habe ich nichts am Hut.«

»Endlich kommen wir der Sache näher, wurde auch langsam Zeit.« Ein schrilles Aufheulen, das von der im Klammergriff befindlichen Hand herrührte, und Berengar ließ sie auch schon los, versetzte dem Malefizbuben einen Tritt, dass er sich rücklings überschlug, und wartete ab, bis der Bandit wieder ansprechbar war. »Davon ausgehend, dass der Mann kein Unbekannter für dich ist, was gibt es über ihn zu berichten?«

»Verdammt aber auch, ich weiß wirklich nicht, worauf Ihr hinaus…«

»Mach deine Brotschachtel auf, woher kennst du ihn?«

»Vom … vom Sehen. Hier kennt doch jeder jeden, das wisst Ihr so gut wie ich. Geredet habe ich mit ihm noch nicht. Der Dompfaffe war mir nicht geheuer, falls Ihr versteht, was ich damit meine.«

»War?«

»Herrje noch mal, hier wird einem ja aus allem ein Strick gedreht! Abgesehen davon, dass er vom anderen Ufer war, gab es gegen den Weihrauchschwenker nicht viel einzuwenden, wie oft soll ich das denn noch sagen!«

»Wenn dem so ist, warum hast du ihn dann zu Tode gequält? Etwa aus Spaß an der Freude – oder weil du dafür bezahlt worden bist?«

Der Blick des Narbengesichts weitete sich. Viel hätte nicht gefehlt, und er wäre auf Berengar losgegangen. Ein Blick nach oben, der auf die Spitze eines gezückten Schwertes traf, und er gab das Ansinnen auf.

»Mit mir ist nicht zu spaßen, aber das nur nebenbei.« Zu allem entschlossen, nahm der Vogt seinen Kontrahenten ins Visier. »Machen wir es daher kurz. Du stehst im Verdacht, den Domkapitular meuchlings ermordet zu haben. In wessen Auftrag, bliebe zu klären. Es gibt einen Zeugen, also versuche gar nicht erst, mir einen Bären aufzubinden. Und jetzt frage ich dich: Legst du Wert darauf, vom Brückengericht des Mordes bezichtigt zu werden?« Wohl wissend, wie dünn die Indizien waren, setzte Berengar alles auf eine Karte. Entweder der Tagedieb knickte ein und agierte, wie er es sich insgeheim erhoffte, oder er erteilte ihm eine Abfuhr, die sich gewaschen hatte. »Vorschlag zur Güte: Für den Fall, dass du bereit bist, über deinen Schatten zu springen – will heißen, mir deinen ominösen Auftraggeber zu nennen –, verspreche ich dir in die Hand, mich für dich einzusetzen.«

»Und wer garantiert mir, dass sie mich laufen lassen?«

»Niemand.«

»Wenn dem so ist, weshalb dann überhaupt ein Geständnis machen?«

Schwer atmend stieß Berengar das Schwert in die Scheide, atmete tief durch und sagte: »Falls es dich interessiert, ich unterhalte Beziehungen, von denen andere nur träumen können. Anders ausgedrückt, beim Bürgermeister handelt es sich um meinen Schwager, falls du verstehst, was ich damit ausdrücken möchte. Solltest du also bereit sein, Nägel mit Köpfen zu machen, werde ich dafür Sorge tragen, dass deine Aussage im Anschluss zu Protokoll genommen wird, im Beisein des hiesigen Notarius, damit am Ende auch alles seine Richtigkeit hat.«

»Und dann?«

»Dann werde ich mich schnurstracks zu meinem Schwager begeben, wäre doch gelacht, wenn er nicht bereit wäre, mir einen Freundschaftsdienst zu erweisen!«

25

Domschule, zwischen elfter und zwölfter Stunde
[18.20 Uhr]

»Das ist ja alles schön und gut, Bruder, aber könnt Ihr die Behauptungen auch beweisen?«

In der Aula wurde es mucksmäuschenstill. Die Schüler saßen da wie in Erz gegossen, darunter auch Angelus und seine sieben Getreuen, die nebeneinander aufgereiht in der ersten Reihe kauerten. Bruder Columbanus hielt sich im Hintergrund, die Hand auf das Sims eines Bogenfensters gestützt.

»Das kann ich, Angelus – sei unbesorgt.« Rein äußerlich die Ruhe selbst, trat Bruder Hilpert auf den durchtriebenen Wortführer zu, würdigte seine Paladine keines Blickes und hielt ihm die silberne Mantelspange vors Gesicht, an der sich die Strahlen der Abendsonne brachen. Wie um die unwirkliche Atmosphäre zu unterstreichen, wurde von den Gläubigen im Dom das *Tedeum* angestimmt, dessen Klänge durch die Fensterbögen der Aula drangen. »Die Spange in meiner Hand, sie kommt dir doch bekannt vor, oder?«

»Sollte sie das?«

»Hochmut kommt vor dem Fall, den Spruch solltest du dir merken. Doch zurück zum Corpus Delicti, der Worte wurden genug gewechselt.« An die Zuhörer gewandt, zeigte Bruder Hilpert das Beweisstück herum. »A wie Angelus, oder befinde ich mich diesbezüglich im Irrtum?«

»Und selbst wenn es so wäre, Bruder«, erwiderte der Knabe gespreizt, setzte ein Lächeln auf, das dem Leibhaftigen alle Ehre gemacht hätte, und sah den Ermittler mit hochgezogenen Brauen an, »was meine Gewandung betrifft, bin ich niemandem Rechenschaft …«

»Es sei denn, du wärst in einen Mordfall verwickelt«, fuhr Bruder Hilpert dem Domschüler über den Mund, steckte die Spange wieder ein und ergänzte: »Um das Prozedere abzukürzen, du stehst im Verdacht, an der Ermordung von Gunthram Schwertfeger beteiligt gewesen zu sein, und zwar maßgeblich, wie ich zum besseren Verständnis hinzufügen muss. Apropos: Falls du Wert auf eine Gegenüberstellung legst, der Goldschmied, bei dem du die Preziose in Auftrag gegeben hast, wartet nur darauf, gegen dich auszusagen. Zumal du es versäumt hattest, deine Restschuld zu begleichen. Ich muss zugeben, wäre dir die Spange nicht abhandengekommen, als ihr im Begriff wart, euch des Leichnams zu entledigen, stündest du wesentlich besser da. So aber, das gebe ich dir und deinen Jüngern zu bedenken, gehen die Chancen, euch herauszureden, gegen null.«

Der Bibliothekarius atmete angestrengt durch. Merkwürdig, wo Berengar auf einmal abgeblieben war, wäre sein Beistand doch einmal mehr von Vorteil gewesen. Jemanden wie ihn an seiner Seite zu wissen, das hatte ihn stets mit Zuversicht erfüllt, allen Meinungsverschiedenheiten zum Trotz. »Davon abgesehen muss ich euch dennoch ein Kompliment machen: Bei der Ausführung eures Komplotts habt ihr eine Professionalität an den Tag gelegt, die staunen macht. Die Gewohnheitskriminellen würden vor Neid erblassen, dessen bin ich mir gewiss. Auf die Idee, den Leichnam mithilfe eines Müllkarrens an den Bestimmungsort zu transportieren, muss man ja erst mal kommen. Apropos: Was die Örtlichkeit betrifft, wo Schwertfeger und der Stadtschreiber der Folter unterzogen wurden, würde ich es zu schätzen wissen, wenn ihr genauere Angaben macht. Damit wir uns jedoch nicht falsch verstehen: Wann und wo die beiden malträtiert wurden, ist letztendlich nicht von Belang. Was zählt, sind die Parallelen, die eure Vorgehensweise auszeichnen. Zum einen wären da nämlich die Folterspuren, deren Merkmale nahezu identisch sind. Lassen die Fesselspuren an den Gelenken doch darauf schließen, dass eure Opfer zwecks Informationspreisgabe der Folter unterzogen wurden. Ein Prozedere, dem der Stadtschreiber nicht gewachsen war, weder physisch noch psychisch, wie von den Herrschaften in der ersten Reihe beabsichtigt. Zum andern wäre die mittels Brandeisen vorgenommene Stigmatisierung zu erwähnen, vorgenommen mithilfe eines Monogramms, das aus den Buchstaben D, I und A besteht. Damnatus in aeternum, verdammt seist du in alle Ewigkeit. Deutlicher, um nicht zu sagen erbarmungsloser, kann man dem Hass, der euch zu euren Untaten trieb, nicht Ausdruck verleihen. Das Überstülpen einer Schweinsmaske, deren Symbolgehalt keiner Erläuterung bedarf, trug überdies dazu bei, die Tatopfer in das gewünschte Licht zu rücken, will heißen: den Eindruck zu vermitteln, als verfechte man eine gerechte Sache. Weit gefehlt, kann ich da nur sagen. Steht es doch keinem der Anwesenden zu, das Recht in die eigenen Hände zu nehmen, mag die Absicht, die man damit verfolgt, auch noch so ehrenwert anmuten. Mord ist und bleibt nun einmal Mord, und was die widerrechtliche Anwendung der Tortur betrifft, gilt vom Prinzip her exakt das Gleiche.«

»War das alles, Bruder?«, fragte der Zwölfjährige hohnlächelnd in die Runde, die Hände in den Schoß gelegt, um die

Daumen gelangweilt umeinander kreisen zu lassen. »Oder habt Ihr etwa noch mehr auf Lager?«

»Wenn du mich so fragst: Das war erst der Anfang«, fuhr der Ermittler gelassen fort, den Blick auf Bruder Columbanus gerichtet, der keine wie auch immer geartete Regung erkennen ließ. »Wäre ich Richter von Beruf, ich würde die Anklage wie folgt formulieren: Nötigung, schwere Körperverletzung mit Todesfolge und Anstiftung zum Mord an einem hohen Würdenträger.«

»Und wie heißt der gute Mann, dürften wir das erfahren?«

»Wie er heißt, weißt du nur zu gut, Baldur Schachtmeister, also tu bitte nicht so, als wüsstest du von nichts.« Im Begriff, sich hinter das Katheder zu begeben, vollführte Hilpert eine rasche Drehung. »Wir befinden uns zwar nicht vor Gericht, aber wenn du Wert darauf legst, vernimm das Folgende: Wie wir aus sicherer Quelle wissen, wurde Kilian so lange unter Druck gesetzt, bis er seine Einwilligung gab, Melchior von Greiffenclau aus dem Weg zu räumen. Mithilfe eines Mordwerkzeugs, das aus deinem Privatbesitz stammt. Noch mehr darüber, oder war das deutlich genug?«

»Nur zu, Bruder. So viel Zeit muss sein.«

»Einstweilen nur so viel: Der von euch als Judas titulierte Mitschüler befindet sich in der Obhut des Bürgermeisters. Um die mir gegenüber gemachte Aussage zu Protokoll zu geben, so ist es nun mal guter Brauch.«

»Mit anderen Worten, er wurde auf frischer Tat ertappt?«

»Mach dir keine Hoffnungen, Angelus. Wie es um ihn steht, wirst du früh genug erfahren. Von daher rate ich dir dringend, dich warm anzuziehen. Der Wind hat sich gedreht, und wenn du schlau bist, ziehst du deine Lehren daraus. Im Übrigen, der Dombezirk ist von den Stadtknechten umstellt, ein Fluchtversuch wäre somit zwecklos.«

»Zu viel der Ehre, Bruder. Wir fühlen uns hier eigentlich ganz wohl.«

»Ach ja, bevor ich es vergesse: Was die drei Anklagepunkte betrifft, käme ein weiterer hinzu.«

»Der da lautet?«

»Schwere Nötigung.«

Der Zwölfjährige zog fragend die Braue hoch.

»Auch Radegundis ist bereit, eine Aussage zu machen. Die zu Protokoll genommen wird, das versteht sich von selbst.«

»Und was soll das bringen?«

»Falls ihr beabsichtigt, euch auf die Domimmunität zu berufen: An eurer Stelle wäre ich mir da nicht so sicher.«

»Gebt Euch keine Mühe, Bruder. Ich kenne meine Rechte.«

»Das glaube ich dir aufs Wort.« Bevor er fortfuhr, zog Bruder Hilpert seine Unterlagen zu Rate, überflog die einschlägigen Bestimmungen und sagte: »Deine Illusionen in allen Ehren, aber was den Tatbestand der schweren Nötigung betrifft, ist der Spielraum für Interpretationen beträchtlich. Will sagen: Da sich der Übergriff auf Radegundis nicht im Domviertel abspielte, besteht die Möglichkeit, euch alle vor das hiesige Schöffengericht zu zitieren. Zu einem Todesurteil würde es zwar nicht kommen, aber wozu gibt es schließlich Gefängnisse, im Angstloch sind noch Plätze frei.«

»Vergesst es, Bruder, so weit wird es mit Sicherheit nicht kommen. Wir werden uns unserer Haut zu wehren wissen, darauf könnt Ihr Euch verlassen.«

»Es käme auf einen Versuch an, viel Glück dabei.«

»Fortes fortuna adiuvat, kann ich da nur sagen«, erwiderte der Knabe in selbstgefälligem Ton, nickte Baldur zufrieden zu und machte Anstalten, sich von der Sitzbank zu erheben. »Gehabt Euch wohl, Bruder – und habt Dank für das anregende Gespräch.«

»Ich bin noch nicht fertig, setz dich gefälligst wieder hin.« Ohne Angelus und Konsorten eines Blickes zu würdigen, ließ Bruder Hilpert das Rednerpodium links liegen, umrundete die Sitzreihen und bewegte sich gemächlich auf Columbanus zu, der mit verschränkten Armen neben dem Fenster verharrte. »Auf ein Wort, Bruder, wenn's gefällig ist.«

»Warum nicht«, gab der Dominikaner mit steinerner Miene zurück, die Augenhöhlen blank wie Eis, auf einen Punkt gerichtet, der nicht von dieser Welt zu sein schien. »Was ist Euer Begehr?«

»Mir geht es um die Rolle, die Ihr während der vergangenen drei Tage gespielt habt, Bruder«, fuhr der Ermittler den blinden Magister an, dessen Anblick ihn innerlich erschaudern ließ. »Ihr seid mir eine Erklärung schuldig, findet Ihr nicht auch?«

»Lass gut sein, mein Junge: Er hat nichts mit der Sache zu tun.«

Wie auf Kommando waren aller Augen auf Vater Pirmin gerichtet, der die Aula erhobenen Hauptes betrat.

Bruder Hilpert fiel aus allen Wolken. Fast schien es, als bilde er sich das alles nur ein, doch je länger er den Auftritt auf sich wirken ließ, desto stärker war er davon überzeugt, klar bei Sinnen zu sein.

Und dann stand Bruder Pirmin auch schon vor ihm, gegenüber dem Vortag wie ausgewechselt, quasi über Nacht zu neuem Leben erblüht. »Lasst ab von ihm, Bibliothekarius«, bediente sich der Rektor der Höflichkeitsform, die

Stimme merklich verändert, sodass sie kaum noch wiederzuerkennen war. »Columbanus hat nichts mit der Sache zu tun.«

»Das sagtet Ihr bereits«, erwiderte die Spürnase im Habit gepresst, wohl wissend, worauf der Dialog mit seinem Lehrmeister hinauslaufen würde. »Ich stehe zu Eurer Verfügung, lasst hören.«

Der Rektor kam ohne Umschweife zur Sache. »Wie Ihr vermutlich wisst, hat Kilian Bruder Columbanus sein Herz ausgeschüttet.«

Bruder Hilpert pflichtete schweigend bei.

»Wobei Letzterer es als seine Pflicht erachtete, mir Bericht zu erstatten.«

»Verstehe.«

»Bedeutet, er blieb bei der Aktion außen vor.«

»Ich beginne zu begreifen.«

»Mit anderen Worten: Der Plan, es dem Lüstling heimzuzahlen, stammt von mir.«

»Und Eure Helfershelfer, was war mit denen?«

»Sie haben eingewilligt, mir beizustehen. Um der Gerechtigkeit Genüge zu tun, und nicht, um sich an den Folterungen zu ergötzen.«

»Wie nobel von ihnen.« Ein Sirren im linken Ohr, hatte Bruder Hilpert Mühe, den roten Faden nicht zu verlieren. »Wenn dem so ist, warum sich dann zuerst Schwertfeger und Fries vorknöpfen? Es war doch von Greiffenclau, der den Stein ins Rollen brachte, oder etwa nicht?«

»Das ist einfach erklärt. Um Beweise gegen ihn zu sammeln, die man vor Gericht verwenden kann, habe ich den Entschluss gefasst, den Päderasten von meinen Getreuen beschatten zu lassen.«

»Von wann ab?«

»Mittwochabend, kurz nach Sonnenuntergang.«

»Unter Eurer Führung, nehme ich an?«

Der Rektor nickte. »Wir befinden uns also in Lauerstellung, da taucht plötzlich dieser Fries aus der Dunkelheit auf, klingelt am Tor und wartet, bis sich der Päderast die Ehre gibt. Gemeinsam begeben sich die beiden dann zum Bürgerspital, biegen in die dahinterliegende Gasse ein, folgen ihrem Verlauf und betreten ein Haus, das unmittelbar hinter der Stadtmauer liegt.«

»Und weiter?«

»Kurz darauf kommt Fries wieder heraus – allein.«

»Verstehe.«

»Dessen ungeachtet bleiben wir dem Stadtschreiber auf den Fersen. Nicht lange, und der Bettelvogt kommt des Weges, zieht den Schreiberling ins Gespräch, um seinen Anteil einzufordern. Und schon geraten sie miteinander in Streit und werfen sich vor, den andern übers Ohr hauen zu wollen. Wäre der Betrunkene nicht gewesen, der sie zum Rückzug zwang, wer weiß, welchen Verlauf der Zwist genommen hätte.«

»Mit anderen Worten: Dem Gespräch war zu entnehmen, dass es sich bei von Greiffenclau um nur eine von mehreren Personen gehandelt hatte, die es vorzogen, auf Kosten anderer ihren widernatürlichen Neigungen zu frönen.«

»Auf Kosten von Kindern, sprecht es ruhig aus!«

»Was Euch dazu bewog, den Profiteuren im Hintergrund auf den Zahn zu fühlen, hab ich recht?«

Vater Pirmin bejahte stumm.

»Und warum habt Ihr Euch dann nicht an den Magistrat gewandt?«

»Darum, Herr Inquisitor – seht selbst!« Eine Liste mit sechs Namen in der erhobenen Hand, machte Pirmin einen Schritt nach vorn, sah seinen Ex-Schüler prüfend an und drängte: »Nun greift schon zu, die Gelegenheit kommt so schnell nicht wieder.«

Bruder Hilpert tat, wie geheißen.

Und wurde bleich wie ein Leichentuch, ohne Blick für seinen ehemaligen Lehrer, der sich entfernte, um das Wort an die Domschüler zu richten.

»Ihr Kinder von Sodom, hört mich an!«, rief der Rektor den wie gelähmt dasitzenden Eleven zu, zog eine Phiole hervor und wich Bruder Hilpert, der sich reflexartig auf ihn zubewegte, mit einer geschickten Bewegung aus. »Ich übernehme die alleinige Verantwortung, ihr seid damit frei von jeglicher Schuld!«

Dann setzte er die Phiole an die Lippen.

Und leerte sie mit einem Zug.

26

Kürschnerhof, kurz vor Sonnenuntergang
[20.15 Uhr]

»Hochverehrtes Publikum, ehrwürdige Ratsmitglieder, hochehrwürdige Domherren und Mitglieder des Domkapitels, allerehrwürdigster Bischof und Herr«, steigerte sich der Hauptdarsteller in einen rhetorischen Rausch hinein, hüpfte wie ein Hanswurst auf dem Proszenium herum und ließ die Froschaugen über die Köpfe des Publikums wandern. Auf der Tribüne zu seiner Rechten saßen die Kleriker, allen voran die Mitglieder des Domkapitels, dem Anlass entsprechend in ihre Amtsroben gehüllt. Zu seiner Linken, im Gegensatz zu den Würdenträgern in Zivil, hatten es sich die Mitglieder des Magistrats bequem gemacht, jedoch in Abwesenheit von Berengars Schwager, der vorgab, in Geschäften unterwegs zu sein. Direkt vor der Bühne, im Gegensatz zum Patriziat in stehender Position, hatte sich eine vielhundertköpfige Menge versammelt, darunter auch die Oberhäupter der Zünfte, die den Platz in der ersten Reihe beanspruchten. Dahinter gruppierten sich die Gemeinen, zumeist Handwerker, Krämer oder Tagelöhner, umringt von zahlreichen Pilgern, die beim Auftreten der Darsteller die Hüte schwenkten. »Seid aufs Herzlichste begrüßt, all ihr Damen und vornehmen Herren. Wir sind gekommen, um ein Stück aus meiner Feder aufzuführen, über einen Vorfall, der aus den Annalen der Stadt nicht wegzudenken ist. Ein Stück über eine Schlacht, die …«

»Unsere Knechtschaft für immer besiegelt hat!«

Woher der Zwischenruf kam, der den Vorredner jäh verstummen ließ, war aufgrund der dicht gedrängten Menge nicht auszumachen. Allein, der Störenfried hatte die Lacher auf seiner Seite, zum Ärger des missgestimmten Bischofs, der wie erstarrt in seiner gepolsterten Ehrenloge saß.

Kalt erwischt, rang der Präses der Schauspieltruppe nach Worten.

Dann fasste er sich wieder und sprach weiter: »Wie dem auch sei, der Kampf zwischen Gut und Böse, um den es hier geht, anno 1400 stand er auf Messers Schneide. Hatten sich unter den Stadtbürgern doch allerlei Laster breitgemacht. Und nicht nur unter ihnen, wie die Chronik der Stadt Würzburg zu berichten weiß.« Am Rand des Proszeniums postiert, winkte der Vorredner die beteiligten Darstellerinnen herbei, die an den Aufgängen zur Bühne auf ihr Stichwort warteten. »Als da wären: der Übermut, die Habsucht, die Widerborstigkeit, die Selbstsucht, die Missgunst und zu guter Letzt auch noch die Feigheit.«

In wallende Gewänder gekleidet, staksten die Darstellerinnen die Stufen zum Proszenium empor, die einen von links, die anderen von der rechten Seite. Wie bei derlei Anlässen üblich, waren sie bis zur Unkenntlichkeit geschminkt und trugen Plakate mit dem Namen der Personifikationen um den Hals. Ob Habsucht, Missgunst, Selbstsucht, Widerborstigkeit, Übermut oder Feigheit: Die Botschaft, die mit der Parade der Untugenden einherging, lag klar zutage.

Wer nicht für den Bischof ist, ist gegen ihn. Und wer gegen ihn ist, dessen Leben ist verwirkt.

Ein Zwischending schien für den Landesherrn nicht zu existieren.

Bruder Hilpert, der den Aufmarsch aus der Distanz verfolgte, runzelte die bleiche Stirn, hielt Ausschau nach Berengar und überlegte, ob es nicht besser sei, das Feld zu räumen. Die Erlebnisse in der Domschule saßen ihm immer noch in den Knochen, und sooft er den Versuch unternahm, sie abzuschütteln, die Bilder blieben in ihm haften. Auf die Idee, dass die Fäden der Racheaktion bei Bruder Pirmin zusammenliefen, wäre er nie gekommen, hatte er doch zeitlebens zu ihm aufgeblickt. Umso schlimmer dann der Schock, der sich seiner bemächtigt hatte, als dieser zur Giftphiole griff – und der ihn veranlasste, die Vergangenheit hinter sich zu lassen.

Für immer.

So dies denn überhaupt möglich war.

Bleiben oder das Feld räumen, so lautete die bange Frage. Wäre er von dannen gezogen, er hätte allen Grund dazu gehabt. Denn im Prinzip war der Fall ja gelöst – so gut wie jedenfalls.

»Na schön, es gibt Schlimmeres«, murmelte der Bibliothekarius vor sich hin, mischte sich unter die Menge und nahm einen Schluck aus seinem Trinkschlauch, der an einem Riemen über seiner linken Schulter baumelte. Typisch Hilpert, dachte er bei sich, das Proszenium im Blick, wo sich die Todsünden hüfteschwingend in Szene setzten.

Am Ende trug die Neugierde den Sieg davon, wie so oft, allen Fährnissen des Lebens zum Trotz.

»Genug der Vorrede, meine Damen und Herren, das Stück über die Schlacht von Bergtheim kann beginnen.« In der Mitte des roh gezimmerten Proszeniums postiert, bedeutete der Präses den Darstellerinnen beiseitezutreten, vollführte eine schwungvolle Verbeugung und gab den Helfern einen Wink, den Vorhang zu öffnen. »Vorhang auf – und viel Vergnügen und Handgeklapper eurerseits!«

Im Publikum wurde denn auch zaghaft applaudiert, doch die Mehrheit regte keinen Finger, sah dem Spektakel gelangweilt zu. Beim geringsten Anlass, die Gefahr war nicht von der Hand zu weisen, würde die Stimmung kippen. Und was dann geschah, das wagte sich Bruder Hilpert nicht vorzustellen.

Gelächter machte die Runde. Auch nach mehreren Versuchen ging der Vorhang nicht auf, so sehr sich die Bühnenhelfer ins Zeug legten. Peinlich berührt, machte der Vorredner eine entschuldigende Geste. Das Stehpublikum nahm es mit Humor, und einige Witzbolde nutzten die Gelegenheit, um mit Zoten zu glänzen.

Doch dann war es endlich geschafft.

Der Vorhang öffnete sich.

Der Schrei, der sich beim Anblick der Szenerie von den Lippen löste, hätte schriller und durchdringender nicht ausfallen können. Starr vor Entsetzen, stierte das Publikum auf die weitflächige Bühne, kaum imstande, das sich anbahnende Unheil zu begreifen. Lautes Wehklagen brandete auf, unterbrochen von tränenerstickten Schluchzern, die in eine unheilvoll anmutende Stille mündeten.

Auch Bruder Hilpert war wie vom Donner gerührt, konnte nicht glauben, was sich vor seinen Augen abspielte. In der Mitte der Bühne, nur ein paar Armlängen von ihm entfernt, befand sich ein gepolstertes Ruhebett, umgeben von mehreren Kandelabern, die der Szenerie die Aura des Bizarren verliehen. Auf dem Sofa lag ein junger Mann, dessen Arm wie ein Pendel über dem Boden baumelte. Das Plakat mit der Aufschrift ›Wollust‹ stand unmittelbar daneben, nur eine Handbreit vom Kopfende des Lotterbettes entfernt.

Das Rinnsal, das sich von der Kehle des Schönlings auf die Dielenbretter ergoss, sprach für sich. Nicht lange, und die Dielen waren in tiefes Rot getränkt, ein Anblick wie aus einem Schauerroman.

Doch es sollte noch schlimmer kommen. Bei näherem Hinsehen wurde offenbar, dass es sich bei der Gestalt, die den jungen Fant von hinten umklammert hielt, nicht etwa um eine Strohpuppe, sondern um einen schwergewichtigen Mann mit einem Brustkreuz handelte, bekleidet mit einer scharlachroten Robe, deren Saum bis hinunter in die Lache reichte. Das Gesicht, mit dem er den Nacken des jungen Mannes berührte, war mit einer Schweinsmaske bedeckt, der Hals von tiefen Einkerbungen durchzogen.

Auf dem Kürschnerhof war es so still, dass man eine Stecknadel hätte fallen hören können. Die Prominenz auf den Tribünen war wie erstarrt, von der Entourage des Bischofs, deren Mitglieder entsetzte Blicke wechselten, nicht zu reden.

Doch dann, nach schier endlos währender Schockstarre, fasste sich der jüngere der beiden Requisiteure ein Herz, näherte sich behutsam dem Kanapee, schlang die Arme um den leblosen Körper und machte Anstalten, den Prälaten in die Höhe zu hieven. Aufgrund des enormen Gewichts gelang ihm dies mehr schlecht als recht, und es bedurfte der Hilfe seines Gefährten, um den Toten vom dem mutmaßlichen Begatter zu befreien. Sichtlich erschöpft, ließen die beiden Männer den Prälaten zu Boden sinken, ohne Rücksicht darauf, dass das Gesicht ins Publikum stierte.

DIA.

Das Monogramm kam Bruder Hilpert bekannt vor.

Um wen es sich bei dem Gemeuchelten handelte, dessen Zunge wie ein Faustkeil aus der Mundöffnung ragte, darüber konnte keinerlei Zweifel bestehen. Nicht lange, und ein Raunen ging durch die schreckensstarre Menge, übertönt von lauten Zurufen, die an die Adresse der Honoratioren auf den Tribünen gerichtet waren. »Das ist doch der von Greiffenclau, jetzt tut doch mal endlich was!«

»Das *war* er, Gottvater möge seiner Seele gnädig sein.«

Erschrocken bis ins Mark, wirbelte der Bibliothekarius auf dem Absatz herum. Der Mann, der sich unbemerkt von hinten angeschlichen hatte, war ihm nur allzu gut bekannt, ein Grund mehr, auf alles gefasst zu sein. »Ihr hier und nicht unter euresgleichen?«

»Ach, wisst Ihr, Bruder – es gibt Tage, an denen ich es vorziehe, mich im Hintergrund zu halten.«

»Tut Ihr das nicht immer, Herr von Ingelheim?«

Der Vikarius zwang sich zu einem Lächeln, flankiert von zwei waffenstarrenden Kriegsknechten, die den Ermittler nicht aus den Augen ließen. »Schon gut, Männer, der fromme Bruder führt nichts Böses gegen mich im Schilde«, raunte Aleandrius seinen Leibwächtern zu und gab ihnen einen Wink, sich zu entfernen. »Oder etwa doch?«

»Kommt ganz drauf an«, wich der Bibliothekarius einer Antwort aus. »Aber seid unbesorgt, wer nichts verbrochen hat, dem droht auch keine Gefahr von mir.«

Der Vikarius tat so, als sei er in Gedanken. »Gehen wir ein Stück, Bruder?«

»Und was ist mit den beiden Toten?«

»Um die wird sich schon jemand kümmern«, gab von Ingelheim gleichmütig zurück, raffte seinen dunklen Umhang und schlenderte gemächlich auf den Torbogen zu, der den Kürschnerhof mit dem Platz vor dem Neumünster verband. »Ihr und ich, wir beide können uns schließlich nicht um alles kümmern.«

»Dennoch frage ich frage mich, wer zu so etwas imstande ist«, ließ Bruder Hilpert nach einem Schulterblick auf den Tatort nicht locker, zögerte kurz, bevor er sich dem Vikarius anschloss und ergänzte: »Um wen auch immer es sich gehandelt haben mag, er scheint den Toten inbrünstig gehasst zu haben.«

»Wenn wir gerade dabei sind, Bruder, wie gehen Eure Ermittlungen voran?«

»Der Nebel ist im Begriff, sich zu lichten, mit Gottes Hilfe wird es nicht mehr lange dauern.«

»Bis *was* geschieht?«

Bruder Hilpert setzte ein hintergründiges Lächeln auf. »Bis ich über die notwendigen Beweise verfüge«, ergänzte er in scharfem Ton, blitzte den Vikarius aus dem Augenwinkel an und setzte den Weg zum Neumünster fort.

»Und die Causa Fries, wie steht es damit?«

»Merkwürdig, dass gerade Ihr mir diese Frage stellt.«

»Wie darf ich das verstehen, Bruder?«

»Weil ich über Beweismittel verfüge, aus denen hervorgeht, dass er in Eurem Sold gestanden ist.«

»Na so was, hält man es für möglich!«

»Ich weiß ja nicht, wie es Euch damit ergeht«, spann der Bibliothekarius den Faden weiter, wich einem Ablassprediger aus, der seinen Zuhörern das Blaue vom Himmel versprach, und steuerte auf das Portal der Neumünsterkirche zu, an dessen Flügeln sich das Licht der Abenddämmerung brach. Wind kam auf, und wie um sich vor der einsetzenden Kühle zu schützen, zog Bruder Hilpert die Kapuze seiner Kukulle über den Kopf. »Aber mir scheint, bei 3.000 Gulden handelt es sich um eine Menge Geld. Und das per annum, wohlgemerkt. Ach so: Ihr erlaubt, wenn ich einen kurzen Blick in die Kirche werfe? Tagsüber ist es mir hier zu voll.«

Von Ingelheim stimmte widerwillig zu.

Und folgte Bruder Hilpert auf dem Fuße.

»Meine Hochachtung, Bruder. Ihr besitzt Euren Ruf zu Recht.«

»Ist das alles, was Ihr dazu zu sagen habt?«, gab Bruder Hilpert beim Betreten des Langhauses zurück, ließ eine Fünf-Pfennig-Münze in den Opferstock fallen und nahm Kurs auf den schmiedeeisernen Lettner, hinter dem sich der in Zwielicht getauchte Altarraum erhob. »Es ist an der Zeit, die Karten auf den Tisch zu legen. Ob Ihr es aus freien Stücken tut, liegt bei Euch.«

»Auch wenn Ihr den Anschein erweckt, ich bin Euch keine Rechenschaft schuldig.«

»Mir nicht, aber ihm!«, erhob Bruder Hilpert die Stimme, deutete auf das Kruzifix auf dem Altar und blieb stehen, um sich seinem Begleiter zuzuwenden. »Ich schlage vor, wir lassen das Katz-und-Maus-Spiel sein. Ich muss zugeben, es war nicht leicht, Euch auf die Spur zu kommen. Dumm nur, dass der Stadtschreiber ein Kontobuch besaß, sonst wärt Ihr aus dem Schneider, Herr von Ingelheim.«

»Ich merke schon, Eure Tätigkeit für die Inquisition hat ihre Spuren hinterlassen.«

»Mag sein. Aber wenn es etwas gibt, was mich die sieben Jahre in Diensten der Kurie gelehrt haben, dann ist es der Grundsatz, den Mächtigen nicht über den Weg zu trauen.«

»Also auch mir nicht?«

»Vor allem«, gab Bruder Hilpert mit Nachdruck zurück, den Blick auf das handgeschnitzte Altarbild gerichtet, auf dem sich die Figuren der drei Frankenapostel befanden. »Ein Mann wie Ihr schreckt vor nichts zurück, wenn es um die Durchsetzung seiner Interessen geht. Auch nicht vor Mord, wie der Fall des Stadtschreibers beweist.«

»Macht Euch nicht lächerlich, Bruder. Ihr habt nichts gegen mich in der Hand.«

»Fakt ist: Der Stadtschreiber stand in Eurem Sold. Respektive im demjenigen Eures Herrn. Dass Euch seine Dienste sage und schreibe 3.000 Gulden wert waren, lässt vermuten, dass die Mission, mit der er betraut wurde, von großer Wichtigkeit gewesen ist. Nun wissen wir aber alle – also auch Ihr –, um was für eine Sorte Mensch es sich bei Fries gehandelt hat, nämlich um einen Mann, dem nichts heilig war, der nicht einmal davor zurückschreckte, als Kuppler von des Bettelvogtes Gnaden zu fungieren. Um welche Art von Dienstleistungen es sich dabei primär gehandelt hat, möchte ich an einem Ort wie diesem nicht aussprechen. Klar ist indes, Fries wusste über die Schwächen seiner Mitmenschen Bescheid, unter denen sich gleich mehrere Ratsmitglieder befanden. Die, so ihre Eskapaden ans Licht kämen, um ihren vermeintlich guten Ruf bangen mussten. Die erpressbar waren, um es ungeschminkt zu formulieren. Nichts leichter also, als die Lüstlinge bei Bedarf – will heißen, bei einem Streit zwischen dem Bischof und dem Rat – mit ihrem Doppelleben zu konfrontieren, um bei einer Abstimmung über die nötige Stimmenmehrheit zu verfügen. So gesehen handelt es sich bei den 3.000 Gulden um gut angelegtes Geld, wäre der Empfänger nicht unvermutet in Schwierigkeiten geraten. Wie heißt es im Volksmund doch gleich, Herr von Ingelheim? Der Krug geht so lange zum Brunnen, bis er bricht. Mit anderen Worten, hätte sich Fries nicht in den eigenen Fallstricken verheddert, Ihr wärt imstande gewesen, den Rat zu einer Ansammlung von Marionetten zu degradieren. Nichts dringlicher also, als Euren Ohrenbläser rasch aus dem Verkehr zu ziehen. Bevor er ausplaudert, in wessen Diensten er steht. Wie groß die Gefahr war, dass es dazu kommt, wage ich nicht zu beurteilen, aber da Ihr nicht gewillt wart, ein Risiko einzugehen, habt Ihr die Gelegenheit, ihn in Eure Gewalt zu bringen, beim Schopf gepackt. Dass Ihr darüber hinaus im Bilde wart, was ihm zugestoßen ist, davon gehe ich aus. Im Grafeneckart haben die Wände Ohren, wie in den Klöstern meines Ordens auch.«

»Einmal angenommen, Ihr liegt mit Euren Fantastereien richtig: Wieso dann das Ansinnen, für mich zu arbeiten?«

»Ganz einfach: Indem Ihr mich damit beauftragt habt, die Ermittlungen im Mordfall Schwertfeger und der Causa Fries aufzunehmen, verfolgtet Ihr die Absicht, über alles, was in deren Zuge ans Licht käme, auf dem Laufenden zu bleiben. Denn wer konnte schon garantieren, dass Fries sein

Geheimnis nicht ausplaudern würde – unsicherer Kantonist, der er nun mal war. Zugegeben, mit seinem Ableben war die Gefahr fürs Erste gebannt. Aber wer ihn kannte, der wusste, dass der Stadtschreiber nichts für sich behalten konnte, vor allem dann nicht, wenn er den Wonnen der Minne frönte. Und was seinen Halbbruder betrifft, es wäre ihm eine Freude gewesen, Eure Machenschaften im Hintergrund an die Öffentlichkeit zu bringen. Handelt – oder vielmehr handelte – es sich bei Melchior von Greiffenclau um einen Eurer erbittertsten Gegner – respektive Feind fürs Leben.«

»Woher wisst Ihr das?«

»Von jemandem, der es wissen muss«, erklärte Bruder Hilpert lapidar, holte tief Luft und fuhr fort: »Was uns zu der Frage bringt, wer hinter dem Mord an Eurem Todfeind steckt.«

»Wie ich Euch kenne, habt Ihr bestimmt schon eine Antwort parat.«

»Er vielleicht nicht, aber ich!«

Der Vikarius fuhr wie vom Blitz getroffen herum.

»Gestatten: von Gamburg, Vogt des Grafen von Wertheim. Es ist mir eine Freude, Euch kennenzulernen.« Eine versiegelte Schriftrolle in der Hand, trat Berengar forsch aus dem Halbdunkel hervor und gesellte sich zu seinem Gefährten, der ihn mit erleichtertem Augenaufschlag musterte. »Machen wir es kurz, Herr von Ingelheim. Ich befinde mich im Besitz einer Aussage, die Euch im Mordfall Greiffenclau schwer belastet. Dem Protokoll zufolge handelt es sich bei Euch um den Auftraggeber eines Mannes, der in Kreisen der Halbwelt zu zweifelhaftem Ruhm gelangt ist, nämlich dergestalt, dass er für Geld fast alles tut, falls Ihr versteht, was ich damit zum Ausdruck bringen möchte. Was läge also näher, als einen Mann wie ihn mit einem Mordauftrag zu betrauen. Der mit 500 Gulden zu Buche schlug, die Hälfte sofort, den Rest nach Erledigung des Auftrags. Eine erkleckliche Summe, wenngleich überaus klug angelegtes Geld. Bestand doch die Chance, einen unbequemen Widersacher aus dem Weg zu räumen.«

»Und es nach außen hin so aussehen zu lassen, als stecke jemand anders dahinter. Von daher die Idee mit der Schweinsmaske – und mit dem Monogramm auf von Greiffenclaus Stirn. Genau wie bei Fries, den Ihr ja ebenfalls auf dem Gewissen habt.« Bruder Hilpert ließ die angestaute Atemluft entweichen, trat bis auf Armlänge an den Vikarius heran und sagte: »Ob Ihr selbst Hand an ihn gelegt oder einen Subalternen damit beauftragt habt, spielt keine Rolle. Anstiftung zum Mord in zwei Fällen, der Gang zum Schafott ist Euch gewiss. Zumal der Bischof nicht zögern wird, sich von Euren Taten zu distanzieren. Ihr kennt ja den Spruch: ›Ich wasche meine Hände in Unschuld‹. Oder habt Ihr gedacht, von Brunn würde seine schützende Hand über Euch halten? Unter uns, Herr von Ingelheim: Kein Gericht dieser Welt würde auf Freispruch plädieren, ich hoffe, Ihr seid Euch dessen bewusst.«

»Wenn Ihr Euch da mal nicht irrt, Bruder«, versetzte der Vikarius kühl, entledigte sich seines Umhangs und knöpfte das darunter befindliche Wams auf, wie das Leinenhemd, das er emporzerrte, in pechschwarzen Farbtönen gehalten. Bleich wie der Tod, stierte der Mann ohne Gewissen die Ermittler an, deutete auf die mit Pusteln übersäte Brust und brach in ein Lachen aus, das wie ein Requiem zwischen den Wänden des Langhauses widerhallte. »Schaut genau hin, wie viele Monate habe ich Eurer Meinung nach noch zu leben? Zwei, drei oder vielleicht sogar sechs, sucht es Euch aus!«

Drei

SONNTAG KILIANI

(8. Juli 1425)

27

Haus des Bürgermeisters in der Dominikanergasse, eineinhalb Stunden nach Sonnenaufgang
[08.15 Uhr]

»Wo der Bücherwurm bloß wieder steckt, heutzutage ist doch auf niemanden mehr Verlass«, nörgelte Berengar kopfschüttelnd vor sich hin, schnitt sich ein Stück Brot ab und tauchte es in eine Schale mit verdünntem Wein, um sie im Anschluss an Columbanus weiterzureichen. »Typisch Hilpert, den änderst du auch nicht mehr.«

»Das sagt gerade der Richtige«, konterte Sieglinde mit sichtlichem Vergnügen, bedeutete ihrer Tochter, ihrem Vater nachzuschenken, und sah ihren Gatten fragend an. »Dieser Auftragsmörder, von dem gerade die Rede war, was wird jetzt eigentlich aus ihm?«

»Das frage ich mich auch, meine Liebe«, gab Kammscherer mit nachdenklichem Timbre zurück, nippte an seinem Glas und ließ sich mit der Antwort Zeit. »Sagen wir mal so, ein paar Wochen im Angstloch werden dem Schuft nicht schaden. Danach wird man weitersehen. Dank seiner Aussage sind wir dem Vikarius erst auf die Spur gekommen, das sollte man dem Schuft zugutehalten. Geht das für dich in Ordnung, Schwager?«

»So halbwegs«, erwiderte Berengar und zuckte unschlüssig mit den Achseln. »Wie dem auch sei, das Tatopfer war ja bestimmt kein Heiliger, wenn die Bemerkung gestattet ist. Aber reden wir lieber über etwas anderes, das Thema widert mich nur noch an.«

Der Bürgermeister nickte beifällig vor sich hin. »Greift zu, Bruder Columbanus, Ihr werdet viel Kraft brauchen in nächster Zeit.«

»Das denke ich auch«, stimmte der Dominikaner dem Hausherrn zu, sichtlich befangen, wie die starre Körperhaltung verriet. »Von der Frage, was mit Angelus und seinen Helfershelfern geschieht, ganz abgesehen.«

»Ich fürchte, daran werden wir noch zu kauen haben«, hieb Kammscherer in die gleiche Kerbe, spießte einen Käsewürfel auf und rieb sich das markante Kinn. »Wie dem auch sei, morgen früh werde ich mich mit dem Schultheißen des Brückengerichts beraten, wer weiß, vielleicht sind wir dann ein wenig schlauer. Doch egal was bei der Unterredung herauskommt, die Herrschaften bleiben unter Arrest. So leicht, wie die Schlauberger sich das vorstellen, werden wir sie nicht davonkommen lassen, oder was sagen unsere beiden Turteltäubchen dazu?«

Kilian und Radegundis erröteten um die Wette. »Wäre ich in ihrer Lage gewesen, wer weiß, vielleicht hätte ich genauso gehandelt«, fand Radegundis als Erste ihre Sprache wieder, tauschte einen Blick mit Kilian und sagte: »Sie sind ja noch ziemlich jung, wenngleich …«

»… sie Kilian und dir ordentlich eingeheizt haben, mit Methoden, die man nicht gutheißen kann«, nahm Kammscherer der Wirtstochter das Wort aus dem Mund. »Es spricht für euch, wenn ihr bereit seid, den Übeltätern zu verzeihen, aber was mich betrifft, tue ich mich damit schwer. Ich schlage vor, wir lassen sie noch ein wenig zappeln, das ist ja wohl das Mindeste.«

»Wohl gesprochen, Bürgermeister, das finde ich auch.«

»Da seid Ihr ja, Bruder Hilpert, nehmt doch …«, lud Kammscherer den Bibliothekarius ein, der den Raum nahezu unbemerkt betreten hatte, brachte vor Überraschung jedoch kein Wort mehr über die Lippen.

Dagegen Berengar: »Welcher Darmwind ist denn dir durchs Gehirn gehuscht!«, machte er aus der Verblüffung beim Anblick seines Gefährten keinen Hehl, schüttelte den Kopf und musste an sich halten, um die Contenance zu bewahren. »Ich dachte, dich zieht es wieder nach Maulbronn?«

»Fürs Erste nicht, alter Freund«, erwiderte Bruder Hilpert mit wehmütigem Ton, ließ die Hand auf der Schulter des Vogtes ruhen und sah die Anwesenden der Reihe nach an. Die Tracht eines Jakobspilgers, die er trug, sorgte denn auch reihum für Erstaunen, in der Hauptsache bei Sieglinde, die Bruder Hilpert mit ungläubigem Blick betrachtete. »Hut mit Krempe, Mantel mit Trinkflasche, Brotbeutel mit Jakobsmuschel darauf, den Wanderstab nicht zu vergessen: Wie Ihr seht, bin ich bestens gerüstet.«

»Um was zu tun, Veteran der Inquisition?«

Hilpert setzte ein hintergründiges Lächeln auf. »Um nach Santiago de Compostela zu pilgern, was hast du denn gedacht, alter Haudegen«, gab der Bibliothekarius an die Adresse des Vogtes zurück, seufzte leise auf und fuhr fort: »Wer weiß, vielleicht komme ich dann wieder ins Reine mit mir, mit dem Klosterleben ist es jedenfalls vorbei – fürs Erste jedenfalls.«

»Und was sagt Euer ehrwürdiger Abt dazu?«

»Wenn ich ehrlich bin, die Frage habe ich mir noch nicht gestellt«, gab Bruder Hilpert rundheraus zurück, trat ans Kopfende der Tafel, um sich von Kammscherer zu verabschieden, und zog ein zerknülltes Blatt Papier hervor, bekritzelt mit den Namen der Schandbürger, die von Fries unter der Folter preisgegeben worden waren. »Hier, nehmt – ob und in welcher Form Ihr Gebrauch von der Liste macht, liegt bei Euch, Bürgermeister.«

Zutiefst verunsichert, ließ Kammscherer den Blick über die Litanei des Grauens wandern.

Dann streckte er die Hand aus, hielt die Papierkante in die Flamme der Votivkerze, die seine Frau in der Mitte des Bankettisches platziert hatte, und wartete ab, bis die Liste Feuer fing. »Ich schlage vor, wir lassen die Angelegenheit auf sich beruhen. Es ist besser so.«

ENDE

Glossar

Ad eins	Zum Ersten, erstens
Alea iacta est	Der Würfel ist gefallen.
Amor vincit omnia	Liebe besiegt alles.
Auditorium	Hörsaal
Causa	Hier: Kriminalfall
Cave canem!	Hüte dich vor dem Hund!
Cave noctem!	Nutze die Nacht!
Coram publico	Vor aller Augen
Corpora	Körper
Corpus Delicti	Beweisstück in einem Kriminalfall
Cucullus non facit monachum	Eine Kukulle macht noch lange keinen Mönch.
Cui bono?	Frei: Wer profitiert davon?
Damnatus in aeternum	Verdammt seist du auf ewig.

Deinde	Zweitens (bei einer Aufzählung)
Diarium	Tagebuch
Discipuli conscripti et amici!	Frei: Liebe Schüler, liebe Anwesende!
Dominator	Männliche Person oder Sache, die jemand anderen, eine Sache dominiert, beherrscht
Dominus tecum	Der Herr sei mit dir.
Ergo	Folglich
Errare humanum est	Irren ist menschlich.
Et cum spiritu tuo	Und mit deinem Geist.
Et ne nos inducas in tentationem. Sed libera nos a malo	Und führe uns nicht in Versuchung, sondern erlöse uns von dem Bösen (Vaterunser in lateinischer Sprache).
Fluidum	besondere, von einer Person oder Sache ausgehende Wirkung oder Ausstrahlung, die eine bestimmte Atmosphäre schafft
Fortes fortuna adiuvat	Die Wagemutigen haben das Glück auf ihrer Seite.

Gaudium	Spaß, Vergnügen
Heureka!	Wörtlich: Ich hab's gefunden!
Hortulus	Gärtchen
In medias res gehen	Zur Sache kommen
In natura	In Wirklichkeit
Lamentatio	Wehklagen (n.), Jammern (n.)
Laudatio	Lobrede
Maiores	Patriziat
Manus manum lavat	Eine Hand wäscht die andere.
Pecunia non olet	Geld riecht nicht (Ausspruch des römischen Kaisers Vespasian).
Per annum	Pro Jahr
Per astera ad astra	Durch Nacht zum Licht (Nach vielen Mühen zum Erfolg).
Per centum	Prozent
Per diem	Pro Tag
Per exemplum	Zum Beispiel

Periculum in mora	Gefahr im Verzug
Primum	Erstens
Recte!	Genau!
Rectissime!	Sehr richtig!
Roma locuta, causa finita	Rom hat gesprochen, die Sache ist erledigt.
Skapulier	Überwurf über Brust und Rücken der Ordenstracht
Summa summarum	Alles in allem
Talis rex, qualis grex	Wörtlich: Wie der Hirte, so die Herde (umgangssprachlich: Wie der Herr, so das Gescherr).
Tempus fugit!	Wie (schnell) die Zeit doch vergeht!
Tertio	Drittens
Triclinium	Speisesofa aus der Antike
Vinum bonum, deorum donum	Guter Wein ist ein Geschenk der Götter.
Vinum, mulier et cantus	Wein, Weib und Gesang

Dank

Für seine Tipps, Ratschläge und kollegiale Zusammenarbeit sei Herrn Dr. Hans Steidle (Würzburg) auf das Herzlichste gedankt.

Bruder Hilpert und Berengar von Gamburg ermitteln:

1. Fall: Die Pforten der Hölle
ISBN 978-3-89977-729-1

2. Fall: Die Kiliansverschwörung
ISBN 978-3-89977-768-0

3. Fall: Pilger des Zorns
ISBN 978-3-8392-1019-2

4. Fall: Die Bräute des Satans
ISBN 978-3-8392-1072-7

5. Fall: Engel der Rache
ISBN 978-3-8392-1267-7

6. Fall: Die Fährte der Wölfe
ISBN 978-3-8392-1649-1

7. Fall: Die Krypta des Satans
ISBN 978-3-8392-2555-4

8. Fall: Die Stunde der Sühne
ISBN 978-3-8392-0255-5

Alle Bücher von
Uwe Klausner
finden Sie unter
www.gmeiner-verlag.de